花城年选系列

中国小说学会◎主编　卢翎◎编选

2015中国微型小说年选

南方出版传媒

花城出版社

中国·广州

图书在版编目（CIP）数据

2015中国微型小说年选 / 中国小说学会主编；卢翎编选. -- 广州：花城出版社，2016.1（2020.6重印）
　（花城年选系列）
　ISBN 978-7-5360-7781-2

Ⅰ. ①2… Ⅱ. ①中… ②卢… Ⅲ. ①小小说—小说集—中国—当代 Ⅳ. ①I247.8

中国版本图书馆CIP数据核字（2015）第295197号

丛书篆刻：朱　涛
封面画作：李　卓

出 版 人：肖延兵
责任编辑：欧阳蘅　林　菁　蔡　安
技术编辑：薛伟民　凌春梅
装帧设计：腾格里视觉传达

书　　名　2015 中国微型小说年选
　　　　　2015 ZHONGGUO WEIXING XIAOSHUO NIANXUAN
出版发行　花城出版社
　　　　　（广州市环市东路水荫路 11 号）
经　　销　全国新华书店
印　　刷　河北远涛彩色印刷有限公司
开　　本　787 毫米 ×1092 毫米　16 开
印　　张　18.75
字　　数　320,000 字
版　　次　2016 年 1 月第 1 版　2020 年 6 月第 3 次印刷
定　　价　46.00 元

如发现印装质量问题，请直接与印刷厂联系调换。
购书热线：020 – 37604658　37602954
花城出版社网站：http://www.fcph.com.cn

目录 contents

辑四

辑五

辑六

序：2015 微型小说印象

卢　翎

今天的微型小说是个极为丰富而复杂的"存在"。它深受广大文学爱好者喜爱，越来越多的人写微型小说，为"寻找一种精神慰藉"，或者，圆自己的文学梦。在大众文化语境中，借助现代传媒手段，微型小说刊物、系列出版物热销，它是"较高品位的大众文化"。还是如陈建功在《中国小小说50强》出版序言中所说的：相当多的作品入选小学、中学、大学语文教材乃至国外的中文教材。还有它与出版、与教育深度合作，达到了令其他小说品种和其他文学体裁羡慕的境地。同时，它以文体的短小、凝练、精致与灵动，向着最为自由、最深彻的表达"敞开"，而这正是2015年微型小说最值得关注的所在。

——

翻阅2015刊载微型小说作品的文学期刊，我发现不少文学期刊不再按照惯常方式使用"微型小说"或"小小说"等约定俗成的称谓。而是别出心裁地重新"命名"，并力求做出期刊的自我定位与阐释。像《人民文学》的"微篇小说"，编者强调：相信读者朋友仔细看过就会知道，这些作品在名称上应该，在质地上更是区别于通常意义的"微型小说"和"小小说"的，那么顺着纯文学的名称序列：长篇小说、中篇小说、短篇小说，直到微篇小说，还是可以的吧，何况有的微篇小说，似乎并不比时下有的中篇小说的内在容量小。再如，《青春》的"掌小说"，这一名称是从日本"拿来"的。"它指一种篇幅极短的小说，川端康成的创作为其确立了美学范式，最主要的特点在于强调一种锐利的锋芒"。此外，《小说月报》的"开放叙事"、《文学港》"好看"等，致力于文体形式的探索，虽不专门刊发微型小说作品，但跨文体写作的微型小说作品亦在其关注之列。在这些刊物上刊发的微型小说变得有些"面目全非"了。像劳马的《改不掉的毛病》《无语的荣耀》（选自劳马《劳马小说》8篇），大解的《当面评估》《望见了自己的后背》（选自大解《傻子寓言》23篇），白玛的《七彩石》《如果》（选自《小说五段》5篇），李黎的《严密》、《您就是选择了一种健康的生活方式》（选自《李黎掌小说小辑》10篇）等等。它们不再遵从小说的"法则"：没有完整的情节、清晰的线索、集中而强烈的矛盾冲突，人物亦模糊不清；糅合了散文、寓言、戏剧、诗歌等多种文体元素。《长江文艺·好小说》转载《傻子寓言》时，特别强调了其文本的独特性："每个文体都有其优长与缺陷，它在表达自我与世界关系时各有短板，所以我们才会有如此丰富繁多的文体。到《傻子寓言》这一类型，大解也许觉得他最擅长的诗歌不够用了，他要更大的自由，他要借助小说、散文和寓言，需要把一切有效的因素利用上，不管它们渊源何处，文无是法，一概拿来，必须地。"

小说中的故事消失了，它们有时是一个场景、一种声音，有时又是一种情绪、一些闪光的灵感，是些简洁有力的碎片与瞬间。时远时近飘忽不定，似乎很难把握，又清晰而透彻地呈现。在《劳马小说》中，反讽的、幽默的、狂欢的方式呈现生存的荒诞，《傻子寓言》以绝句式的纯粹直击精神之痛，《李黎掌小说》锐利的锋芒直指当下现代人的生存与精神困境，而《小说五段》则是自我的诘问……它们无不指向现代社会、现代人那些最为普遍而重要的话题，它们是一种对人性至深的体察、对存在某种深彻的体悟。"想要捕捉它只需要一双眼睛，一个声音，或是一个思索中的头脑。但不论将其工作对象称作故事还是经验，归根到底，它们都只是一个容器，作家借此实现自己的天职——帮助人们更好地认识外部世界与自我。"（吴永熹《戴维斯的"个性"》）

林斤澜说，"短小的生成灵活，灵活便于超前，做实验、当先锋"。无论世界小说艺术还是中国当代小说艺术的发展历程，都证明了，在文体实验尝试中，体制短小的小说往往是走在前列的。在这些微型小说中，我看到了小说的高远理想与追求，超越文体界限、向着最为自由、最为不拘一格的表达的一种努力，这也是小说的美学雄心。"小说从本质上说就不可用范式约束。它本身便是个可塑的东西。这一体裁永远在寻找，在探索自己，并不断改变自身已形成的一切形式。"（巴赫金《小说理论》）

二

　　摆脱一切羁绊，追求一种最为自由、最为独创的表达，是每一位写作者的追求，它往往以辨识度极高的个性化风格呈现出来。从这个意义上说，冯骥才的《俗世奇人新篇》以鲜明的"冯氏"个性风格和对一座城市地域文化性格的深彻发掘，成为2015年微型小说的重要收获。

　　上世纪80年代，冯骥才创作了具有文化反思意味的《神鞭》《三寸金莲》等作品后，"肚子里还有一大堆人物没处放"，于是便有了一群清末民初时代天津卫奇人异士"问世"（《市井人物》7篇，刊载于《收获》1994年1期）。其后他又陆续创作《刷子李》《蓝眼》等11篇小说，2000年它们以《俗世奇人》（共18篇）为名结集出版。此后冯骥才虽忙于文化遗产保护与抢救工作，但"脑袋里还有一些没写出来的人物"，"闹腾起来，也要出头露脸，展身手"。2015年，冯骥才以《俗世奇人新篇》（18篇）让这些老天津卫各色人等，一个个"钻出笔管"，"活活脱脱地站出来"。

　　冯骥才熟悉中国传统小说，又极为推崇欧·亨利、莫泊桑、契诃夫等人的短篇小说，对现代主义小说亦不乏真知灼见。宽广的艺术视野与丰富的艺术资源使冯骥才能够博采众长，建构充满"冯氏"个性特色的艺术世界。他往往从"出于文本的需要出发"，决定作品的"写法"。《市井人物》《俗世奇人》及《俗世奇人新篇》，在艺术上一脉相承，以刻画人物形象为中心，将笔记元素、传奇风骨、白描手法融合于一体，厚重而不失轻灵、深长而不乏精巧。它既是古小说在当今悠远的回响，也是一种敬意的传达，同时又是一种最为自由最为开放的艺术上的"独出心裁"。冯骥才说，"我喜欢这样的写法。好比雕工刻手，去一个个雕出有声有色有脾气有模样的人物形象"。《俗世奇人新篇》18篇小说，独立成章，18个人物形象，"各色性格"，"又热又辣又爽又嘎又不好惹"，他们是天津这座有着600余年历史的城市的"精灵"。（冯骥才认为，若说地域文化，最深刻的还是地域性格。一般有特色的地域文化只是一种表象，只有进入一个地方人的集体性格的文化才是不可逆的。它是真正一种精灵。）

　　天津既是最早的通商口岸，开风气之先之地，又因拱卫京畿，与北京的官场息息相通，但是洋场、官场，都不能代表天津。"天津卫本是水陆码头，居民五方杂处，性格迥然相异。然燕赵故地，血气刚烈；水咸土碱，风气强悍。近百余年来，举凡中华大灾大难，无不首当其冲，因生出各种怪异人物，既在显耀上层，更在市井民间。"也就是说，"码头"才是这座城市的底色。"码头上的人，全是硬碰硬"，"有绝活的，吃荤，亮堂，站在大街中央；没能耐的，吃素，发蔫，靠边呆着"，这是"地地道道的码头上的一种活法"。这种"硬碰硬"的"码头活法"才是天津的"集体性格"。《俗世奇人新篇》中，无论是做官的、行医的、画画的、开金店的、卖古董的，还是偷盗的、卖药糖的、卖包子的、撑船的，无不身怀绝技，在激烈的行业竞争与复杂的社会人际关系中，凭借"绝活"、"奇招"站稳脚跟，得到人们的尊敬。在一次次"硬碰硬"的较量中，优胜劣汰，强者生存。"码头上的人，不强活不成，一强就生出各样空前绝后的人物。"冯骥才浓墨重彩，将这"绝活""奇招"的"空前绝后"渲染得淋漓尽致。

在冯骥才的极力渲染之中，隐含着一位文化保护主义者的殷殷心情。从《市井奇人》到《俗世奇人新篇》，其间前后长达20余年。这20余年，也是冯骥才从事文化保护工作的20余年，他四方奔走，为古村落，为那些即将被拆除的古巷，为那些承载了太多文化记忆的文物，从撰文呼吁停止拆除到在拆除现场搜寻文物，到拍照图片力图作为永久性的记忆，他身心俱疲。这些"俗世奇人"伴随着这些奔走呼吁、身心俱焚的日日夜夜，浸润着冯骥才最为深刻的洞见与体察，最为焦灼的心境与无力回天的悲哀，它们使"俗世奇人"登峰造极，有些高处不胜寒的孤独与苍凉，浸润了些许历史的暮色，如同历代那些巧夺天工的艺术瑰宝，令后人感叹先人所创造的奇迹，怀念先人们的精神气质。冯骥才正是借助绝活、奇人的匪夷所思为老天津卫码头文化及其所造就的精神性格存照，让它们成为永远的文化记忆，抗拒时间与历史的侵蚀与风化。

三

2015年是中国人民抗日战争暨世界反法西斯战争胜利70周年。70年前的那场战争成为微型小说创作中的一个热点题材。隔着历史烟尘，微型小说作者立足于当下，以积极的姿态回应着历史与时代的召唤，从不同角度、不同层面思考历史、战争与人性。党存青的《杀》、梁小萍的《放生》等书写了侵略者凶暴残忍的屠杀，生灵惨遭涂炭的悲苦。陈力娇的《第二条路》、梁刚的《送信》等展现了抗日战争的艰苦卓绝。在高军的《研墨》中，作品围绕将军研墨展开故事，表现出抗日将领高风亮节和官兵同仇敌忾的士气；李立泰的《鸡叫头遍》以夜深人静时夫妻间温柔的私话，传达出军民众志成城的激越豪情。抗日战争中，无数中国人前赴后继万死不辞以身殉国，这悲壮的牺牲是安石榴的《离离秋草黄》中老李三于国难之时，捐弃个人恩怨、奔赴前线的决绝；是余显斌《背叛》中的王老蔫于生死关头，忍辱负重恪守职责；还是王培静的《小兔子》、韦如辉的《将军完婚》等作品中普通人毁家纾难的义无反顾。这牺牲是血战到底的英雄气概和不屈抗争的民族气节，至今依然令人肃然起敬。

在对历史的回望中，陈力娇的"开拓团"题材微型小说作品（《夜幕下的满洲》《收养》《遣返》《逆归》等），颇具特色。1931年，"九一八"事变后，为了巩固对我国东北等地军事占领，日本政府有组织地有计划地向东北地区大规模"移民"，名为"开拓"，实为移民侵略。"开拓团"以野蛮军事占领为前提，掠取中国土地，给东北人民带来深重灾难。日本战败，一纸"可以放弃满洲全土"的弃民命令，令人间惨剧在黑土地上拉开。其实，陈力娇之于"开拓团"的书写，对于读者来说并不陌生。2013年的《米殇》《师徒》，2014年的《和平》《伤寒》《国恨》等皆是"开拓团"题材的微型小说作品。据陈力娇讲，她计划创作一部"开拓团"题材的长篇小说，这些微型小说是构思写作过程闪现的"灵感"、思想的"火花"，她将它们记录下来，成为微型小说。

在《夜幕下的满洲》等作品中，陈力娇着重表现抗日战争后期及日本战败后"开拓团"的生活，日军普通军官——佐藤、坂元、木田雄造、浅仓等形象，令人深思。这些普通的"开拓团"军官，几乎无一例外地恪守"大日本皇军是以帝国利益为重"信条，忠于自己的职守，认定服从命令是天职，而从不过问这些"信条"、"职守"、"命令"是什么。因此，他们侵占土地、抢夺粮食、霸占房屋，残害中国人，中国人"为他们种地，自己却没有粮食吃；房子让他们抢去，自己却住地窖子，并被他们独用，自己却喝沟里带红锈的水"。（《收养》）为了"大和民族"的律条，佐藤毫不犹豫地挖出中国孤女的眼睛。（《夜幕下的满洲》）日本战败，一纸"弃民令"，他们向"开拓民"举起屠刀。浅仓强行妇女孩子集体自焚，以示"尽忠"。面对加藤代子拼死说出的"心里话"，坂元还是让"一颗颗手榴弹就甩在妇女和孩子们中间"，任他们瞬间变成冤魂。（《逆归》）即使在遣返途中，面对中国人的仁慈与宽恕，参与了"安东驿事件"的木田雄造仍怒目相向："不是我的错，是国家的错"。他们是凶残的掠夺者、残暴的杀戮者，也是不折不扣"服从和执行上级命令"的军人，如同杀人机器上的"齿轮"，他们使日本军国主义的罪行得以实现。阿伦特将之称为"平庸之恶"：不思考人性，不思考社会，"失去了自己对善恶的判断能力"，并心安理得地逃避一切道德责任。（阿伦特：《耶路撒冷的艾希曼：一份关于恶的平庸性的报告》）

追寻逝去的历史、唤醒沉睡的记忆，在于破解其中隐藏的历史与人性的"密码"。显然，陈力娇，这位以深入探究人性而著称的作家，从"平庸之恶"出发，审视人心与人性，当小野平亮冷漠说出"我们大和民族是不允许一个瞎子不嫁给另一个瞎子"时，当酒井美黛的母亲带头领受打向眉心的一枪时，陈力娇看到了每一个人的心中都有一个"艾希曼"。可能他们不像佐藤们罪行昭著，他们同样服从于强权，按照罪恶的法则行事，不思考，"对显而易见的恶行熟视无睹"。"平庸之恶"潜匿于我们的内心，它具有持久的腐蚀作用，它是滋生罪恶的土壤。"过去不再启示未来，人心在昏暗中徘徊"（阿伦特）。于这"昏暗"中，陈力娇久以美子打向平亮的耳光、木田的下跪以及加滕代子的心里话，让我们看到了良知，于"昏暗"中看到的，尽管它还很微弱，但却是终将于血污与屠杀中拯救世界的力量。

回望70年前的那场战争，尤其是当我们面对《这里的黎明静悄悄》《一个人的遭遇》《第二十二条军规》《战争风云》《铁皮鼓》等世界优秀的文学作品时，面对这些凝聚着人类思想的"高峰"时，如何反思历史是横亘在微型小说作者面前的一道难题，是无法回避的严峻的思想考验。

辑一

《俗世奇人新篇》之
《神医王十二》

冯骥才

天津卫是码头。码头的地面疙疙瘩瘩可不好站，站上去，还得立得住，靠嘛呢——能耐？一般能耐也立不住，得看你有没有非常人所能的绝活儿。换句话说，凡是在天津站住脚的，不管哪行哪业，全得有一手非凡的绝活，比方瞧病治病的神医王十二。

要说那种"妙手回春"的名医，城里城外一捡一筐，可这只是名医而已，王十二人家是神医。神医名医，一天一地。神在哪儿，就是你身上出了毛病，急病，急得要死要活，别人没法儿，他有法儿，而且那法儿可不是原先就有的，是他灵光一闪，急中生智，信手拈来，手到病除。

王十二这种故事多着呢，这儿不多说，只说两段。一段在租界小白楼，一段在老城西马路。先说租界这一段。

这天王十二在开封道上走，忽听有人尖叫。

一瞧，一个在道边套烟筒的铁匠两手捂着左半边脸，痛得大喊大叫。王十二急步过去问他出了嘛事，这铁匠说："铁渣子崩进眼睛里了，我要瞎了！"王十二说："别拿手揉，愈揉扎得愈深，你手拿开，睁开眼叫我瞧瞧。"铁匠松开手，勉强睁开眼，一小块黑黑的铁渣子扎在眼球子上，冒泪又流血。

王十二抬起头往两边一瞧，这条街全是各样的洋货店，王十二喜好洋人新鲜的玩意儿，常来逛。他忽然目光一闪，也是灵光一闪，只听他朝着铁匠大声说："两手别去碰眼睛，我马上给你弄出来！"扭身就朝一家洋杂货店跑去。

王十二进了一家洋货店的店门，伸出右手就把挂在墙上一样东西摘下来，顺手将左手拿着的出诊用的绿绸包往柜台上一摆，说："我拿这包做押，借你这玩意儿用用，用完马上还你！"话没说完，人已夺门而出。

王十二跑回铁匠跟前说："把眼睁大！"铁匠使劲一睁眼，王十二也没碰他，只听叮的一声，这声音极轻微也极清楚，跟着听王十二说："出来了，没事了。你眨眨眼，还疼不疼？"铁匠眨眨眼，居然一点不疼了，跟好人一样。再瞧，王十二捏着一块又小又尖的铁渣子举到他面前，就是刚在他眼里那块要命的东西！不等他谢，王十二已经转身回到那洋货店，跟着再转身出来，胳肢窝夹着那个出诊用的绿绸包朝着街东头走了。铁匠朝他喊："您用嘛法给我治好的？我得给您磕头呵！"王十二头也没回，只举起手摇了摇。

铁匠纳闷，到洋货店里打听。店员指着墙上边一件东西说："我们也不知道是怎么回事，他就说借这东西用用，不会儿就送回来了。"

铁匠抬头看，墙上挂着这东西像块马蹄铁，可是很薄，看上去挺讲究，光亮溜滑，中段涂着红漆；再看，上边没钉子眼儿，不是马蹄铁。铁匠愈瞧愈不明白，问店员道："洋人就使它治眼？"

店员说："还没有听说它能治眼！这是个能吸铁的物件，洋人叫吸铁石。"店员说着从墙上把这东西摘下来，吸一吸桌上乱七八糟的铁物件——铁盒、铁夹子、钉子、钥匙，还有一个铁丝眼镜框子，竟然全都叫它吸在上边，好赛①有魔法。铁匠头次看见这东西——见傻。

原来王十二使它把铁匠眼里的铁渣子吸下来的。

可是，刚刚那会儿，王十二怎么忽然想起用它来了？

神不神？神医吧。再一段更神。

这段事在老城西那边，也在街上。

_____

① 赛：好像，天津方言。

那天一辆运菜的马车的马突然惊了，横冲直撞在街上狂奔，马夫吆喝拉缰都弄不住，街两边的人吓得往两边跑，有胡同的地方往胡同里钻，没胡同的往树后边躲，连树也没有的地方就往墙根扎。马奔到街口，迎面过来一位红脸大汉，敞着怀，露出滚圆锃亮的肚皮，一排黑胸毛，赛一条大蜈蚣趴在当胸。有人朝他喊："快躲开，马惊了！"

谁料这大汉大叫："有种往你爷爷胸口上撞！"看样子这汉子喝高了。

马夫急得在车上喊："要死人啦！"

跟着，一声巨响，像撞倒一面墙，把大汉撞飞出去，硬摔在街边的墙上，好像紧紧趴在墙上边。马车接着往前奔去，大汉虽然没死，却趴在墙上下不来了，他两手用力撑墙，人一动不动，难道叫嘛东西把他钉在墙上了？

人们上去一瞧，原来肋叉子撞断，断了的肋条穿皮而出，正巧插进砖缝，撞劲太大，插得太深，拔不出来。大汉痛得急得大喊大叫。

一个人嚷着："你再使劲拔，肚子里的中气散了，人就完啦！"

另一个人叫着："不能使劲，肋叉子掰断了，人就残了！"

谁也没碰过这事，谁也没法儿。

大汉叫着："快救我呀，我这个王八蛋要死在这儿啦！"声音大得震耳朵。有几个人撸袖子要上去拽他。

这时，就听不远处有人叫一声："别动，我来。"

人们扭头一瞧，只见不远处一个小老头朝这边跑来。这小老头光脑袋，灰夹袍，腿脚极快。有人认出是神医王十二，便说："有救了。"

只见王十二先往左边，两步到一个剃头摊前，把手里那出诊用的小绿绸包往剃头匠手里一塞说："先押给你。"顺手从剃头摊的架子上摘下一块白毛巾，又在旁边烧热水的铜盆里一浸一捞，便径直往大汉这边跑来。他手脚麻利，这几下都没耽误工夫，手里的白手巾一路滴着水儿、冒着热气儿。

王十二跑到大汉身前，左手从后边搂大汉的腰，右手把滚烫的湿手巾往大汉脸上一捂，连鼻子带嘴紧紧捂住，大汉给憋得大叫，使劲挣，王十二死死搂着捂着，就是不肯放手。大汉肯定脏话连天，听上去却呜呜的赛猪嚎。只见大汉憋得红头涨脸，身子里边的气没法从鼻子和嘴巴出来，胸膛就鼓起来，愈鼓愈大，大得吓人，只听"砰"的一声，钉在墙缝里的肋叉子自己退了出来。王十二手一松，大汉的劲也松了，浑身一软，坐在地上，出了一声："老子活了。"

王十二说："赶紧送他瞧大夫去接骨头吧。"转身去把白手巾还给剃头匠，取回自己那出诊用的绿绸包走了，好赛嘛事没有过。

可是在场的人全看得目瞪口呆。只一位老人看出门道，他说："王十二爷这法儿，是用这汉子自己身上的劲把肋条从墙缝里抽出来的。外人的劲是拗着自己的，自己的劲都是顺着自己的。"这老人寻思一下又说，"可是除去他，谁还能想出这法子来？"

人想不到的只有神，所以天津人称他神医王十二。

（原载《收获》2015 年第 4 期）

《俗世奇人新篇》之《狗不理》

冯骥才

　　天津人讲吃讲玩不讲穿，把讲穿的事儿留给上海人。上海人重外表，天津人重实惠；人活世上，吃饱第一。天津人说，衣服穿给人看，肉吃在自己肚里；上海人说，穿绫罗绸缎是自己美，吃山珍海味一样是向人显摆。天津人反问：那么狗不理包子呢？吃给谁看？谁吃谁美。

　　天津人吃的玩的全不贵，吃得解馋玩得过瘾就行。天津人吃的三大样——十八街麻花耳朵眼炸糕狗不理包子，不就是一点面一点糖一点肉吗？玩的三大样——泥人张风筝魏杨柳青年画，不就一块泥一张纸一点颜色吗？非金非银非玉非翡翠非象牙，可在这儿讲究的不是材料，是手艺，不论泥的面的纸的草的布的，到了身怀绝技的手艺人手里一摆弄，就像从天上掉下来的宝贝了。

　　运河边上卖包子的狗子，是当年跟随他爹打武清来到天津的。他的大名高贵友，只有他爹知道；别人知道的是他爹天天呼他叫他的小名：狗子。那时候穷人家的孩子不好活，都得起个贱名，狗子、狗剩、椰子、二傻、疙瘩等等，为了叫阎王爷听见不当个东西，看不上，想不到，领不走。在市面上谁拿这种狗子当人，有活儿叫他干就是了。他爹的大名也没人知道，只知道姓高，人称他老高；狗子人蔫不说话，可嘴上不说话的人，心里不见得没想法。

　　老高没能耐，他卖的包子不过一块面皮包一团馅，皮厚馅少，肉少菜多，这种包子专卖给在码头扛活儿的脚夫吃。干重活的人，有点肉就有吃头，皮厚了反倒能搪时候。反正有人吃就有钱赚，不管多少，能养活一家人就给老天爷磕头了。

　　他家包子这点事，老高活着时老高说了算，老高死了后狗子说了算。狗子打小就从侯家后街边的一家卖杂碎的铺子里喝出肚汤鲜，他就尝试着拿肚汤排骨汤拌馅。他还从大胡同一家小铺的烧麦中吃到肉馅下边油汁的妙处，由此想到要是包子有油，更滑更香更入口更解馋，他便在包馅时放上一小块猪油。之外，还刻意在包子的模样上来点花活，皮捏得紧，褶捏得多，一圈十八褶，看上去像朵花。一咬一兜油，一口一嘴鲜，这改良的包子一上市，像炮台的炮一炮打得震天响。天天来吃包子的比看戏的人还多。

狗子再忙，也是全家忙，不找外人帮，怕人摸了他的底。顶忙的时候，就在门前放一摞一摞大海碗，一筐筷子，买包子的把钱摞在碗里。狗子见钱就往身边钱箱里一倒，碗里盛上十个八个包子就完事，一句话没有。你问他话，他也不答，哪有空儿答？这便招来闲话："狗子行呵，不理人啦！"

别的包子铺干脆骂他"狗不理"，想把他的包子骂"砸"了。

狗子的包子原本没有店名，这一来，反倒有了名。人一提他的包子就是"狗不理"。虽是骂名，也出了名。

天津卫是官商两界的天下。能不能出大名，还得看是否合官场和市场的口味。

先说市场，在市场出名，要看你有无卖点。好事不出门，坏事传千里；好名没人稀罕，骂名人人好奇。狗不理是骂名，却好玩好笑好说好传好记，里边好像还有点故事，狗子再把包子做得好吃，狗不理这骂名反成了在市场扬名立名立腕的大名了！

再说官场。三岔河口那边有两三个兵营，大兵们都喜欢吃狗不理的包子。这年直隶总督袁世凯来天津，营中官员拜见袁大人，心想大人山珍海味天天吃，早吃厌了，不如送两屉狗不理包子，就叫狗子添油加肉，精工细做，蒸了两屉，赶在午饭时候，趁热送来。狗子有心眼，花钱买好衙门里的人，在袁大人用餐时先送上狗不理。人吃东西时，第一口总是香。袁大人一口咬上去，满嘴流油，满口喷香，心中大喜说："我这辈子头次吃这么好吃的包子。"营官自然得了重赏。

转过几天，袁大人返京，寻思着给老佛爷慈禧带点什么稀罕东西。谁知官场都是同样想法，袁大人想，老佛爷平时四海珍奇，嘛见不着；鱼翅燕窝，嘛吃不到；花上好多钱，太后不新鲜，不如送上前几天在天津吃的那个狗不理包子，就派人办好办精，弄到京城，花钱买好御膳房的人，赶在慈禧午间用餐时，蒸热了最先送上，并嘱咐说："这是袁大人从天津回来特意孝敬您的。"慈禧一咬，喷香流油，勾起如狼似虎的胃口。慈禧一连吃了六个，别的任嘛不吃，还说了这么一句：

"老天爷吃了也保管说好！"

这句话跟着从宫里传到宫外，从京城传到天津。金口一开，天下大吉，狗不理名满四海，直贯当今。

（原载《收获》2015 年第 4 期）

《劳马小说》之《改不掉的毛病》

劳　马

　　"二姐这个人哪儿都好，就是喜欢偷东西！"大朱就是这样评价他老婆的。大朱管他的老婆叫二姐。听起来既亲昵又别扭。

　　据大朱说，他家里日常用品基本不用花钱，全是"二姐"顺手牵羊弄回来的。他说，不管是床上铺的、身上盖的，这些被褥枕头，统统都是她在外地被服厂打工时寄回来的，包括我们全家人一年四季穿的衣裤鞋袜。你再看看这厨房，锅碗瓢盆，油盐酱醋，瓜果蔬菜没一样是买来的。还有洗手间里的五颜六色的化妆品，够十个女人用一辈子了。

　　我们家根本不缺钱，她压根就犯不上做这些不干不净的事情。有人说她这是得了一种病，偷东西上瘾，不偷不行！她妈妈也就是我的丈母娘告诉我，二姐从小就有小偷小摸的天分，笔墨纸张装了好几大箱子，光文具盒就有一百多个。

　　二姐做过许多职业，幸亏没在银行干过。结婚后大朱把她强行留在家里，不准她外出工作，甚至限制她到亲戚朋友或街坊邻居家串门。"但她总得买菜做饭吧！"大朱无奈地摇着头，自言自语道，"二姐生性就是个闲不住的人！她空手去菜市场或是小超市，回来时大包小包一大堆，外加满面笑容，从米面鱼肉到香皂手纸牙膏牙刷样样俱全，如果你翻翻她的衣兜，针头线脑又能掏出一大把，连高筒靴里都塞满了餐巾纸。"

　　常在河边走，哪能不湿鞋？有一次二姐怀里抱着孩子去超市买奶粉，结果被弄到了派出所。隔了两天才回家，孩子饿得哇哇叫，她没有一丁点愧疚，竟笑嘻嘻地从棉袄里拿出了三副手铐和两根警棍。

　　"唉，"大朱叹口长气说，"我有七八年没敢和她亲过嘴了，生怕丢颗牙！"

　　二姐出事后，大朱跟警察交代："我本以为她生了孩子当了母亲后能改掉这些坏毛病，至少别给孩子树立坏榜样。她口口声声答应着，却不按我说的去做。从妇产医院出院时，家里又多了七个听诊器、五根压舌板、四件白大褂、五六顶护士帽，还有十几支体温计和病房里用的床单、枕巾等等。这些我都认了，可以出庭作证，但警察同志，我做梦也没想到连这孩子也是偷的。她是抱回了两个孩子，一男一女，她告诉我是双胞胎，而且是龙凤胎，我一兴奋，就没往别处想，这种事情谁敢想呢？是的，这对孩子越长越不像，可二姐说世上哪有一模一样的双胞胎呢？既然你们证据确凿，该抓就抓、该关就关吧，那是她罪有应得。但是这回你们千万可得给她看住了，别再让她偷两个犯人带回家！"

（原载《人民文学》2015 年第 5 期）

《劳马小说》之《无语的荣耀》

他身体歪斜着坐在轮椅上，被孙子推到了舞台中央，追光灯随即亮起，聚焦在祖孙二人身上。台下同时爆发出震耳欲聋的掌声和事先录制完成的欢呼声。全场的嘉宾和观众全体起立，以热烈鼓掌的方式向台上强光照射下的这位百岁老人致敬：老人一动不动地呆笑着，他的孙子紧挨着他，挥手向大家致意。

掌声经久不息，女主持人示意了三次，观众们才坐下。主持人被这开场的气氛感动得热泪盈眶，以至于开头的几句话明显地带着浓浓的鼻音和哭腔。

她说，坐在我们面前的这位长者，让我想起了已离世多年的祖父。我小时候，他溺爱我，不仅给我好吃的，还把我抱在膝盖上给我讲那动人的故事和美丽的传说，我甚至会调皮地抠出他的假牙去挖花盆里的土……说到这里，她噗的一声笑了，竟鼓起了一个不大不小的鼻涕泡。观众起哄地笑着，她满脸羞红，赶紧掏出面巾纸擦了擦鼻子，连声说，对不起，不好意思，我太激动了。然后，又从口袋里掏出了两张扑克牌大小的卡片，看了一眼，向观众介绍说："坐在舞台中间的这位长者，是一位值得我们无限尊敬和永远铭记的大师，他是文化天空下的一颗璀璨夺目的明星，犹如北斗一样指引着我们前行的路，"她又低头瞄了一眼手上的提示卡片，"他几乎代表了先进文化的前进方向，他对我们民族的贡献比山高，比水长。"耀眼灯光下的老人发出嗷嗷声，怪异而尖亮。他的孙子用手轻轻地推了几下他的肩膀，老人安静了下来。

女主持人接着说，今天我们在大师百岁诞辰之际，在这里隆重举行庆祝仪式并向他颁发终身成就奖，以表达我们对他的仰慕之情和真诚的敬意……现在，有请全国科学、哲学、文学、艺术终身成就奖评奖委员会主席万先生宣读授奖辞，大家鼓掌欢迎！

万主席在掌声中走到台上，先向老者深深地鞠躬，再慢慢地移步至话筒前，从怀里掏出一份打印稿，戴上老花镜，用混合着江浙、岭南和胶东等多地口音的普通话宣读了授奖致辞。观众们交头接耳，相互求证，试图搞清主席先生到底说了什么。经多人解读，大体弄懂了他讲话的主要内容，大意是：某某大师在其八十余年的学术苦旅上，筚路蓝缕（听起来像男女），以启山林；逢山开路，遇水架桥；上下求索，不屈不挠；战天斗地，可歌可泣；继往圣之绝学，树后生之楷模；愚公精神，永放光芒……

在主席宣读授奖辞的短短几分钟内，老人的嘴巴不时发出各种怪声，引发了场内观众的几次嬉笑。接下来，有两位穿戴靓丽的礼仪小姐向大师献花。当鲜花被放到老人怀里时，他惊愕地用手推挡，把花束扔到了舞台上，口中又发出一阵刺耳的怪叫。

颁奖典礼的最后一个环节，是请大师发表获奖感言。女主持人将话筒递给大师，老人受了惊吓似的尽量把身子紧紧地靠在他孙子胳膊上。他那已是中年模样的孙子，慢慢掰开祖父紧抓轮椅扶手的左手，在他的手掌上反复写着一个"讲"字，又把话筒递到了他的嘴边。老人终于张开了嘴巴，大声喊道："我有罪！我该死！请不要再骂我了！"

全场的气氛突然紧张，出现了短时的沉寂。

"对不起，请允许我代表我爷爷讲几句话。"那位中年男子从老人手里拿过话筒，向观众席鞠躬致谢，又向女主持人点了点头。

"是这样的，我爷爷早已双目失明，两耳也完全听不见声音了。八年前，他借助助听器还能断断续续地听到一点外界的声响，现在他完全生活在一个黑暗无声的世界。在他耳聪目明的年代里，他看到和听到的几乎全是对他的辱骂与诅咒，他接受了一场又一场批斗与清算。他曾经为自己变得又聋又瞎而感到庆幸，只是觉得自己活得太长了，认为这是上帝对他的惩罚。我记得十年前，当记者执意采访他时，告诉他——您的文集出版了。他十分惶恐地回答说：'同志，您认错人了！我是个文盲，从来没写过东西！'所以，今天的颁奖典礼和对他的赞扬与表彰只是主办者的自我安慰和自娱自乐而已，我替他谢谢各位……"

老人又发出了一连串的怪声，刺耳又瘆人。聚光灯突然熄灭了，会场内顿时闹闹哄哄……

（原载《人民文学》2015 年第 5 期）

孤独的庄稼

赵　新

　　赵庄稼大门前的荒地上长了一棵庄稼。也不知道是谁丢下的种子，也不知道那颗种子什么时候破土发芽，也不知道那棵苗儿谁给施肥浇水，也不知道谁给呵护和照料，那棵庄稼蓬蓬勃勃长起来，枝繁叶茂，威武高大；现在它已经抱上娃娃了，仿佛当年女人有孕在身，赵庄稼喜不自禁，更加心疼它。

　　沟里村的赵庄稼已经六十二岁。

　　种了一辈子庄稼的赵庄稼，从未见过这样好的一棵庄稼。

　　饭前饭后，工余闲暇，端上一袋旱烟，老汉常常站在那棵庄稼跟前，观赏它粗壮挺拔的身姿，抚摸它舒展修长的枝叶，直看得如痴如醉。老汉现在是沟里村的清洁工，每天拿把扫帚在街道上打扫卫生，然后按月去村委会领钱，然后用那两千四百块钱的工资，买米买面，买油买菜，买这买那。

　　日子过得很舒服、很滋润，很享受，但是过得不踏实，很纠结，一颗心吊在肚子里，嘣嘣乱跳，七上八下。他百思不得其解的问题是，沟里村的庄稼人一窝蜂地都去外地打工，怎么不种庄稼了呢？眼见大片大片的土地撂荒了，野草长得天来高，怎么没人心疼呢？你也买着吃，我也买着吃，家家户户买着吃，要是有那么一天天底下的米面卖光了卖完了，人们该吃什么呢？

　　他去问村委会主任。年轻的村主任哈哈大笑。村主任说，姑父，你这就叫做杞人忧天哪！人们出去打工，那是因为打工比种地挣钱；人们方方面面买着吃，那是因为手里有钱；而只要你手里有钱，你永远会有饭吃！

　　他说：照你这么说，钱就是饭，钱就是粮食？

　　村主任说：你真是，这还用怀疑吗？

　　他不服：那，要是万一光有钱没有粮食呢？

　　村主任说：姑父，你别死凿铆，别想入非非啦，好好打扫卫生吧。你要不是我亲姑父，能挣上那两千四百块钱的工资吗？你让别人好羡慕好嫉妒啊！

他胡乱点了点头，心情却越发沉重起来。

只有见了那棵庄稼，老汉的心情才会感到舒畅，感到明朗，感到踏实。老汉悄悄地发自肺腑地赞赏那棵庄稼：野种，你怎么长出来啦？

老汉拍手击掌，提高嗓门夸奖那棵庄稼：好家伙，你腰杆子真硬，你旱也不怕涝也不怕，风也不怕雨也不怕！

正兀自念叨时，发现它的叶子上爬了一只虫子。那虫子又细又长，弓了腰快速蠕动，像爬在他的脊背，像爬在他的心上，他伸手把它拿住，用力一搓，那虫儿便成了一摊绿色的汁水。

说话到了白露节令，那棵庄稼上的娃娃已经长得比棒槌还大，一团红缨秀出来，<u>丝丝缕缕</u>，飘飘洒洒。老汉激动而又兴奋地把那娃娃摸了摸、按了按、捏了捏，上面的颗粒密密实实，娇娇嫩嫩，饱满圆润，又鼓又大！

老汉闻到了它的芳香；那芳香如酒，扑鼻而来，令他陶醉。

老汉看见了它的成熟；那成熟金光闪闪，像一道霞光，扮亮了秋天。

傍晚的时候，村主任忙忙活活地来到了赵庄稼家里，伸手递上去一支香烟。

老汉正在吃饭，顾不上接那支香烟。

村主任说：姑父，就你一个人吃饭？

老汉说：你姑姑撇下我走了，孩子们都在外头打工，可不是就我一个人吃饭！

村主任说：姑父，我问你一个问题，你门前那棵玉米，是你的吗？

老汉放下饭碗：这还用问吗？它长在我的地里，当然就是我的。

村主任又给老汉递烟，老汉忙着刷碗，又没接。

村主任说：姑父，你把那颗棒子送给我吧，我儿子吵着闹着要吃煮玉米。孩子聪明啊，他知道这个时候煮出来的玉米又鲜又嫩又香又甜最好吃！

老汉的心猛地一抖：那可不行。你到别处找去吧……

村主任笑了：怎么会不行？你应该知道，咱们村只有你这一棵玉米，只有你这一穗嫩棒子，我到哪儿找啊？

老汉说：不行就是不行！那穗棒子我要留下做种子，不能随便糟蹋了它！

村主任说：姑父啊，你已经不种地了，还要种子干啥？

老汉说：种，我现在就开始准备种，你别忘了我叫赵庄稼！老汉又说，想吃煮玉米还不好说，你有钱你有车，你到城里买去啊。

当天晚上，月光明媚，夜色如画。在缠绵的秋风里，赵庄稼披了一件厚衣服，坐在一张板凳上，聚精会神地守护那棵孤独的庄稼。有只萤火虫儿飘过来，欢欣鼓舞地绕着那棵庄稼转，而它好像睡着了，顶着满天露水，抱着硕大的娃娃。

　　老汉想，快了快了，再有十几天，我就可以收获，把这穗种子藏到我家。

　　老汉想，收获了这穗种子我就向村委会辞职，我还种我的庄稼。

　　竟迷迷糊糊睡着了，睡梦中漫山遍野都是好庄稼。

　　老汉是自己笑醒的。笑醒了，天亮了，那棵庄稼上没了那个娃娃。

　　没了娃娃它就越发的孤独了，它也好像种庄稼的赵庄稼。

　　晌午的时候，村主任又忙忙活活地来到赵庄稼家里。他说，姑父，我今天还真到县城去买嫩棒子，可惜白跑了，没有卖的啊；老人家，求求你……

　　老汉说：你别求我啦，我的娃娃早丢啦，你不知道吗？

（原载《百花园》2015 年第 3 期）

抓 痒 痒

赵 新

宝山小时候常给爷爷抓痒痒，有时候一天抓一回，有时候一天抓两回，最多的时候一天能抓四五回，比吃饭的次数还多。宝山总是很听话，爷爷有求必应，有求必抓，抓得爷爷很舒服，很享受。

因为抓得好，爷爷就把八岁的宝山要过来，要他贴在自己身边睡。对此奶奶有意见，奶奶笑着对爷爷说，老东西，你看孙子比看我还亲啊？爷爷很严肃地回答，那八成是吧，没有孙子能有爷爷吗？

宝山听了这话很奇怪：不对呀，应该是有了爷爷才有孙子呀，爷爷说反了吧？

那时候山里还没电，家家户户点油灯。油灯挂在墙上，黄色的灯苗儿摇啊晃啊，摇出满屋子灿烂，晃出一世界朦胧。爷爷睡下以后先给宝山讲故事，讲《孙悟空三借芭蕉扇》，讲《鲁智深大闹野猪林》，可是讲着讲着爷爷很突然地说：宝山，爷爷背上很痒痒，你给爷爷抓抓吧。宝山就赶紧把手伸进爷爷被窝里，给爷爷一下一下地抓；抓完了，爷爷接着讲故事；讲着讲着爷爷又说背上痒痒了，宝山又赶紧接着抓。

爷爷大个子，脊梁很宽阔，脊背很辽远；爷爷要求又很高，从上到下从左到右四面八方都得抓到；劲大了说哎呀，抓破了，劲小点劲小了说哎呀，不过瘾，使劲抓。宝山根据爷爷的指示和点拨，两只手在爷爷的脊背上同时游走和移动，凭着感觉抓，悠着劲头抓，恰到好处地掌握力度和深度，把亲悄抓出来，把感情抓出来，把对爷爷的敬仰抓出来。如果爷爷还是觉得不过瘾，宝山就索性钻到爷爷被窝里抓，抓得爷爷眉开眼笑，大声呼喊好，真好，忒好！

奶奶批评爷爷：老头子，你别光顾你自己，孩子还小，别把他累着！

宝山是真累了，头上冒汗了，胳膊抬不起来了。爷爷浑身都是土，一抓就是一指甲泥；爷爷又没工夫没条件洗澡，一抓就是一股浓重的汗腥味儿。可是宝山知道爷爷很辛苦，每天披星戴月风里雨里忙得不可开交。爷爷已经六十多岁了，腰也弯了背也驼了，说不定哪一天就会躺下，躺下之后就起不来了。

宝山情不自禁地看了一眼墙上的油灯，那油灯灯苗儿小了，豆一样地晃晃悠悠，弱不禁风的样子，灯盏里的油快耗干了。

宝山想，爷爷也是那盏油灯啊。

宝山说：奶奶，我不累，我能抓，我还等着爷爷给我讲故事呢。

几十年过去，宝山很骄傲很体面地当上爷爷了。当了爷爷的他，一把胡须，满脸沧桑，深深领悟到爷爷说过的没有孙子就没有爷爷的话了。

真是的，怀里没有孙子，你给谁当爷爷？

宝山的孙子叫乖乖。乖乖是掌上明珠，全家子人都捧着，都宠着。

那天老伴栽个跟头，没打招呼就走了。宝山把八岁的乖乖抱过来，让他和自己做伴睡觉。

躺下之后老汉说：乖，快给爷爷抓抓背，爷爷背上痒了。爷爷才洗了澡……

乖乖说：爷爷，你自己抓吧，我没干过这种活儿，不会抓！

老汉说：爷爷自己够不着抓。好乖乖，你给爷爷抓了，爷爷给你讲故事。

乖乖问：爷爷给我讲什么？

老汉说：讲《孙悟空三借芭蕉扇》，讲《鲁智深大闹野猪林》。

乖乖说：不好不好，这些故事我都从电视上看过，都看烦了，都没意思了。

老汉背上越来越痒，痒到心里了，痒到骨缝里了。

老汉说：乖，你给爷爷抓抓吧，爷爷求求你……

乖乖说：爷爷，你让我妈给你抓；她会抓，她天天给我抓，她抓得很舒服！

老汉说：别别别，使不得。乖呀，你给我抓了，我明天给你买好吃的。

乖乖把手伸过来，在他的脊背上潦潦草草象征性地划拉了几下。乖乖一边划拉一边数一、二、三、四……数到十，那手就停住了。

老汉说：孩子，接着抓，接着抓。

乖乖说：不抓了，够数了，爷爷明天给我买十块钱的好吃的，记住了？

第二天晚上乖乖不和宝山做伴睡觉了。乖乖和爸爸妈妈说，爷爷身上一抓一把泥，爷爷臭，爷爷没完没了！

这是秋天，这是一个雨夜。宝山一个人睡在炕上，听那风声飒飒，听那细雨绵绵。灶台上一只蟋蟀唱起来，唱得高亢而嘹亮，唱得亲切而温暖。宝山一时激动一时兴奋，悄悄对那虫儿说：你是乖乖他奶奶吗？你知道我很孤单很寂寞？

那虫儿立刻哑了。

老汉后悔不已，他打扰那只虫儿了。

门开了，儿子进屋里来了。儿子先把灯拉着，然后把一杆细长的竹子做的痒痒挠递到老汉的手里。儿子说：爹，这么早你就睡觉了？我刚才冒着雨从咱们村小卖部给你买了一只痒痒挠，你看它有手，手上也是五个指头，它和人一样，可以给你抓痒痒。

儿子又说：爹，你别和乖乖计较什么。他还小，他知道仁多俩少？

儿子走了，宝山的脊背上又隐隐约约痒起来了。他用那痒痒挠抓了抓，除了凉一点儿硬一点儿，除了没血没肉没心没肺不热乎，除了不会说话，真的和人差不多。

（原载《小小说选刊》2014 年第 24 期）

《笔记中的动物》之《悲情马嘉鱼》

陆春祥

　　《齐东野语》，宋朝作家周密的另一部大作。卷十四，有《姚干父杂文》篇。他说，小时候曾经跟姚镕学习过，他是个很有学问的老先生。

　　姚先生写了不少文章，但基本没保存下来，周密存有老师为数不多的几篇写动物的杂文，其中有一篇是《马嘉鱼》，全文如下：

　　海有鱼曰马嘉，银肤燕尾，大者视睟儿，脔用火熏之可致远。常潜渊不可捕。春夏乳子，则随潮出波上，渔者用此时帘而取之。帘为疏目，广袤数十寻，两舟引张之，缒以铁，下垂水底。鱼过者，必钻触求进，愈触愈束愈怒，则颊张鬣舒，勾著其目，致不可脱。向使触网而能退却，则悠然逝矣。知进而不知退，用罹烹醢之酷，悲夫！

　　马嘉鱼的外形特点为：银白色的皮肤，尾巴很漂亮，个子也很结实，有满岁的婴孩那么大。它的生活习性则是：常常活动在深海，很难抓到。但春夏生养幼鱼的时候，它们则会成群浮到水面上产子。

　　渔民为什么看中马嘉鱼？将这种大鱼，切成块，用火熏，做成鱼干，味道极好，能保存很久，可以卖到很远的地方。

　　你以为你在深海就抓不到你了？渔民们看中马嘉鱼的致命弱点有两处：一是春夏之交它们一定会浮到水面上来；二是这种鱼碰到网时，不会跑掉，只会很生气，越生气越往网里钻，直到被网勒死。

　　渔民们的捕鱼工具是这样的：用格子很疏的网，长宽几十米，网的下端坠上小铁块，一直垂到水的底部，然后，两只小船一起拉着，快速往前进。

　　捕捉马嘉鱼的场景一定很壮观，因为渔民们信心满满，他们期待有一个好收成，他们一点也不担心马嘉鱼会跑掉。

　　果然，成群的马嘉鱼来了，它们视网不见，想钻撞，想继续前进，而越撞越被束缚，又更怒撞，腮颊张开，鱼鳍展开，然而，一切的抗争都徒劳，它们被勾在网眼中，永远不能脱身了。

对此，姚先生的评论是：马嘉鱼假使碰到网就知道退却，那就可以轻松脱险啊。只知道进而不知道退，因此惨遭烹煮成肉酱，实在是可悲啊！

姚先生的评论大致不错，布衣我还想再深入讨论一下其中蕴含的哲学关系。

有三组关系需要思考。

进和退。马嘉鱼在前进过程中，遇到了困难，不，应该是危险。这个时候，需要冷静，用平和的心态应对危险。那就退一步试试看，退一步，海阔天空，退其实就是进。马嘉鱼不会退，那就成为渔民的猎物。人退了，一定可以得到另外一个世界。

变和通。马嘉鱼在遇险过程中，不仅不会退，还习惯将生活中不好的一面"发扬光大"。它容易生气，这个时候，它是越来越生气：凭什么不让我过去啊！凭什么嘛！我就是要过去！愤怒让它彻底失去理智，继而酿成悲剧。如果它能学会应变，就能一通百通，对于人来说，有变通才能有变化。

强和弱。渔民的经验是，马嘉鱼虽然强大，是因为它在深海，凭一般的技术条件，我奈何你不得。但有强必有弱，马嘉鱼的弱点就是，死不悔改，没脑子，只会愤怒反抗，一条道走到黑。所以，对于人来说，只有善于利用对手的弱点，才能战胜对手，不管对手有多强。

当然，从马嘉鱼身上，我们还可以得到另一种暗喻，就是，为了名，为了利，为了财，为了各式各样的"为了"，人类并不舍得放弃，也会像马嘉鱼那样，一味的只知进，不知退。

是什么促使马嘉鱼这么义无反顾，勇往直前？当然，是它的使命和职责，它们为了下一代，必须要作出牺牲，前仆后继。所以，我说它们是"悲情"。

从这个角度讲，人类是丑恶的，我们不懂得怜悯，至少是缺乏怜悯。人类只爱惜自己，有时甚至连自身也不爱惜！

（原载《文学港》2015 年第 2 期）

《笔记中的动物》之《"训胡"的恶》

陆春祥

唐朝段成式《酉阳杂俎》前集卷十六有《羽篇》，他这样写一种怪鸟：训胡，恶鸟也，鸣则后窍应之。

段作家的描写，经常这样简略，让人摸不着头脑。语焉不详，要么他对这种鸟知之甚少，只是人云亦云，并没有真凭实据；要么此鸟在当时很有名，家喻户晓，根本用不着多写。

这就让人费心思了。

训胡，这是一种什么样的鸟呢？当然它是鸟类中的坏分子，不讨人喜欢，或许还是罪大恶极。坏到什么程度？只有定性，没有定量。也就是说，只有罪名，而不知道它犯了什么罪，很有点像秦桧给岳飞定罪。

我们可以简单设想一下它的生活场景：训胡居无定所，孤单得很，除了它的同伴，基本没有鸟愿意和它在一起。某天早晨醒来，很仔细地观察了一下周围的环境，在确认又确认不影响别人的前提下，它才放开嗓子，向着崇山，对着峻岭，大声地嚎叫起来，这叫声痛快啊，将憋了一夜的怨气怒气，统统地发泄出来。

如果仅仅是这样的叫声，那训胡一定不会引起人们的注意。训胡痛快的叫声，荡气回肠，真的是回肠，因为它的"后窍"会对自己的叫声应之。什么是"后窍"呢？这个词不是很雅观，就是肛门吧。鲁迅大先生的名篇《从百草园到三味书屋》这样写他玩虫：还有斑蝥，倘若用手按住它的脊梁，便会啪的一声，从"后窍"喷出一阵烟雾。

闹，训胡的后窍和斑蝥的后窍，应该都是同一个孔。

训胡的叫声，怎么会让肛门来回应呢？

这应该是个科学问题。训胡自己搞不清楚，布衣我也搞不清楚。但训胡独特的发声原理，一定有它存在的理由。

我只知道我很讨人厌，可是我并不知道为什么会讨人厌。谁让我长成这个样呢，我这个样子，一定不受人喜欢，没有五彩锦绣，没有动人声音，不婉转，声凄厉。但我每天规规矩矩生活，与别的鸟和睦相处，别看我长得个头大，力气也不小，可我不会欺侮其他鸟类，凭良心说，我只会受到它们的嘲讽。我得学会善待自己，我粗陋的声音没人回应，我就让自己的肛门来回应，难道不行吗？你们是不是认为肛门就是脏的地方？脏的地方就不能回应？我就是自娱自乐，没事，应着玩玩。有什么不可以吗？大千世界，难道非得要一个长相吗？

　　在成长过程中，训胡的内心一定很纠结。但训胡仍然长成了训胡，训胡就是训胡。

　　有人考证，段作家笔下的"训胡"，说不定就是"训狐"，这"训狐"就是枭，或者叫鸮，就是我们大家都熟知的猫头鹰呢。

　　查猫头鹰的身世，果真，很曲折，它也长时间蒙受了不公正的待遇。

　　在中国古代，猫头鹰向来不是吉祥鸟，怪鸱，鬼车，流离，逐魂鸟，报丧鸟，这些外号听听都吓人，它是厄运和死亡的象征。

　　东汉刘向《说苑》中，著名的《鸣枭东徙》这样描写伤感的猫头鹰：枭逢鸠，鸠曰："子将安之？"枭曰："我将东徙。"鸠曰："何故？"枭曰："乡人皆恶我鸣，以故东徙。"鸠曰："子能更鸣可矣；不能更鸣，东徙，犹恶子之声。"

　　在这里，鸠简直就是鸟类哲学家，它劝猫头鹰的话，简明而有说服力。猫头鹰认为，西边那个村的人都厌恶它的声音，它没法在那里待下去了，它要搬到东边去。而鸠认为，猫头鹰的本质是声音不好，要么你就闭嘴，你声音不改，搬家又有什么用呢？人家还不是照样讨厌你！

　　猫头鹰真是苦命。尽管它工作拼命，是动物界的捕鼠劳动模范，但人们也只是利用它超强的工作能力而已，骨子里仍然不喜欢。它真不如喜鹊，虽然那厮只是徒有虚名，不会捕鼠，只会叽叽喳喳搭窝，过自己的小日子，但就是讨人喜欢。

　　其实，我们远远没有认识猫头鹰的好处。

　　《山海经·北山经第三·北次三经》里写到了一种叫黄鸟的异鸟：又东北二百里，曰轩辕之山，其上多铜，其下多竹。有鸟焉，其状如枭，而白首，其名曰黄鸟，其鸣自诙，食之不妒。

　　这种黄鸟，形状很像猫头鹰，它的鸣叫声像在喊自己的名字，从这种鸣叫的习性看，很像前面的"训胡"，训胡是自己喊，肛门答，黄鸟是自己喊，自己答。说不定都是寂寞闹的。没人理它们，自己玩自己的，自己走自己的路。

最最奇特的是，吃了黄鸟的肉，可以使人不嫉妒。

嫉妒是打倒自己的大敌人，如果能有吃了不妒的肉，那人类肯定会再前进一大步，会少却多少纷争啊。

不管训胡是不是训狐，训胡的恶，训狐的恶，其实都是莫须有。

（原载《文学港》2015 年第 2 期）

《傻子寓言》之《当面评估》

大　解

在某个行业中掌有权力的一个重量级人物，想称量一下自己到底有多重，于是就量了一下体重，是一百五十斤。显然，这个体重与他的名声相比，实在是太轻了。那么本体和虚名之间的差异到底有多大呢？他陷入了困惑。

为此，一个科学小组对他的各项指标进行了精确的测量和计算，得出的结果是：他的身高和崇高之间，差距是一万两千三百四十五米。他的心和良心之间，距离是六千七百八十九光年。他的手和手段之间，距离为十米（也就是说，基本一致，但手段不太高明）。他的话语和谎言之间，距离为零米（这说明他的话句句都是谎言）。

这个结果令他很不满意，于是他在特定的人群中做了一次调查，要求对方当面对他做出评估，结果他得到了几乎一致的评价：他的身高等于崇高；他的心就是良心；他只有手，没有手段；他只有话语，没有谎言。我回头看了看，这个人群，其数量之众，分布之广，让我一眼望不到边。

（原载《人民文学》2015 年第 5 期）

《傻子寓言》之《望见了自己的后背》

大　解

　　一个人从来没有见过自己的后背，他想不通过任何介质（比如镜子、水坑等），用自己的肉眼直接看一看自己的后背。这个想法并不荒唐，却很难实现。因为人的眼睛长在前面，只能往前看，无法看见自己的后脑勺和后背。对此，他简直是一筹莫展。

　　我听说他有这个想法后，特意给他写了一封信，告诉他一个秘诀：练习视力。我的理论是，人们之所以看不见自己的后背，皆因目光短浅，看得不够长远。

　　经过多年的练习，这个人的视力不断提高，看得越来越远。终于有一天，他的目光到达了天涯，然后继续往前延伸、延伸，无限地延伸，他的目光绕过地球一周，看见了一个背影。他看见这个背影站在高处，正在往远处眺望。从这个背影可以断定，这个人就是他自己。

　　此后不久，他写信告诉我，他成功地望见了自己的后背。他感慨地说：离他最远的人就是他自己。

　　我给他回了信，鼓励他继续练下去。我在信中说：这只是第一步，再练下去，你的目光将穿透自己的后背，发现自己体内的灵魂；如果你能够穿透自己的灵魂，你将看见自己的前生；穿过无数个前生，然后转过身来，你就会看见自己的未来，以及未来那些隐而不露的秘密。

（原载《人民文学》2015 年第 5 期）

《小说五段》之《七彩石》

白　玛

　　我认为自己的病无可救治。难道真有一个良医，在我前去就诊时毫不奇怪地听我如此叙述——我事业有成，长相也算英俊，家庭看起来美满，我妻子她眉目清秀心地善良，父母也健康——最近这几个月以来，我很厌倦工作，每天清早离开家去上班都莫名烦躁，等到下班回家路上，一想到次日依旧重复这一切，我就更为烦恼；我甚至害怕电话响，如果一个朋友或同事简短和我说上两句就挂掉了，我会觉得他们多此一举；如果一个人想在电话里跟我长时间寒暄一番，我会觉得对方啰唆而无聊——我开始害怕妻子和有她存在的夜晚。她洗过澡，温软地把身体丢到我身旁的那一刻，也怕。为了避免床上的活动，我尝试耐心给她讲故事，偶尔也讲一个陈旧的笑话，可是不知为何，我先笑起来而她却很少附和，她把身体背向我，发出能够听见的睡眠中的鼻息声音。终于有一天晚上妻子对我说了一句话：你不像三十七岁而像七十三岁。

　　我有时候像一个七十三岁的人一样迷恋上翻阅古书、旧书，有线装的，有的书页发黄残缺，有的字迹因为时间久远而模糊不可辨。有一天我在一个二手书摊上停下来，选了两本薄书。随后我看见有一本书封面缺失，但字迹整洁。在其中一章里写道："——他尝试过用各种草药，甚至巫师的干预，依然没有能够治好顽疾。他整夜难眠，心灰意冷，在房事中屡屡失败。他听凭梦里人的指示，去寻找那个女人，一个颈间挂着七颗彩色石头的异乡女人。她只是抬眼望了望，微微一笑，他所有的病症顿然消失——"我带着这书离开。我在深夜翻开它，看，发现这个故事因为缺页而不知首尾，比如他是如何觉察自己的病情的，比如那个挂彩石的女人可能出现的大致方向。

　　两天后我对妻子说出自己的打算。我没有说我的病情，只是告诉她：我想出门一段时间，去找一个人。

是你失散的亲人，还是老朋友？妻子问。

是一个女人。她戴着七颗石头。

我妻子开始像蚊子般低声哭泣，然后她说，好，你去吧。等你回来，我们也就到头了。

我买了一张夜间驶往一个西北城市的火车票。因为是傍晚，出发之前我在一个街心公园的长椅上坐下来。身旁不时经过三两路人，有孤单老人，也有挽臂而行的年轻人。我发现自己又多了一个毛病：只要是女性路过，我的视线就会去她的颈间逗留。可是我见到的无非是铂金项链或者钻石吊坠，不值一提。有一个头发黄黄的女孩，跑着追赶前面一个男人，她的领口很低，乳房好像要从衣服里晃出来，见我在看她，不跑了，盯着我，不但没骂我流氓还对我眨了眨眼睛。

抵达那个陌生小城之后我认识了一个女人，名字叫吴卓花。是我住的这家旅馆的老板娘。她热情好客，为我送来热水和早餐。早餐是一只夹着牛肉片的薄饼，另外有一碗蛋花汤。她告诉我当地几处景点的方位，还再三说"别走丢啦"，说完旁若无人放声大笑。她有一个六岁的男孩，含着拇指不做声跟在她身后，她弯腰扫地，那孩子就倚在门框上对着屋里看，似乎能看出什么稀奇来。

我每天站在大街上打量行人。这里胸前挂石头的人很多，男女老幼都有。有的挂一颗，拿根黑色绳子串着。有的十几颗至几十颗，看得我眼花。吴卓花以为我去了寺庙，而且都是神色凝重地回来，大概觉得我跟其他游客不一样，和我说话的时候不再那样放声大笑了，好像怕惊扰到我。

一天凌晨，在睡梦中摸到一个身体蜷在我怀里，是吴卓花。不知道她来了多久，我居然无所觉察。她的眼泪滴在我的肌肤上。通过她断断续续的话，我知道她男人跑运输翻到崖下已经五年了。当时孩子刚出生不久，旅馆也刚开不久，他就没了。

在黑暗里我能看见她的眼睛里有亮光。我吻了她的眼睛，和咸的泪水。她的身体很热，和这里夜晚的低温气候有区别。

我的身体里有个东西似醒非醒起来。我的手划过她小腹时记起了自己是一个病人。我病了很久，但是无人知道。在别人都有欲望相伴时，我正被巨大的孤独吞噬。

在黑暗中我告诉这个女人，我有一个妻子，也许她要离我而去；我有一个走失的妹妹，她最明显的特征是身上戴着七颗不同颜色的石头……

吴卓花安静地躺在我的怀里，也不知道她在想什么。在我决定离开这个小城的当晚，她又来，还是不出声地脱掉鞋子，来我身旁，躺下，流泪。她仍然身体发热，把脸埋在我胸前，微微发抖，像只受惊的兔子。

我回到家中。妻子看见我，默默地从身后递过来一张纸，是离婚协议书。

她说：你总算回来了。可我要走了。

她又说：在左数第二个抽屉里，有当初刚刚认识时的一些信和照片。还有你那年去西北回来，带给我的纪念品，七颗彩石的那串挂件……

（原载《人民文学》2015 年第 5 期）

《小说五段》之《如果》

白　玛

　　如果我洗了脸，刷了牙齿，还对镜龇牙笑了一笑，和一只毛遂自荐的豪猪一道前去视察安在木楞子农场的土拨鼠们的家接着该会发生什么情况？如果我娶了一个叫女巫的而我本人被蒙在鼓里长期不知道她叫什么，后果会怎样？我绞尽脑汁为她取了下列名字：松树的噩梦、弹簧、薄脸皮、香菜、肉包子、自行车主人——可是她的亲人，我的丈母娘很是不高兴，经常穿着压抑的曳地黑长裙到我梦里来走一走；如果我打一个长得不像我的孩子的屁股，他似乎受了天大的委屈，在他即将放声大哭之前，我会麻利地往他的嘴巴里塞满稻草——然后我会用青草编一顶帽子奖赏他，像天底下任何一个好父亲一样抚摸他那马驹一样的毛茸茸的小脑袋。有一天我对妻子说："如果让那个一只眼睛的赌徒从世界上消失会怎么样？我欠他的债一辈子也还不清了。"她心领神会，开始了她秘制一种毒药的漫长的九年时光。这种药需要采集无数种植物的身体某个部分。比如叶、茎、根；九年后的一天清晨，我带着毒药去见赌徒，我先是和他如兄弟般拥抱，然后告诉他我的意图。他忽然痛哭失声，弄得我猝不及防，因为至今还从未有人像他一样对我流露真情。他像我的亲人一样鼓励我：你的才华让人瞠目结舌……

（原载《人民文学》2015 年第 5 期）

《李黎掌小说》之《严密》

李　黎

常常发生那种去门口放垃圾、取牛奶，门被风吹关上的事。故事中的人接下来就会很狼狈，没有钥匙没有手机，甚至没有穿什么衣服。

安娜从来没有遇到过这种情况，但是今天，在打扫门口的地面和通往楼下的楼梯时，她突然想体验一下那种无助的感觉。想到这里她拿了钥匙，认真地用那把常年靠在楼梯拐角的扫把扫起来。这是 11 月的一个阴冷的上午，风很大，安娜慢慢扫着，等待着门被大风吹关上那突兀的一声，好像突然一击。很快楼梯扫好了，门还是一动不动，风从南边的窗户吹过来，似乎吹不到门所在这个拐角。安娜对门被突然关上的情形越来越期待，期待门被关上后自己异常狼狈的情形，没有带手机，连找一个开锁的人来都那么艰难，你得取信于附近的人，让他们给你打一个免费的电话。安娜尤其向往那种坐在路边花坛上一直等啊等的情景，自己从来没有经历到过。她不停地往下扫。她住在五楼，渐渐地把五楼到三楼之间的四段台阶全都清扫干净，把四楼和三楼的门口也清扫干净，还好没有人看到，不然会觉得非常突兀，甚至心生疑虑。

能扫的都扫了，再往下她不敢，离家太远了。那么就坐在楼梯上等着吧。

安娜在楼梯上坐着，背对着自己家敞开的大门，等着门被怦然关上。时间一点点过去，楼层里传来了做午饭的响动，菜下油锅，香味四溢，然后这些味道又全都没有了。没有带手机也没有戴手表，她只能估计时间。她打算如果三个小时门还没有被关上自己就回家。由于她坐在那里什么都不做，没有参考，没有"干完什么事"就回家的可能，她只能靠想一些事来作为依据，比如，想完自己的大学四年就回去。可是想一件事的时候，脑子是不受控制的。

大约午后一点左右，门真的关上了，突然迸发的巨大的关门声让安娜的心狂跳不已，这种罕见的心跳让她有一种生理上的难受和心理上的满足。

安娜一个人住，父母健在，距离不远，但安娜坚持一个人住已经好几年了。她年近三十但未婚，也没有同居的男人或女人。这一切大概都是因为她太聪明了，作为证券公司操盘手，她过于犀利，逻辑森严，任何一件事似乎都经过严密的计算，而且是基于庞大的数据和专业的分析。这样的女人在男人看来实在恐怖，而安娜看待任何一个男人，也都是以看待一只股票或者基金的思维来看待，何时上市，现状如何，今后如何，风险何在，操作节奏如何。这让她几乎不再有情感生活。安娜对自己的状态有所反思，她意识到，只有自己被关在门外，穿着单薄的睡衣失魂落魄地在大街上不停地走着，也就是自己陷入了最为慌乱和非理性的境地时，才会有感情和故事发生。她等待门被风关上，大约就是这种心理。

但是她毕竟太严密，前面说了，在她想着尝试一下被关在门外的滋味的同时，她就进屋拿了钥匙。这是一把随时可以让自己回到室内，回到一切都被论证过、都有条不紊的状态里的钥匙。

（原载《青春》2015 年第 5 期）

《李黎掌小说》之
《您就是选择了一种健康的生活方式》

李　黎

　　去年，一时冲动，我在一家法式糕点店办了一张储值卡。这家店很贵，每件单品的价格都在 20 元以上，有几款咖啡甚至卖到了 50 元左右，但问题在于，它距离单位非常近，大约一分钟就可以到。一次性付 500 块钱后，卡里就有了 600 块钱。

　　一年多来，我目睹它的面包越做越小，小到只有原先的一半；目睹咖啡越来越少，煮咖啡的时间倒越来越长，一副来自民间的大师的做派。派越来越甜，甜到咬一口就想吐，廉价的糖精沾满了牙齿，这就是法国风味？我不认为法国人有这么愚蠢。

　　那天，当卡里的钱所剩无几时，我去店里，胡乱买一些东西当早饭。同时，我打算让这张卡作废，不会再充值了。营业员一看我的余额就问，先生您今天需不需要再冲五百元？

　　我说不要了。她接着说，冲五百送一百，非常划算的。

　　我连说话都懒得说，看着她，意思是你快点把我买的给弄好，不要磨磨蹭蹭的装出一副纯手工的架势。

　　营业员是一个看上去挺不错的姑娘，她很得体地不再说什么了。

　　这时，一个发廊小弟模样的营业员冲到我面前，他的怪异和鲜红的头发距离我只有二十厘米，他用亢奋、尖锐、男女不分的腔调手舞足蹈地对我说起来：

　　先生，其实呢，您如果能成为我们的会员，其实呢，是选择了一种健康的生活方式，现在，其实呢，中国人越来越注重生活品质，注重自己的休闲和放松，您如果能成为我们的会员，其实呢，完全可以在您工作繁忙的时候到我们这里小坐片刻，享用一些轻松的美食，品一品我们精心为您准备的手工咖啡，而且呢，我们的会员推广活动其实呢，非常的优惠的，冲五百元，卡上就有了六百元的消费额度。先生，其实呢，我看你也是有一定的身份地位品位的人，也一定有着自己独特的品位和追求，您看其实呢，我们这里的会员，也都是和先生您一样，有一定实力和追求的人（他说着，把一本烂乎乎的抄写簿翻得哗啦啦作响），其实呢，他们对我们非常的满意。您成为我们的会员的话，一定能够得到我们精心的服务，我们的品质是有保证的，其实呢，我们在世纪广场还有一家连锁店的，我们的产品，和我们的服务，其实呢，可以让您的生活充满品质，因为西点主要采用烘焙的方式，所以它是绝对健康的食品，我向您推荐的重点也就是这个，它是真正健康的食品，大多是以粗粮为主的无损耗的食物，您选择的呢，是越来越健康的生活方式。总之呢，您选择了我们，您就是选择了一种健康的生活方式。

他刚开始说的时候，我其实非常茫然，不知所措。随后我就是当看表演，他非常投入，人生如戏，戏如人生。

但最后我愤怒了，因为他完全是胡说八道，谎话连篇。谎言果然已经超越了道德范畴，成为这个社会的支柱了。于是，我也对他撒谎说：

非常感谢你，但真的不用了。医生说，其实呢，我只能活到下午了。

（原载《青春》2015 年第 5 期）

辑二

月　亮　上

于德北

小表嫂来电话，嘱咐我去看看小表哥。这话说来是两年前的事，电话来得特别突然，电话里，小表嫂说："去看看你哥吧，他现在瘦得很。"

小表哥在疯人院里。

我往医院打电话，院长说："其他还好，就是不吃饭。"

"为什么呢？"

"想家了吧。"

一个疯子能想家，可见小表哥的心窍还是通的。他所糊涂的是那些应该糊涂的事，心里却一直藏着两个念头——一个是小女儿的婚事尚没着落；一个是他还有十万块钱的存折放在仓房的墙洞里。

我计划好，忙过这几日就去看他，给他买一点他喜欢吃的东西。

可是，计划没有变化快，他突然出院了，回家了，不久就死了。临死之前，把存折取出来，交到小表嫂的手里。

那是一个薄雾的清晨，和母亲一起回去。我是奔丧，母亲则想最后送侄子一程。小表哥自幼丧母，母亲是姑姑，却常常如亲娘一样照顾他。

棺材停在院子里，孤零零的。

印象中的棺材很大，可眼前的棺材那么小，小到装不下一个人似的。我站在棺材前，默默地怀想一些旧事，小表哥的笑脸明晰起来，仿佛依然坐在炕头和我拉家常。

背后是一片荞麦地，月亮的光照在花上。

小表哥说："就是喜欢她。"

他说的是村里的一个少女。

"那怎么办呢？"我问。

"没啥办法。"他说。

家人给他说了一门亲，就是现在的小表嫂。他对小表嫂没有感觉，他喜欢那个从荞麦地缓缓穿行的女子。可是，家人的意愿如何违背呢？他根本就没有这个力气。

他仿佛是一下子就忧郁起来，从此变得沉默寡言。

"她穿了一条蓝裤子。"他说，停顿一下，又说："穿了一件粉衬衫，风吹她的头发，也吹杨树的叶子。"

我知道那个少女，头发很长，脸很白皙。

她也和我说过话。

每次回老家，只要遇见她，她都会主动打招呼："回来了。"

不知道为什么，我的脸总是突然变红。

小表哥说："这是我们最后一次看月亮。"

"以后还能看的。"我说。

"不能了。"他说。

"为什么？"我大惑不解。

"结婚了，我就不是我了，怎么陪你看月亮。"

那一晚，小表哥深沉得像个哲学家。

其实，在一年以后的某个日子里，我们还是一起看了月亮。不过，不是乡村的月亮，而是城里的月亮，不像荞麦地头的那么明亮、单纯，反而有一种说不清的暧昧。小表哥来了，背了一袋子豆角和辣椒。那天晚上，我们喝了一点酒，然后，我就领着他爬上情报所的楼顶，坐在高高的四楼上，感受晚风的清爽。楼下很热，但楼顶很凉。

我们盘腿坐在楼板上，觉得月亮离我们很近。

他说："挂锄了，雨也就追来了。"

他把鞋脱下来，一下一下地清除着鞋底的泥巴。

他说："一挂锄，她就出嫁了。那家来了拖拉机，把屯子里的道压出了两条车辙。"

他还没有忘记她！

他说——那是很小的时候的事了，而我也是参与者——也是挂锄的季节，我们三个人相约着去旱河边捞鱼，天空下着濛濛的细雨，河水里的气泡连成了一片。他说——我们要过到河的那边去，好像那边的鱼更多。

小表哥先背我，然后背她。

回来的时候也是一样。

小表哥说："她在我背上的时候，我就想，长大了，让她给我当媳妇。"

小表哥说："我听见她的心跳，像打鼓一样。"

那以后，他们就不说话了，都有了心事似的。

小表哥从口袋掏出一条红纱巾，轻轻地系在避雷针上，风吹来，纱巾轻轻地飘扬起来。红纱巾，黄月亮，像诗歌一样，是我所喜欢的意境。

小表哥说："今天是集，上车前就买了。"

他说："挂锄了，她就走了。我没有出门，但在心里送了她。"他擦了一下眼角，又说，"想给她做点事，可我又能做什么？"又说，"今天应该是她回门的日子，我一早就跑出来了。"

我的心突然很疼。那时，我正暗恋一个女孩，她生活在距我很远的另一个城市，但是对有爱的人来说，距离永远是不存在的，五个小时的车程又算什么呢？半夜登车，靠在车座上昏昏欲睡，夏天很热，冬天很冷，可是，热也好，冷也罢，只要人在路上，心里便无限地安稳。想一想，我还是喜欢夏天的，夏天的夜晚很短，凌晨三点多一点天光就放亮了，人只要置身在光亮里，内心恐惧就不知不觉地消散了。

火车咣咣当当地响。

出了车站，穿过弯弯曲曲的街路，守住她家必经的路口，一心一意地等待。她出来了，推着一辆自行车，轻轻撩一下裙子，然后就骑上车子走了。

远远地看着她，内心非常知足。

太阳升起来，照在脸上很暖。折身进了一家小酒店，就着早餐喝白酒，一喝一上午。中午，她回来了，一个小时后，又走。我依然喝酒，一喝一下午。傍晚，她回来了，回来后便不再出来。于是，我知道，我该走了，我度过了对于我自己来说最有意义的一天。

还是在车站，每次火车启程，我的眼泪就会流下来。

所以，我对小表哥说："我懂。"

小表哥开心地笑了，说："只有你懂。"

月亮垂直地照下来，我们找不到自己的影子。

就是这样！

这么多年了，月亮垂直地照下来，我们找不到自己的影子。

（原载《天池小小说》2015 年第 4 期）

跳 跃 的 刀

于德北

　　小文的镇子里有一把刀，寒光闪闪，却不露锋芒——这是多么相悖的表象啊，大概只有小文的镇子里才会有。一把刀，会有自己的喜、怒、哀、乐，会为自己的生命做出抉择，除了小文的镇子，你在哪里还会听说？

　　小文的镇子，高山之远，平原之上，无关无碍，除了离镇不足二里的地方，有一片渐渐萎缩的沼泽地，恐怕再也无险可依。

　　于是，这把刀，成了镇上所有牲畜的鬼门关。

　　它诞生于镇东头王铁匠的铺子，生前是一块生铁，王铁匠将它从废铁堆里夹出来，送到眼前看看，便知道铁里边藏着一把刀。他长出一口气，把它放在火炉边。他一溜小跑到镇西的兽医站，神秘地对站长于大牙说："你想不想要一把刀？"

　　于大牙刚刚喝了酒，正躺在炕上打盹儿。

　　王铁匠在皮围裙子上抹了抹手，然后，端起炕桌上的酒杯，把杯底的一滴酒倒入口中。

　　于大牙没有吱声。

　　王铁匠的目光骤然发亮，肚腹深收，津液下咽，双肩高耸，小臂蓬松。

　　他说："这么着，你让我喝口酒，我送你一把刀。"

　　于大牙抬起手，拍了拍炕席。

　　于是，酒足饭饱后的王铁匠为兽医站的站长于大牙打了这把刀。神奇的刀，似乎可以自己跳跃，只要于大牙一提起它，它就会带动于大牙的手，毫不费力地向前一捅，一头牲畜轰然倒地，没有痛苦，没有挣扎，有的甚至会面带微笑，以示死亡的快感与解脱。一把刀，多么年轻啊，白天映日，喷珠溅玉；夜晚撞击月光，弄得满天的叮当乱响。

　　它是多么的自豪。

看一下于大牙的兽医站吧，可以一分为三——中间的院子是正儿八经的兽医站，专门给牲口看病；东院是配种站，饲喂一头公猪与一头公驴，可以解决全镇的母猪及母驴、母马的发情问题。小文的镇子骡多马少，与配种站的不健全有绝对关系。这是后话，权且不表；西院是屠宰站，血腥漫天，赤红遍地，镇子里的兽禽只要一走进这个院子，就会皮松脚软，胆战心惊，如果真是被迫赴死，没有一个是用人来捆绑的。

于大牙一人三职，是镇上仅次于镇长的人。

王铁匠的刀让他如鱼得水，他与刀相得益彰。他还清楚地记得，那把刀一到手，他的小臂就猛地延伸一段。他是左撇子，自从这把刀进了兽医站，他的左臂就比右臂长出一截，而且令人感到奇怪的是，他每杀掉一头牲口，左臂便长一寸，右臂便缩短一寸，镇上的人传说，于大牙的左臂把他的右臂吃了。

于大牙左臂粗壮，右臂单细——这是显而易见的事。单说牲口生产，只要羊水一破，牲口的产门就会下意识地往左偏去，而只要它的产门向左偏了，即便是再难产的驹子、羔子，都会痛痛快快地跳出母亲的身体。

于大牙知道，并非他的左臂要吃右臂，而是那把刀，要彻底消除右臂的存在。原因十分简单，偶然的一次，于大牙喝高了，他用右手提刀下地，竟然在一头瘦弱的母猪的脖子上捅了三刀才把它杀死。刀在右手失去了光芒，它平生第一次被围观的人蔑视，它不能容忍这样的耻辱发生，当夜，竟然悲苦的浑身生锈。

它扭转着身体，一点点地蹭出了炕席，蹭过了炕沿，顺利地掉了一个头——刀柄冲上，刀尖冲下，笔直地立在地上。

好！这正是它想要的效果。

刀有了一个梦想，它想独立自由的生活，即依附于于大牙的躯体，又脱离他的意志，更拒绝他的灵魂。刀有刀的尊严，刀有刀的权利，它可以决定自己应该做的事情，包括做事情的方式。

刀是离不开人的。

但从来没有一把刀想当人的主人。

随着日子的漫长，于大牙的左臂早已过膝，而右臂的粗细竟比不过十几岁的小儿。

人们说："看看吧，于大牙的右手快被左手吃光了。"

孩子们的想象力更为丰富，他们互相置疑，互相猜测，又互相补充，互相刺激。以他们的想法，于大牙的左手那么爱吃他的右手，这只能说明一点，他的右手很好吃，究竟有多好吃呢？他们的口水禁不住流下来。

有一天，有几个调皮的孩子趁着于大牙喝醉了，就扒下他的袖筒仔细观瞻了一番。这是一条多么丑陋的手臂啊，随便地摊在那里，黑瘦黑瘦的，像一根在酱缸里淹了三年的老黄瓜。这样的结果多么的令他们失望，他们一人吐了一口吐沫，纷纷跳下地准备离去，这时，一个更为胆大的孩子突发奇想，重新上炕，把一泡热尿足足的泚在那条手臂上。

闹荒年了，镇上的粮食全都被吃光了。于是，人们把目光盯在自家的牲口上，先杀鸡、杀鸭、杀鹅——这用不上于大牙的刀，等杀狗、杀猪以致后来杀牛、杀马、杀驴、杀骡的时候，刀，一显神威，所向披靡。

开始的时候，还是于大牙带着它；到后来，是于大牙的左臂带着它，也可以说是它带着左臂；再到后来，它不需要什么什么带它了，只要一接到通知，它就会迫不及待地下地，跳跃着来到这饥饿的人家，一刀便结果了随便什么牲口的性命。

不成文的规矩。

一家杀牲口，全镇分食，吃完你家，再吃我家，大概两个多月一点的时间，全镇的活物——除了人——都被刀杀掉了。

刀失去了用途。

它孤独地站在小镇的垃圾站前，看着一层一层的白骨在苍蝇的互为追逐中黯然无光。

有两个吃肉吃红了眼的小孩子看见了它，远远地叫着："看！于大牙的刀？"

于大牙的刀！

一句话提醒了它，它无论如何优秀——虽然人们被饥饿紧逼着，根本没有心思和力气赞美它——它依然是于大牙的刀；于大牙的刀——它因"于大牙"三个字才能成为刀，那一刻，它是如此痛恨自己的身体，它必须斩掉它，从而成为一把在小镇上独立跳跃的个体。

它向兽医站跳去！

它想彻底清除它身份的副牌——于大牙。

（原载《四川文学》中旬版 2015 年第 2 期）

大 印 象

刘建超

老街把给人画像的营生称作印象。

老街，能把画像这门手艺做得精绝的是八角楼下的大印象店。遇到个急事，有人会拿着照片，找到店里，说给印象一张。大印象便按照顾客的要求，把照片上的人像放大绘画到纸版上，装裱好，保证和照片上的人物表情一模一样。

去老街找大印象，老街人都会告诉你，大印象啊，好找。去八角楼，宽脸短眉，眼睛不大，特有精神……

大印象不只是活儿做得好，为人也正直实诚。大石桥段家老爷子意外去世，家人没有找到老人留下的生前遗照，便找到大印象，央求去家里给老爷子画像。做印象这门生意的，极少上门给人画像的，用照片印象，是要借帮助一些技术工具的。而登门画像却全凭手上功夫，况且是给故去的人画像，也是不吉利，晦气生意。大印象是二话没说，收拾起家什就到了段家。大印象对躺在棺木中的段老爷子鞠了三个躬，支起画板开始下笔。正是三伏天，屋内闷热，出于对死者的尊重，大印象连续八个小时不吃不喝，在棂棚搭建起前，画完了肖像。大印象谢绝了段家人的优厚酬金，说我能给老爷子画像也是有缘啊，算我送了老爷子一程。

老街有个清扫街道的环卫工，大家都称他韦老头。每天推着架子车，沿街清理垃圾。韦老头闲的时候，就爱坐在大印象的店前，吸着烟，看大印象画像，拉扯些家长里短。韦老头吧嗒吧嗒有滋有味地吐着烟雾，也不管埋头做着活计的大印象听没听，自己只管说。说他和老婆的恩恩怨怨，说他老婆子因为他没有照顾好妮子，12岁的妮子溺水死了，老婆子也离家走了。我那妮子啊，长得可得劲了，瓜子脸，大眼睛，双眼皮长睫毛，笑起来，两酒窝，学习好着哩……都怨我，都怨我啊。韦老头过足了烟瘾，也叨叨够了，拿起扫把仔细地将店铺前清理干净，推着车子走了。韦老头退休那一天早晨，去找大印象道别，大印象的店铺没开门，门上挂着一幅画像，是个女孩的画像，瓜子脸，大眼睛，双眼皮，长睫毛，天啊，这是我妮子，是我妮子啊。韦老头把画像搂在怀里，老泪如珠，对着大印象的店铺拜了又拜。

大印象生意清闲的时候，端着一杯茶，眯缝着一双小眼看来来往往的行人。有人说大印象的本事是过目不忘。曾经有人打赌，带着四个男女在大印象眼前过了一趟，让大印象把这四个男女画下来。大印象眯缝着眼，一杯茶的工夫，四张画像就出来了，四个男女瞪着惊讶的眼睛，各自拿着画像离去。

老街有大印象的传说不少，是真是假没人去考证。不过，大印象协助警察抓窃贼的事情却是老街人亲眼所见。

那年冬天，流窜作案的盗窃团伙到了老街一带，派出所警察通知商家注意防范。没过几天，老街的一家珠宝店失窃。警察在走访时，大印象拿出了几张画像，说这几个人在老街转悠几天了。警察按图索骥，果然抓获了三名案犯嫌疑人，只是让团伙的头子逃脱了，老街人把大印象画像擒贼的事都传神乎了。原想这件事情就算过去了，没曾想事件还有后续。春节前夕，逃跑的盗窃头子不甘心，竟然又潜回了老街。节前商家生意旺，店铺关门也晚。天擦黑，大印象起身要去关门，一个黑衣人裹着寒气闯入店里，反手扣上门。大印象正疑惑，一把冰冷的匕首抵住大印象的咽喉。大印象即刻明白了是怎么一回事，平静地坐到椅子上。黑衣人匕首向上一划，大印象两眼模糊血如泉涌。

翌日，正在饭馆里喝酒的黑衣人，被警察逮个正着。黑衣人挣扎着又哭又嚷，说警察冤枉人。黑衣人被带到派出所，吵闹着的黑衣人忽然安静了，他看到案桌上放着一张画像，那画像是用血绘出来的，画像上的人分明就是自己啊。我靠！黑衣人瘫倒在案桌前。

大印象眼睛致伤，不能再给人画像了。有人惋惜地说，大印象画了一辈子像，却没能给自己印象一张啊。

老街人提起大印象还是那句话：大印象啊，宽脸，短眉，眼睛不大，特有精神……

（原载《广西文学》2015 年第 2 期）

骨　骼

刘建超

将军参军时，还不满 14 岁。

团长摸摸将军大大的脑壳，又捏捏他细瘦的胳膊，说，还没有三八大盖枪高呢，去卫生队吧。

他噘着嘴说，我要上前线杀鬼子，为我爹娘报仇。

团长说，救治伤员也是为了打鬼子。去，执行命令。

将军被送到了卫生队，队长拍拍将军的肩膀，去吧，帮护士洗绷带。

将军涨红了脸，我要杀鬼子，我不洗破布。

队长瞪着眼，还反了你了，洗不好绷带，你就给我滚蛋。

将军跟在护士后面，到河边洗绷带。看着清清河水被绷带染红，将军就想起了爹娘倒在鬼子的刺刀下，鲜血染红了全身。将军就坐在河边哭，嘴里不住地嘟囔着，我要杀鬼子，我要报仇。

卫生队组织拔河比赛，将军兴奋地找这个寻那个，没有一个队要他。队长拍着他的肩膀，去，到护士队。

将军和女护士组成了一个队，尽管他憋红了脸用足了劲，护士队还是一输再输垫底，听着大家起哄，他气得掉眼泪。

有一场硬仗就要打响，卫生队加紧培训准备，将军满脑子想的都是杀鬼子报仇，队长讲的战地抢救包扎知识他根本就没听进去。

反围剿的战斗打得艰苦，将军的团担负着掩护主力部队转移的任务，刚在救护队学习了几天的将军也跟着上了战场。敌机狂轰滥炸，炮声震耳欲聋，每打退敌人的一次攻击，部队就有伤亡。山头被削矮了几尺，阵地被硝烟战火啃得寸草不生，部队伤亡惨重。

鬼子又一波炮弹狂虐，炮弹炸中了指挥部，弹片划伤了团长的肚子，肠子流出体外，鲜血染红衣裳。

断了一条胳膊的营长冲着将军喊着，快给团长包扎。

将军不知所措，两手捧着团长散着热气的肠子，哭着喊着，我不会，我不行啊，团长，团长！

团长睁开眼睛，看着孩子样的将军，说，哭哭啼啼个啥？老子还没死。记住了，以后好好学，当个好医生，不然我到了阴曹地府也饶不了你。

团长把肠子塞进肚子，扎上绷带。说，我们已经完成了阻击任务，一连随我留下掩护，一营长带领部队立即撤退。这是命令！

那场战斗，将军终生难忘。

从战火硝烟中走向和平安逸，将军成为一名医术精湛的医生。他奉命筹建医学院校，成为医学院的首任院长。

将军每年都会去老团长的坟前坐一坐，静静地想一想。点一支烟，敬一杯酒，说说从死亡线上挽回生命的喜悦欣慰，聊聊回天无力生命逝去的无奈焦灼。

那年老营长重病去世，将军觉得这是个很特殊的病例，建议家属给遗体做个病理解剖，查明病因。老营长的儿子解放不同意，人都死了，查明病因对死人有什么意义？我不能让故去的父亲再开胸剖腹给你们做实验。有本事等自己去世了让人解剖。

将军无语，两行泪在脸上流淌。在将军的额头刻下年轮的是风雨的刀，染白将军如漆黑发的是岁月的霜。

堆满各类抢救器材的病房，弥留之际的将军握住夫人的手，哆嗦的嘴唇张开又合，合了又张。夫人平静地对围在床边的人说，首长说他去世后，遗体捐给学院，制作成骨骼标本，留以教学用。

屋里的空气刹那间凝固了一般，没有一丝的声响，将军的女儿哭喊着扑到爸爸的身上，抱紧爸爸瘦弱的身体。

将军吃力地抬起手，抹去女儿脸上的泪水，对身边的院长解放说，你要好好待我的女儿。我要你亲手制作标本，这是我最后的请求。

将军的遗像旁，女儿的泪水还在雨珠般地滑落，爸爸，你戎马一生，披肝沥胆，枪林弹雨里抢救战友，和平年代里救死扶伤，你是将军，你是教授，你是专家，你更是我的爸爸。我不能也不忍心让你去世后，还被抽筋剥皮，还被强酸腐蚀，变成一副供人观赏的骨架。

解放搂紧将军的女儿。

解放带领技工一起对将军的遗体酸腐、消毒、冲洗、漂白、风干、黏合、定型，206块遗骨组合成一幅无色的画，一首无言的诗，一座立体的雕像。

将军的骨骼呈站立姿势，右手搭在胸前，两个大孔的头颅望着前方，微张的下颚仿佛有许多话要讲，骨骼的基座上刻着一句将军的遗言：让学生摸着我的骨骼，走进医学神圣的殿堂！

解放挽着将军女儿的手，伫立在骨骼标本前。解放说，爸的骨骼越看越觉得高大。

（原载《新课程报·语文导刊》2015 年第 9 期）

进　城

茨　园

　　娘给菜四打电话时明显有些迟疑。她说："娃，你三爷死了，能不能回来一趟？实在忙就算了。"菜四当时愣了一下，不知该不该应了娘。

　　三爷和菜四不沾亲不带故。只是菜四考上大学缺钱时，三爷给了两千块。再往前究，也就是菜四在家那些日子，挺喜欢和三爷一起唠嗑来着。

　　回趟家，来回至少三天时间。但时间不是问题，而今的菜四已不是以前的菜四了，他是老板，尽管公司不大，但业务繁忙。

　　菜四拿着手机沉吟。"娃，实在忙就算了。"娘又说。不由得菜四有些奇怪，娘平时电话极少打，他也极少回，倒是娘来看过他几回。

　　菜四一直有心把娘接到城里住的。但不知为啥，尽管娘诸事小心翼翼，却终是和小秋合不来。不知是不是应了"婆婆和媳妇就不是一锅菜"那句老话，娘最后一次在城里时，还说："娃，若不是娘操心你，才不稀罕这连鸡鸭都不让养的地方呢！"当时，菜四听着只是笑，但后来想想娘在家也好多年不养鸡鸭的，就觉得有些心酸。不过，生意一忙，也就淡忘了这事儿，只是在逢年过节的时候，打个电话，汇俩钱儿。

　　菜四想不出为啥娘会为了不沾亲带故的三爷特意打电话叫他回去，但想想自己也两年没回去过了，就应了。

　　三爷还在他那三间青瓦青砖的老屋里，不同的是他躺在棺材里。这座老屋，菜四也算熟悉，毕竟小时候他没少在这屋里玩儿。

　　一声"三爷"，一番跪拜，面子上的活儿菜四做得有板有眼，但其实内心并无太多伤感。不过，搭眼见娘守在一侧，且眼眶红肿，菜四就隐隐觉得有些不对劲儿。

　　爹走得早，娘拉扯他不容易，那些日子，三爷没少帮他家忙。想到了这些，菜四忽觉心里"咯噔"一声响：莫非，娘和三爷……尽管只是想想，菜四却直想掴自己嘴巴。

三爷终身未娶，亲戚也不多。后事是村支书和娘共同操持的。拿着烟，寒暄了父老乡亲，再看娘跑前跑后张罗，菜四的心不由又动，那种奇怪的念头居然强烈占据了他的心。

寡妇门前多是非。想想，自己上学那几年，三爷好像并没顾忌过啥，挑水，帮着收庄稼，好像，还有盐少醋地和娘说过不少话。想到了这些，菜四心里愈发不舒服了，但又觉得没啥不可理解的：毕竟，娘也是人，且爹走时她还不到四十岁。而且，菜四对爹的记忆模模糊糊，倒是三爷的音容笑貌，尤其是把两千块往他手里递时的情景在脑海里浮现出来。菜四忽就觉得，自己该好好报答一下三爷。于是，他把几沓钱掏出来，气气势势地说："娘，三爷后事的费用，我全包了！"娘看着他，一丝不易觉察的表情在脸上浮过。

菜四跟着娘回到家时，娘拉着他的手说起了话："娃，不是娘非要让你回来，是三爷呢。""嗯。"菜四应一声，觉得心里明晰了什么。娘又说："三爷说，好歹他看着你长大的呢，有感情，且一直把你当亲人呢！""嗯。"菜四再应。

"三爷可是好人。早些年帮了咱不少忙呢。这辈子，你可不能忘了你三爷！"娘啰唆个没完没了，但菜四除了"嗯"，无话。"娃……"娘还要说时，菜四却打断了她："娘，跟我进城吧？""我……"不知是不是菜四这话有些突然，娘显得迟疑。

"三爷不在了，你还有啥牵挂？"菜四直视着娘，声音有些低沉地说。

"娃……"娘把诧异的目光投向了菜四，两汪泪涌，无话。

（原载《百花园》2015 年第 1 期）

毒　鱼

茨　园

三和从镇里回来时，手里拎了俩瓶儿。瓶里，装的是农药，剧毒那种。地里的烟叶生了虫子，三和听天气预报说过两天有雨，就想赶在雨前往地里打些农药。

三和顶着烈日寻着树阴回茨园山庄时，抄小路走到了坝上。坝不大，前两年包给了成四，成四便在坝里撒了百十斤鱼苗，一年撒一次，撒了两年。成四的日子也比庄里其他人家的日子多"余"了许多。

坝里的鱼扑通扑通往水面上跳，三和就觉得生气。生气的原因很简单，坝里的鱼肥肥大大，让人看着都生气。不过说白了，三和不是跟鱼生气，是跟成四生气。平常日子里，成四见了三和总是点头哈腰十分亲近的样子，但三和觉得，这货就是做个样子！

成四和三和打小经常在一起玩儿。每次玩过家家，他们都会为争着让毛丫儿当"老婆"而闹别扭，且后来成四在乡里县里上初中高中那几年，两人极少见面，但不知是不是因为毛丫儿长大了他俩谁都没有嫁，同病相怜的，他俩关系一直都不错。尤其是想到毛丫时，他们还都会说"幸好毛丫没嫁给你"，偶尔，还有些玩笑："嗯，就算毛丫儿嫁给了你，但儿子肯定不是亲生的！"不过，三和总觉得成四那几年学也不知是咋上的，越上越没脾气，弄得现在都快三十岁的人了，却大姑娘似的见谁都不好意思，见谁都笑，一点儿不像小时候那样，为争个到现在还喜欢挂两筒鼻涕的毛丫儿就互捶鼻子到流鼻血那样顽皮。

三和生气，成四却从不提请他上家喝杯酒吃口鱼的事儿。有几次，三和还亲眼见成四把吃不完的大半条四五斤重的鱼倒给猫吃。"这样浪费，为啥不请我去和他一起吃呢？再说了，就算不请我去吃，起码也得逢年过节给全庄的老少爷们儿每人弄一条两条、八条十条鱼吃吧？"

三和这么想着，肚里的气越来越胀，胀得都想尿呢。于是，三和走下坝堤，冲着坝哗啦啦一阵放松。然而尿完了，肚里还是不舒服，就又蹲下来方便；蹲的时候，碰倒了顺手搁在地上的瓶子，想扶，又一想："嗯，卖假农药的可多呢，干脆试试这药的劲儿吧？"于是，咕咕咚咚朝坝里倒了大半瓶。

　　三五分钟光景，扑通扑通，水面跳出了好多好多鱼。三和看着，乐了："哟，药不赖！"扑通扑通，跳出水面的鱼越来越多，且白花花翻着肚儿在坝面上，三和忽就乐不起来了："哎呀妈呀，这可不是争抢毛丫儿时那样的儿戏呀！"

　　提起裤子，三和扭身跑回了庄子。

　　据说成四哭了一天一夜。三和犹豫着并最终决定去慰问成四一下，打开了家门，却有俩穿着制服的陌生人走了过来，冷冷地问："三和吧？正好，跟我们走一趟！"三和一愣，觉得脑袋瓜子可大，并立马想到个问题：成四这货真不是东西呢！肯定是人家问他谁谁跟他有仇、得罪过谁谁。"肯定是他！"三和立马就想到了打小就跟他争毛丫儿的事儿。

（原载《百花园》2015 年第 1 期）

帽　子

周　波

东沙从来不戴帽子，所以，从来没有人见过他戴帽子的样子。

冬天的海岛比北方还冷，大街上走着很多戴帽子的男人，东沙不学他们，总说男人不应该这样。夏天太阳很毒，别人撑着阳伞或是戴上遮阳帽用来防暑，他也情愿将肌肤晒黑，绝不戴帽。有朋友问他是不是天生有抗严寒酷暑能力，东沙就会说戴上帽子像上了锁，既不自由也不舒坦。也有同事戏说他：幸亏你没参军，要不然，不戴军帽要受罚的。

东沙笑着说：幸亏我没去参军。

后来，东沙去乡镇走马上任了。大家都恭喜他终于戴上了帽子，还笑称那是一顶无形的官帽子。东沙不承认，逢人便说：这是帽子吗？帽子在哪儿啊？我怎么看不见？

东沙去乡镇工作的第三天，遇上了强台风，台风裹挟着狂风暴雨在岛上整整肆虐了两天。傍晚时分，接到进港渔船遇险的报告后，东沙率领一支七人小分队准备赶赴现场。办公室主任忙不迭地找来五顶草帽，说是雨具前几天都分发到一线去了，不够用。东沙是镇长，论职位他该分到第一顶草帽。可是，他当场把草帽让给了年轻人。东沙说：我从来不戴帽子。同去的副镇长见东沙率先示范，也随即让出了自己的草帽。当东沙他们满身湿透地出现在码头时，一些干部群众被感动了，竖起大拇指赞扬着说：这才是爱民如子的好干部，这就是我们的东沙镇长。快步奔走上船头的东沙，那会儿则是打了一个很响亮的喷嚏。

老婆如晶从别人口里听说了那件事，她先是在家里嚷开了：感冒了怎么办？这是想充好汉呢还是怎么的？论职位，你是一镇之长，这么大的风这么大的雨，你戴了草帽没人会说闲话。然后，电话一路跟着到他办公室，不停地要东沙多喝开水，吃上几颗防感冒药。东沙正忙得不可开交，生气地说：都别把小事放大好不好，本来我就没想法，现在很多人夸大其词，你也一样。

确实，东沙感到台风过后的头一天上班和过去有点儿不一样。他一早去单位上班，还没进镇院子大门，东沙就听到了大家热情的问候：镇长好，镇长好……东沙觉得很不好意思，他想：这是怎么了？过去可不是这样的。他走到自己办公室，便被记者堵在了门口，记者问：这么恶劣的天气，让出草帽给普通干部，一般领导都是做不到的，您当时是怎么想的？东沙一听顿时有了一种反胃的恶心感，他想了想说：话不要拔得这么高，也不要给我戴高帽，有些事不是你们想的这样子，不要多问了。记者仍穷追不舍地问：那是什么样子的？东沙只好说：是我自己不喜欢戴帽子。

进了办公室门的东沙突然看见桌上放着一顶草帽，一股无名之火猛地蹿上来。他把主任叫来，责问他：这顶草帽怎么回事？主任不知情，开始自我检讨：昨天我失职，抗台没备好足够的雨具，让镇长受凉了。镇长平时到下面检查工作多，我想有了草帽有备无患。刚才气象预报说，台风刚过去，最近几天阳光会很强烈，天气也会比较热，镇长得防暑。东沙愠怒地说：这种事不要考虑，拿去，大男人还怕这个？你难道不知道我从来不戴帽子的？要戴你们去戴。

晚上，东沙一脸疲倦地回到家。他对如晶说：放心吧，我没有感冒，你男人坚强得很。如晶说：你的形象够狠的，不过，有时候当镇长还真需要这样一个光环。东沙愣愣地看了看老婆：这也算树立了一个光辉形象？可我觉得有些灰头土脸的。

东沙想着一桩事。还在他很小的时候，有一回调皮地用篮球砸破了邻居家的窗户。那会儿正是冬天，屋外面贼冷贼冷，东沙戴着一顶厚厚的皮军帽。邻居告状到他爹那儿，他爹气不打一处来，一把将他的皮军帽像刀一样给劈了下来。东沙当时一动不动，他只感到头上一下子冷了。当晚，东沙就发起了高烧，他奶奶哭哭啼啼地一边骂他爹，一边给东沙叫魂。

如晶的脸贴着东沙的小心脏，很惊讶地说：你从来没告诉过我这件事，一顶帽子居然把你搞成这样子，以后我冷不丁撞你一下，你不会被吓死吧，灵魂还在吧？东沙笑着说：在的，不在的话怎么和你生活在一起啊。如晶扑哧一笑，说：小时候的一件事，有时会留下可笑的阴影，怪不得家里和帽子有关的你都很忌讳，上回我买了帽子叫你看你也没看。东沙说：还是不说帽子的事了，我爹现在还很内疚呢。如晶说：这事太小，单位里又不能讲，讲了人家也不会相信。再说，你现在的形象已树立，可不能颠覆掉了。如晶接着问丈夫：那你以后还会戴帽子吗？东沙说：不知道。

（原载《小小说选刊》2015 年第 2 期）

没　事

周　波

东沙镇长上班从来都准时，这不，早上七点半，他一分不差地打开了办公室的门。不过，也有比他早到的，东沙时常遇到有事前来诉求的群众。有一回，东沙问群众：这么早呀？群众说：不早，太阳都晒上屁股了。东沙只得惭愧地说：那我来晚了。群众就说：你也不晚，干部上班都是这时候。

今天比东沙来得早的是位妇女，东沙客气地说：请坐。

妇女看了看东沙，一声不响地走了进去。

同志，有什么事要我帮忙解决呀？东沙问。

妇女还是不响，她的头一直看着地上，在东沙连问三遍后，才缓缓抬起来没……没事。妇女说。

没事？东沙还是头一回碰到这状况。

真的没事。妇女又说。

没事来这儿寻开心呀。东沙心里想着，但又不好把话说出口。看着眼前山一样高需要处理的材料，他本想批阅，又觉得不妥，有群众在自己办公室呢，怎能只顾着自己做事。可是，今天的这群众好特殊，东沙也有点儿不知所措起来。

他觉得面前的妇女一定有话和他讲，其吞吞吐吐的似乎藏着很多委屈。或许，是头一回见到自己才显紧张，可这不太可能，一个有怨想诉说的人，其话匣子从来都像决堤的河水似的。东沙给她倒了一杯茶，想帮她冷静一下。

妇女似乎激动了，颤抖着手捧起茶杯，先是轻轻呷了一口，然后咕噜一声把整杯茶喝了下去。东沙突然想笑，他觉得这人太奇怪了，怎么连烫的感觉也没有，莫非有什么特异功能？

这时，妇女站起身来。东沙感觉她要讲话了，于是顿了顿，把刚才准备批阅的文件推向一边。他突然非常想听她说话，哪怕她讲得不好。她会讲些什么呢？

可是，妇女起身后直接往门口走了。东沙有些惊异，办公室的门不是关得好好的吗？她起身去干啥？妇女却不按东沙的思路走，她既没去关门也没去开门，而是直接出去了，出去时，还不忘轻轻带上门。

东沙目睹着眼前的情景，拍了拍自己的脸，以为是做梦。然后，缓过神来的东沙打电话给办公室主任：那位妇女呢？

哪位？没人来过呀。主任汇报说。

看来你上班迟到了，快去下面找找，刚才有位妇女来我办公室。东沙急着说。

不久，主任气喘吁吁地跑来，说：找不到人，也问了很多人，都说今天早上没见过妇女。

东沙一听，惊得差点倒在椅子上。

几天之后，东沙还一直记得那天的怪事，心里憋得慌慌的。他每天关照办公室主任：如果那个妇女再来，一定要请她来自己办公室。主任听多了，心里也发了毛，问：镇长，那妇女究竟是谁呀？东沙说：一个没说出话的女人。

那天，有个妇女大喊大叫着来镇里上访，很多人拉扯着不让她进。主任却欣喜若狂地迎接了她，不但给她倒茶，还给她吃巧克力。有同事看不下去了，问主任这是你家亲戚？主任笑着说：是镇长的贵客。同事说：镇长呢？主任说：镇长去县里开会了。

后来东沙回来了，狠狠地把主任批了一通。主任说：镇长不是要我找那个妇女吗？我以为是。东沙气不打一处来，说：这镇上一半人口是妇女，你全叫来分巧克力？

可是，有一天那个妇女果真又来了。她出现的时候，东沙还在上班路上。主任却是提早到了。妇女在走廊里若隐若现地走来走去，幸亏是白天，主任壮着胆大喊道：谁？妇女立在墙角边，低着头不响。主任又叫一声：你是谁？妇女显然被吓着了，死命地往墙旮旯处钻。主任问：你就是上回来找镇长的？妇女点点头。主任叹着气说：终于找到你了。妇女依然点点头，不响。因为有上次教训，主任这次把她看得紧紧的，生怕她又跑了。

东沙来了，他在走廊里细细地瞧了一下妇女的脸，上回他压根就没认真看过。请进吧。东沙说。妇女看了看东沙，微微一笑，跟着走了进去。

同志，有什么事要我帮忙解决吗？上回你没说就走了，我还纳闷儿着是不是我有啥不对的地方。东沙说。妇女还是不响，两只手反复地搓来搓去，而她的头还是一直看着地上。

我觉得你是个不平常的人，有什么委屈尽管跟我讲，我会试着帮助你。东沙认真地说。

没……没事。妇女说。

没事？东沙的头这回真的大了。

真的没事。妇女又说。

那你干吗来我办公室？东沙问。

妇女笑笑，不答。继而，像上回一样起身，慢悠悠地走了出去。

东沙给主任发短信：跟着她。

不久，主任回来了，说，那妇女是厂里职工，没有心理障碍。

主任不解地问东沙：镇长，那位妇女为何三番五次来你办公室呀？

东沙摸了摸头说：看来真有事了。

（原载《小小说选刊》2015 年第 10 期）

小　满

伍中正

小满之前，白云庄是一个安静的村庄。

唐水珠喜欢白云庄的安静，喜欢白云庄的颜色，喜欢白云庄的大树，还喜欢白云庄一年年传唱的乡村歌谣。

春天里，唐水珠非常喜欢走到自己的麦田边，看那一垄垄麦子在雨水里、在阳光下生长、抽穗。每看一次，她的内心就有一种幸福的满足。她觉得麦子以及周围的一切，就是一张美好的画，就跟她童年时和少年时所看到的画面是一样的。她愿意把这张画保存到记忆里，保存在生命里。

小满的到来，让唐水珠对白云庄的看法彻底改变了。

小满。空气和露水做成的小满。

唐水珠还在睡梦中。这样的季节，唐水珠真想多睡一会儿。没人叫醒她，也没有人打扰她。

天刚亮，乡里的推土机开进了唐水珠的麦田。那台陈旧推土机气喘的声音打破了村庄的宁静，它陈旧的颜色落在那片绿得让人心疼的麦田，就像画家手中的一张废画。

推土机的声音辽远地传来。唐水珠没有在意，她以为是那个听说了几年迟迟没有开工的工程开工了。

绿色的麦子，在迅速地倒下。

那台推土机压毁了一半的麦子时，唐水珠才上气不接下气地从家里跑出来。她发现自己的麦田突然间走进了一头怪物，在不停地践踏、不停地吃掉那些充满生机的麦子。她来不及把跑掉的布鞋穿在脚上。她要赶走那头令她讨厌的怪物。

在唐水珠的眼里，麦田需要的不是像推土机这样的怪物，麦田需要的是铁犁、划镰这样的农具，还有健步如飞的耕牛。

唐水珠跑出了一身的汗。她一身是汗地站在田边，站在那台推土机前。推土机很快停了下来，像一堆废铁。

开推土机的是个小青年。小青年看了一眼唐水珠，就在推土机上听音乐了。

唐水珠在乡干部来之前，祭奠那些倒下的、死去的麦子。她跪了下来，用手扶那根根倒下的麦子。那些麦子受到了严重的创伤，有的已经被拦腰斩断，有的连根拔起。特别是麦芒上没有饱满的麦粒，还被挤出麦浆来。

唐水珠知道，自己无法扶起那些倒下的麦子。她把目光投向那些没有倒下的麦子。她有一个想法，她要用生命保护那些麦子。

那些露珠就是麦子的眼泪。唐水珠站起身，走到那些没有倒下的麦子中间。她感觉到有一股风吹过麦田，所有的麦子开始了舞蹈。在舞蹈的过程中，她发现所有的麦子抖落了身上的露水，流干了眼泪。她把脸靠近一棵麦芒。她的鼻孔仿佛嗅到了新麦的香味。

唐水珠在麦地里站了一刻钟。

一刻钟后，唐水珠走向了推土机。

唐水珠站在推土机上时，阳光射在她的身上。她穿了一件跟麦苗一样颜色的上衣。在这样的季节，她喜欢穿这种颜色的衣服。

唐水珠得到麦田被征用的消息是在半年前。村干部老鱼说，唐水珠，你的田迟早要征用，叫你不种麦，啥也不种。

唐水珠说，那么好的田，不种麦种啥？

老鱼说，荒着。

唐水珠没让田荒着，她在田里种了麦。

一个月前，老鱼让乡长狠狠地批评了一次。乡长说，老鱼，当初跟你怎么说的？你承诺把群众的工作做通，再不在那片田里种任何作物，现在，你看看，唐水珠的那片麦子，看着那片麦子我就不舒服，难道你舒服？

老鱼让乡长批评得没有回话。

乡长走的时候说，开工前，毁了那片麦子，不然开发商不满意我们的工作！

老鱼看着乡长走远，啥也不说。

乡长一走，老鱼告诉唐水珠，那片麦子保不住了。

唐水珠非常严肃地问过老鱼，我的麦子咋就保不住了？

老鱼说，到时候，乡里要毁你的麦。

唐水珠一惊，真的？

老鱼说，真的！

乡里决定，要在小满这天，毁掉唐水珠的麦子。

乡里召集的人走向唐水珠的麦田。唐水珠被几个人从推土机上拉了下来。

唐水珠没有大喊，也没有尖叫。

那几个人带走唐水珠的速度非常快。

唐水珠听到了推土机怪异的叫声，她朝后望，看见推土机的烟筒冒出了浓烟，在那片麦田里走动。

唐水珠没有用生命在小满这天保住自己的麦子。

后来，唐水珠想到这一天，她就有点难过，还暗暗地流泪。

老鱼见了，问，唐水珠，为啥事流泪？

唐水珠说，小满那天，正在饱满的麦子被毁，让我心疼。

后来，唐水珠不再在村庄生活，她选择了城市。

（原载《小说界》2014 年第 6 期）

倾听桃花开放的声音

伍中正

天气渐渐暖和起来。

天气一暖和，村庄就暖和了。游桃的院子里有一株桃树。桃树不高，是女人那年走进游桃家的门槛后栽的，一枝一枝地开着花，要是静下心来，就能听到桃花开放的声音。那花红红的，远看近看，似桃树的衣裳。

那株桃树坚定不移地守着游桃的木屋。木屋是跟着村庄一起暖和的。女人没有出远门，守着游桃留下的木屋，守着木屋里走过的日子。

游廊的光线格外强烈。女人坐在游廊上看那些桃花又红。有一只青鸟，体型不大，无序地飞来飞去，翅膀上是春天响亮的阳光。青鸟有时不小心，擦下一片两片的薄薄桃花来，轻轻地落在地上。

地上是女人精心喂养的一只母鸡。女人起初喂过两只的，那一只小的时候，让外村疯癫跑来的狗，龇牙咧嘴重重地咬了几下。她从狗嘴里拉出来的鸡，三下两下动弹后，死了，外村的狗再没来，另外的母鸡就活了下来，单纯地活到现在。

母鸡的腿黄黄的，黄黄地走来走去。在母鸡的眼里，悠闲纷撒的桃花，像一粒粒熟透的食物，母鸡就咯咯叫着跑过去，张开嘴猛啄几下，衔在嘴尖上，又快速吐掉。

女人看了，觉得好笑，就傻傻地一笑，院子里就她一个人的笑声。

女人看过一阵后，想起一件事来。这件事对别人不重要，对女人重要。她弄不明白，男人到底在外面是不是有了一个四川婆娘？两年了，也不回来一次。

女人想到了离开。并且这想法如开着的桃花，越来越强烈。

屋内的光线照样明亮。女人起身进屋，用手打开了一口旧箱子。

女人不显一点粗糙的手很好看。纤细的手指，美丽光洁。只有女人自己知道，开了春，她的手还没挨过简单的活儿。要是以往，这手在山上不知翻弄了多少柴，在灶膛不知捧了多少灰，说不定开了些口子。

女人打开的箱子，是她陪嫁来的。当年就是为这口箱子，她在城里的工地上咸咸淡淡地做了两个月的饭。包工头见她人好，走的时候，除了给满工钱外，还送了一口箱子，她就用它做了像样的嫁妆。

箱子像一张张开的嘴。

女人把一双鞋拿在手上。鞋是女人买的，红色的，鞋面上还起了白色的花，花不多，就一只一朵，像巧手用了心描上去的。买的时候，游桃还对她说，穿上这鞋好看，肯定好看！

女人相信游桃的话没有错，相信他的眼力不会错。女人就要了鞋。

女人记得游桃看她穿过时间很短的一次，就走了。以后，女人穿这鞋的时候，仿佛少了点儿什么，至少是少了点儿话语，少了点儿笑声。

女人端详了一会儿。她闻了闻鞋子，然后，轻轻地把鞋放在了箱底。箱子张开的嘴，干净地吃到了鞋。

女人又在床上拿了些柔和的衣服。那些衣服，曾经是女人穿过几水了的，拿哪些不拿哪些，心里有底。那些衣服，有女人自己买的，也有游桃买的。

女人的手抽出得快，才没让箱子吃进去。

总算装了满满一箱。女人把箱子一盖，两手搁在箱盖上，散开的手指干净好看。

女人锁好箱子，提在手上。女人就觉得自己提着一个家，一个住处。

女人提了箱子出来，走到游廊上，阳光射在箱子上，看不出任何的旧来。

女人坐下来，在游廊上又打开箱子，一件一件地掏出那些柔和的衣服。掏得细心，掏到那件蓝色的衣服，女人的手停了下来，再不往下掏。女人决定不要了。

蓝色衣服是游桃买的。有一次，游桃天没黑从外面回来，从怀里拿出一件蓝色衣服来，在女人面前花朵一样晃动，嘴里还说，给你买的呃。

女人很细心，晚上躺在一起，问他衣服是哪里来的？游桃说，自己买的还有假？

女人再问，衣服不是你游桃买的，是喜欢你游桃的女人买的？

游桃不吱声。

你游桃要不说，我就不穿！女人很淡地一笑，就差生气了。

游桃还不吱声。女人问急了，游桃憋不住了，就开了口，说了你要穿，是城里的四川婆娘让我送给你的……

女人再没说什么，坐起身子，把蓝色的衣服很自然穿在了身上，生动地晃着游桃的眼睛。

女人的眼睛湿了，游桃没有发现……

女人极自然地甩了蓝色衣服。衣服歇在地上，不再生动，像一圈散开来干了好些日子的蓝漆。

合上了箱子，提在手上，女人两腿轻轻地走向桃树。

那只在树上飞来飞去的青鸟，一下飞远。黄腿母鸡尖声唱着曲儿走一边去。女人站在桃树下，倾听桃花开放的声音，听着听着，脸色就暗了下来，果然流了泪。

女人说了一句，游桃，院子你自己来守！

头上无意落了暖和的花瓣，三四瓣的样。女人不知道。

擦罢眼泪，女人细细的两腿轻轻地跨过院门。

走不多远，女人回头，看见了那只陪她在院子里短暂生活的母鸡，看见了那株桃树上浓密的花，淡定在一幅画里。

女人迅速地掉转头，身后是桃花的呼唤和无尽的温暖。

（原载《芒种》2015 年第 6 期）

这事就往粗里弄

李立泰

局里建好宿舍楼几年了。说心里话同志们佩服局长,在边缘时间打擦边球。好几位局长想把楼分下去,没分成。

盖楼的局长没分成。其实刚研究,麻烦来了。关于工龄。本局工龄。外单位工龄。你的职务、职称、级别、非领导职务。夫妇双方身份干部、农民、工人。聘任制啊,以工代干啊,人事代理啊,还是临干啊?是局机关的,还是下属单位的?你是全额单位,还是差额单位,还是下属自收自支事业单位的,还是事业单位企业化管理啊等等。这局的编制,就是国情。

分房方案正研究的时候,同志们意见分歧正大的时候,局长正一筹莫展唉声叹气的时候,形势突然有了转机。

县委叫局长离岗。刚一说离岗,局长心里疼了一家伙,有点小不痛快。

局长是非常热爱本职工作的。革命工作还没干够。还愿意当公仆再为人民服几年务。有的同志还没提起来。不少事还没来得及办!现在下岗"夜大"不白念了吗?没少麻烦同志们替考、弄小抄啥的。五十出头,正年富力强哩,身板壮得很,总觉得有使不完的劲。正是出成绩的时候。但是这摊子烂事也难为坏了。

唉,也罢。都兴这哩。

基本上高高兴兴提着包回家了,站圈外里看局里热闹去了。

这局实力可以,属上等局,比较弱的是当不上局长的。局长基本上都是县委委员,有的还挂个部委的副职。

新局长来了。上任不久有了小感觉。虽然这局有房住。有车坐。有饭吃。有酒喝。有礼收。有官儿卖。有时早晚儿的也有小女人儿。还可以。但是烂事难事也不少。最突出的就是分房。

他努力回避分房。我先熟悉熟悉工作。工作熟悉一年多了,东西弄得也不少啦。干部职工该提拔的也提起来了。开始找他分房子。他一边让办公室起草分房方案，一遍遍地修改，他则一趟趟往地区跑。

分房这马蜂窝他也不想戳。得罪了老人不行，得罪在职的也没好果子。他是能拖就拖。能诿就诿。分房方案一张榜，意见上来了，工龄问题，在外单位的工龄不是给党干的吗？你在这局里就有理啦。停下来研究。第二稿一出，事业单位和自收自支事业单位、企业化管理事业单位意见也来了。要求比局机关分儿不能少了。又研究。三研究两研究，把新局长研究走了，到外县当常委去了。

民间组织部，县长小姨子姑姥娘儿媳妇娘家妹妹的姨表姐在局里传达了：谁谁谁要来当局长了。

新局长果真来了。新局长年轻气盛，大刀阔斧，在乡镇干得不错。来到这个局想一展身手，干出点成绩，像《南征北战》里张军长说的"叫美国顾问团看看！"

在座谈中知道了局里的老大难，分房。

局里盖的楼，既不是福利房，也不是商品房。是局里补贴钱的房。贴了多少钱？对不起，对外不讲。可是要把好事办好，也不像喝二两小酒儿。

上两任局长，都不是简单人，是有本事有能力有点儿的高人。人家都县级了！

局离退休领导，在职班子成员和全体干部职工八十人。人员复杂，父子父女儿媳女婿孙子孙女外孙外孙女侄子表侄子等等，战友同学老乡，同学的同学，老乡的乡亲，哎呀多了去啦，还有部委办局跟局里交换的人员，大都是根儿上的。你动这儿那儿落落土。你会没散县长就知道。上上下下左左右右前前后后里里外外纵横交错的关系网，稍不留神绊家伙跟玩儿的样。八十个人八十个心眼儿，往八十下里想。

我们常说：心往一处想，劲往一处使。那是新闻联播新华社人民日报社论地方各级一把手从理论上讲的。弄到自己头上，就三分三解了。

都对好楼层有好感。现在是八十颗心往一处想，都想上好楼层。八十个人劲往一处使，都冲着三楼使劲。

新局长总结前两任分房经验。这事越细越不好弄。那就往粗里弄！这天下午叫办公室通知。

"全局每家来一人参与分房，要法定行为人。明早八点在新楼前集合，过时不等。"

全局人员都像过年似的，欢欢喜喜地站在新楼前说笑。新局长夫人也在人群里站着。女干部围着她，夸她利索穿的衣服可体好看。新局长夫人乐得合不拢嘴。八点每家每户都到了。办公室主任点名。

这时新局长出现在六楼阳台上。俯瞰大家。下边主动安静了。他讲：今天马上分房，高调不唱了。意义也不讲了。方案也不用了。不弄那些片儿汤了。都是老中医你少用偏方。我在上边扔钥匙。一人只准拿一个钥匙，拿多无效。钥匙上标明了单元、楼层、房号。新局长说完，扬手横着一撒，"哗"钥匙天女散花般落下来。

人们"哇哇"地叫喊……抢啊……抓啊……

局长夫人把拾的钥匙，紧紧地攥在手里……

（原载《山东文学》2015 年第 4 期）

鸡 叫 头 遍

李立泰

　　媳妇听说簸箕柳区这次要四十个青壮年，都补充到冀南七分区24团。

　　征兵动员会县里开了区里开，区里开了村上开，层层发动。男人当民兵队长，工作那么积极，平常是说别人的主，他能落后啊，一准报了名，别看他不吭不哈，该吃的吃该喝的喝，俺也装没事人，没戳透这事。这回当兵跑不了啦，准有他。

　　打鬼子，枪对枪、刀对刀、你打我、我打你、你攮我、我砍你，死人还不跟喝凉水的样？枪子儿不长眼，说打死谁，老天爷一句话的事儿，小鬼儿生死簿上一勾，你就那边去了。

　　她想到这心就打战，不寒而栗。家里老的老，小的小，儿子才十三，十五亩地，他扑啦扑啦腚走了，俺要侍弄。

　　他喘着粗气，早感觉到了，她没激情，是例行公事。媳妇扭过去身子，背靠背，嘴撅得老高能拴个驴。

　　你别生气，不能听他们瞎说，我不去，没报名。"她一听这话，扭过来。"真的？俺不信。你当民兵队长，能没你？"

　　"看看，我能骗你吗，我啥时候骗你啦。在村上工作也是抗日，我组织担架队跟24团打'老吴（顽匪、汉奸）'，战士及时抬下来救治，减少多少伤亡？！李团长夸咱村担架队，敢上前线，敢听炮响，敢抬血人，敢在死人堆里走。"

　　她眼里含着泪儿，抚摸着他温暖宽厚的胸膛，说："俺知道你带领担架队上，跟打仗差不多，但俺心里还踏实点，就怕你走，整天提溜着心。哪天俺娘们儿俩摸不着你了，不敢想日子怎么过。"

　　他不敢再表白什么了。他说的那些跟媳妇的话比起来太苍白了。

　　这几天他仍然为参军的事在村里忙活。他儿子听小伙伴儿们说："你爹要参军走了，你知道吗?"他儿子听说了，立马跑到村部找他爹，问:"爹，听说你要参军走?"他对儿子说:"别听他们乱说，没影儿的事，这回没我，住几天我去县里受训。"

一直坚持到临走前一天，才跟爹娘揭锅。娘掉泪，爹叹气。他说:"爹、娘，咱是老解放区，觉悟不能比人家低。参军打鬼子又不是光叫我自己去，别的人家当儿的能去，我不能去啊?再说我走了，种地的事，村上组织帮工队，落不后边，家里还有她哩。"老人这关过去了。

媳妇见他回家拿东西，换洗的衣服，烟叶啥的，知道他要走，咋想法拦他，就说:"李臣孝你个没良心的，撇下俺娘俩儿不要了，你要走，我就跳坑死了。"

他一听媳妇说这，想，关键时刻压不住，就走不成了。李臣孝嗓门提高八度，喊:"你要不叫我去打鬼子，就跳井死了!"

妇道人家的拿手戏是，大哭。媳妇"哇哇"地呼天抢地地哭起来。随哭随唱歌般地念叨:"俺没法过了，我的那孬命唉——"

他说:"你愿意叫我站狗熊台啊?我告诉你，你别哭，我一两年就回来。你要再哭，我一辈子也不回来了!"媳妇一看这，就不敢哭了。"我再告诉你，我要站了狗熊台，咱全家，咱爹娘、你、小小都别想在村上抬起头来。"

下午她怂恿儿子又去拉后腿，说:"爹，你去参军怪好的，吃白馍馍，我也去。"他妈的小狗日的跟我来这套，"好!好哇!你来得正巧，正缺个通讯员哩，去吧。"他儿子一听傻瞎了眼，这招儿也不行，就回了家。

晚上，统一叫他们回家道个别。规定凌晨，鸡叫三遍准时集合，去区里报到。

李臣孝在北屋跟爹娘说话，娘坐炕上看着熟睡的小小儿，上面椅上老爹，他爷俩一袋袋抽了半夜烟。爹说:"我没啥说的啦，别挂家，他娘们儿有我和你娘哩，管好自己，打仗多加小心。"

他说:"爹、娘，您保重。打跑鬼子，儿回来再孝顺您!"

娘撵他:"回屋去吧。跟人家说说话。"

他回到屋里，媳妇已睡下。其实她心潮澎湃地睁眼听气儿哩。

他进屋坐到杌子上继续抽烟。看她一眼，说:"还生我气呀?"

她猛一扭脸，对墙去了。

"男人这辈子还不是就吃'三碗面'吗?人之间要有情面，给男人留个脸面，在外边有点场面。"他说给她听。

"明天区里欢送我们，戴大红花，有的骑马，有的坐轿，有的坐车，路两旁村民列队，队伍后鼓乐、秧歌欢送。区里搭彩台，唱戏、扭秧歌举行隆重的欢送仪式。区长讲话发表祝词，鼓励新战士英勇杀敌立功，荣耀乡里！"他自顾自地说着说着，鸡叫头遍了。

她突然抬起头，泪水渐渐地说："俺想通了还不行啊！"

他着实出乎意料，媳妇说出这话。他说："俺对不起你，上有老下有小的。等我回来再、再、再疼你！"

"别瞎叨叨啦！"她从炕头桌摸了颗枣，朝他砸去。

"憨玩意儿，还不抓紧哩……"

（原载《大观》2014 年第 12 期）

将 军 完 婚

韦如辉

历史已蒙上一层厚厚的灰尘，将这件事的真相还原本真，我费了九牛二虎之力。

涡河县志上有这样一段模糊不清的记载：1940 年一个夜半，在日本宪兵大队的追赶下，将军逃到了马家洼子。遂与当地村姑无名氏完婚，由此躲过一劫，保住了荣耀史册的将军。

我敢肯定，写县志的人是个糊涂虫。时间、地点、人物、事件，这些至关重要的关键词，都跑到哪里去了？

但是，将军完婚这个重大的历史事件，关乎将军的历史，关乎涡河县的历史，也关乎整个大别山革命老区的光辉历史。无论花多大的气力，都必须将历史还原本来面目。

怀揣着一颗敬畏历史和对历史高度负责的责任心，我展开了前前后后三年半的历史调查。当三年半后的一缕晨光照耀大别山的时候，这个重大事件像大地一样逐渐明朗清晰。

事情是这样的。

1940 年冬天的一个后半夜，将军在涡河集（现为涡河县城关镇）暴露了。日本驻涡河集宪兵三大队，在队长佐佐木的亲自带领下，展开了对将军的围追堵截。

密集的枪声穿过寂静的夜空，向将军扑来。无数的火把连成一片，将漆黑的夜晚弄得支离破碎。将军从大路转进小路，从小路转进庄稼地，左躲右闪与飞驰的子弹做着游戏。

当将军闪进一个叫马家洼子的村庄里时，骑在高头大马上的佐佐木，凶狠的脸上霹出狡黠的笑容。

对于马家洼子，佐佐木是比较熟悉的。在宪兵三大队会议室悬挂的作战地图上，它是一个三面环水的小村庄。

将军已经进入马家洼子张开袋口的口袋里。

佐佐木下令，挨家挨户地搜查，抓活的！

马家洼子，这个只有三十来户的村庄，顿时鸡飞狗跳。

日本兵点燃两堆柴草垛，马家洼子亮如白昼。

随着一个个日本兵没有发现目标的报告，佐佐木收起笑容面露凶光。他气急败坏地跳下战马，手舞军刀，亲自搜查。

老者刚刚将一扇木门掩上，佐佐木就带领一队日本兵闯了进来。

翻译官狗一样蹿过来，一把抓住老者的衣领，嘴里不干不净地吼叫，老不死的，家里还有什么人？

老者回答，三口人，他自己、女儿和女婿。

佐佐木大手一挥，日本兵饿虎一样向堂屋扑去。

堂屋里间的一张木床上，将军赤裸上体蜷曲成一团。一床不厚的棉被下，另一个蜷曲成一团的身体在瑟瑟发抖。

佐佐木想用军刀挑开棉被，老者双膝跪地，高声哭喊，长官，使不得啊。

佐佐木将老者一脚踢开，叽里呱啦一阵狂叫，手中军刀寒光一闪，两具裸体拧在一起。

佐佐木的涡河集宪兵三大队无奈地撤出马家洼子，一路往寿县方向追去。

昏暗的灯光下，堂屋里坐着三个人，老者抽着烟，女子流着泪，将军一脸红晕。

老者说，你娶了她吧，她还是黄花大闺女。

将军不说话，一直沉默着。将军不能答应，他的任务没完成。

老者抽着烟，脑海里过滤着刚过去不久的一幕……

将军气喘吁吁地推开老者的木门。将军说，大爷，我是彭雪枫将军的部下，日本兵追上来了。

老者一把将将军摁在被窝里，喝令将军和他的女儿，脱光衣服！快！

将军跪下来，承诺等抗日胜利了，如果他还活着，一定迎娶女子。

抗战终于胜利了，将军已是团长。将军率领本部，找到马家洼子。此时的马家洼子，已夷为平地。

将军脱下军帽，默默无语，潸然泪下。将军告诉全团将士，他的妻子在马家洼子为了中华民族牺牲了，她叫无名氏。

组织上给将军安排婚姻，将军死活不同意，坚持说自己已经完婚。

将军戎马一生，无后。

历史永远记住了将军，和他鲜为人知的婚姻。

（原载《小说月刊》2014 年第 12 期）

我肯定有病

韦如辉

张三从殡仪馆出来，天空格外晴朗，阳光格外灿烂。

但张三一点儿也高兴不起来。张三心里在想，五大三粗的李四经火一烧，轻易地就装进一个小盒子里。而且，只轻轻一拎，便带走了。

张三还想，平常的日子里，自己跟李四就死在一块儿。两个人一起上班，一起下班，一起下饭店，一起上歌厅，连桑拿按摩找小姐，两个人都形影不离。本来两个人约好，等来年春暖花开，一起去扬州的。李四说走就走了。

李四临走的那个晚上，张三仍跟他在一起。他们喝过酒，又唱了一会儿歌才各自回的家。谁知到了半夜，李四的脑血管就破裂了。

一想起这些，张三的心情就格外沉重。

回到家里，老婆做了一桌子好菜。平时，张三就像不着窝的兔子。现在李四走了，老婆既悲痛又喜悦。只是老婆的悲痛在脸上，喜悦在心里。老婆心里笑，看你张三还不回家？而张三的脑子里抹不去李四，再好的菜，张三都没有胃口。

起初老婆想，很正常，谁叫他张三跟李四是好朋友呢。张三丢了朋友，没胃口很正常。等过一段时间，自然就好了。

时间很快就过去一个多月，李四的"五七纸"都烧完了，张三还是郁郁寡欢。老婆说，张三，你是不是病了？

张三也想，自己可能是病了。不然的话，怎么对什么都不感兴趣了呢？老婆一提醒，张三算一下，自己和老婆也一个多月没做事了。

在一个阳光明媚的日子，张三在老婆的一再催促下，去了医院。

医院里有张三一个朋友，叫王五。确切地说，王五是李四生前的朋友。因为和李四是朋友，张三和王五自然是朋友。张三和王五不由自主地又回忆起李四，都说，可惜啊可惜！

王五给张三做了全面检查。先抽血化验，尿检取样，再量血压血脂，后X光胸透，做心电图。反正，该查的都查了，不该查的也查了。检查的结果，一切正常。

从医院里出来，张三的心情同外边的阳光一样好了起来。张三去了农贸市场，买了许多好吃的好喝的。张三决定今天好好滋润一下，过一过幸福的生活。

张三就在这个时候碰到了赵六。赵六也是张三的朋友，张三情不自禁地把自己的身体状况，说给赵六听了。赵六一脸的愤怒，说，张三，你好糊涂啊，你还敢相信王五？李四生前就是在王五那个医院做的体检，每次王五都酒气熏天地拍胸脯，李四，没事儿，你啥事儿都没有。

张三心里咯噔一下子，仿佛一块巨大的石头又吊上了。

临分别的时候，赵六再三叮嘱张三，去大医院看看，啊！

张三跟单位请假，去南京。南京那边说，没啥。张三不放心，又去上海。上海那边也说，没啥。张三还是不放心，张三从上海回来的路上想，等续了假，再去北京。

后来，张三干脆请了长假，经常奔波外地看病。

偶尔回来见到单位的同事，同事们关心地问张三，啥病？

张三说，查不出来，反正有病。

同事们上下打量张三，原来身强力壮的，现在怎么瘦得像麻秆似的？

同事们不无同情地交代张三，别急啊，再好好查查。

张三万分感激，抬手从深陷的眼窝里抠出一滴眼泪。

（原载《微型小说月报》2015 年第 5 期）

辑三

夜幕下的满洲

陈力娇

太平洋战争吃紧,兵力严重不足,佐藤大佐到开拓团征兵,十五岁以上的男子一律充军,违者格杀勿论。

这样一来,久美子家就要去两个人,一个是她的丈夫小野一郎,一个是她的大儿子小野平栋。

丈夫一郎好说,去就去,在哪里都是死,对活着他早已不抱希望;但是小野平栋就不一样了,他有精神障碍,平日里像好人似的,可发作起来就疯疯癫癫的,常常脱光衣服满村乱跑。

久美子决定约佐藤喝茶,他们是同学,她坚信佐藤会网开一面。

丈夫一郎不这么看,一郎认为,佐藤阴毒,不会同意,因此佐藤的身影一出现在房侧,他就扛着锄头去稻田了。

佐藤很高兴,他有五年没见这位曾令他心仪的女人了,现在看她亲自为自己泡茶,忙里忙外，觉得时间真是个不可思议的赢家，谁获得了它，谁就是舞台上的主角。

他们坐在院中的苹果树下，共同追忆中学时的美好时光。佐藤穿着黄军装，戴着白手套，手枪别在腰间，长筒靴里塞着匕首。

他慢慢地品着茶，琢磨着久美子想和他说什么，眼睛却盯着田野间三个玩耍的孩子。三个孩子分别是：小野平栋、小野平亮，和一个叫萝卜的中国女孩。他们在捉迷藏。

看到他们玩得起劲儿，佐藤禁不住赞叹，多幸福的生活啊，这要是在日本，很难想象你家会有这么多土地。你在这里过得习惯吧？

久美子看了佐藤一眼，眼里顿现阴云，她回答，不太习惯。

佐藤一愣，放下茶杯听其原委。久美子说，毕竟是人家的土地，听雇工说，我们家的地，先前是他家的。

佐藤鄙视道，这有什么，区区一点土地，二十年后，这里都将是大日本帝国的。

久美子为他斟茶，说，一郎一走，就剩我和孩子了，二儿子还小，大儿子你就给我留下吧。

佐藤这才明白老同学的旨意，立马回绝，不行，帝国的利益比个人利益重要。久美子急了，说，可他是个疯孩子啊，一旦发作他会开错枪。

佐藤不高兴了，他忽然觉得眼前的女人不那么美好了，竟然用这么个招数来哄骗自己，就不想喝她的茶了，起身想走。可是还没等他迈步，六岁的小野平亮跑来了，他手里捏着一只火蝈蝈，举到久美子面前，说，妈妈，你看，它还有刀呢。

小野平亮只有一只眼睛，另一只眼睛是个深深的坑，这多少让佐藤诧异。

孩子跑走后，佐藤现出询问的目光，久美子流着眼泪哽咽着说，玉米碴儿扎的，这要是在日本，怎么可能？

久美子的眼泪，留住了佐藤，他也承认，如果不来满洲，会少发生些意外。

久美子继续说，平亮太惨了，长大后会更惨，谁会找一个瞎子当丈夫。

佐藤忙说，中国的花姑娘很多，不愁没人嫁给小野平亮，眼前这一个不是很好吗？他指的是和平亮玩得正欢的萝卜。

久美子说，人家是中国人，是好端端的健全人，父母怎么会让她嫁给一个残疾？

佐藤道，中国人有什么了不起吗？大和民族主张通婚，他们的土地都是我们的了，人为什么不能是？至于父母不同意嘛……佐藤没把下面的话说完，站起身去了萝卜他们那里。

久美子不知他去做什么，她的脑子里此时全是怎样才能说服佐藤，把小野平栋留下来。

直到萝卜一声惨叫，久美子才惊醒过来。她回头望去，看到萝卜已倒在地上，哭声初始惨烈，后被什么噎了回去，戛然停止。久美子知道出大事了，站起身，发疯似的向萝卜扑去。

可是已经晚了，萝卜的一只眼睛已血肉模糊，如一眼泉，正汨汨地往出冒血水。

佐藤站在一边，得意地看着刀尖上的眼球，看够了，他弯下身，在萝卜的衣袖上蹭了两下，眼球落入尘土。

他收刀而去，一张他的光荣入伍的通知单，像失了翅膀一样，从他怀里栽了下来。

久美子崩溃了，她害了萝卜。

三天以后，一郎和平栋参军去了，久美子怀着巨大的内疚，偷偷地把萝卜接到家中，这才知道，萝卜是个孤儿。

在她精心的护理下，萝卜的伤一天天见好，但一只眼睛却瘪了。平亮是左眼，萝卜是右眼，这个刚刚才六岁的孩子，她还不知这一切的内幕。她只是天天把久美子的院门紧锁，提防那个挖她眼睛的日本恶魔再次出现。

这天两个孩子正在院子里玩，他们在用砖头磨削钢笔的小刀，一边磨一边拉话。萝卜问平亮，你们日本人为什么到我们这里来？

平亮回答，是政府让我们来的，他们说满洲有肉吃，有粮吃。萝卜说，满洲没有肉吃，有粮也让拿枪的鬼子抢走了，你们虽没拿枪，但你们来了以后，我爹死了，我也瞎了。

久美子听了萝卜的话，泪水长流。

萝卜又问平亮，你能用这把刀杀了佐藤吗？你若杀了他，我长大了就嫁给你。平亮想了想说，我不杀他你也一样会嫁给我，我们大和民族是不允许一个瞎子不嫁给另一个瞎子的。

久美子听到这，一跃而起，从敞开的窗子跳出去，拉起平亮，狠狠地扇了他两个耳光，继而又紧紧地把他搂在怀中。

（原载《小说月刊》2015 年第 2 期）

收 养

陈力娇

大火冲天，浓烟升腾，开拓团把自己的红部点着了。

红部是他们的官邸，它牢牢耸立在中国满洲已经五年了，但这下可到头了。日本投降后，这些曾红极一时的掠夺者，自知来日无多，便集体自焚了。

点燃红部的是开拓团的警卫班，领头的是团长浅仓，他们拿着松油火把，先点燃房檐下的茅草，点了一圈之后，火就蔓延了。

屋里的妇女儿童们，呼天抢地，拼命地往出跑，可是窗子和门早被浅仓命人钉死了，并且警卫兵就在不远处荷枪实弹，如果有人破窗而出，立即击毙，毫不含糊。

浅仓性格刚烈，他宁为玉碎也不愿承受耻辱，他要带领全团的人一起向天皇尽忠，第一批就是妇女儿童。

中午时他们集体吃了绝命饭。

绝命饭是一头全猪，大锅烀肉，灌血肠，做烩菜。从早上天刚亮，一直忙到晌午才吃上。酒足饭饱之后，妇女们便开始梳妆打扮。

这次打扮和平日不一样，这次是永别，化一次妆，就一辈子都不用再化了，所以她们要尽力将自己化得漂亮。

酒井美黛的母亲，是开拓民中最反对自焚的，但是她说服不了丈夫，丈夫是浅仓的心腹，浅仓死，他绝不会活。

她就趁出去倒洗脸水的工夫，做了一件事，她把自己的女儿酒井美黛，藏到了屋后的柴垛里。她想给孩子留条活路，这是她唯一能做的。

她告诉酒井美黛，不论外面有什么动静，都不要出来，出来的话黑瞎子就会舔你的脸，你就会成为丑八怪，到时谁都不会喜欢你了。

酒井美黛才三岁多一点，为了不变成丑八怪，她在母亲为她絮出的小窝里，一待就是一个下午。

小窝里很好玩，很隐秘，从里面可以看到外面，从外面却看不到里面。里面还有可供她戏玩的布娃娃，还有够她捏一百个面人儿的一团面。这是母亲特意留给她的。

天黑的时候她听到了哭声、喊声，还有骂声，但是她牢记妈妈的话，不能出去，她太害怕能舔伤人脸的大黑熊瞎子了。

哭声是妇女们发出来的，她们虽然也同意和自己的孩子一起玉碎，可到真正要死时却反悔了。她们搂紧了自己的骨肉，苦苦哀求浅仓放她们一马，却没料到谁喊得最响，谁就先走一步。

酒井美黛的母亲没有喊，也没有哭，更没有反抗，她带了个好头。她静静地来到丈夫的身边，由丈夫向她的眉心开了一枪。

这一枪很精致，如点了胭脂红，血从脑后流出，这是她特意叮嘱丈夫的，别让死亡破坏了她的容颜。

屠杀从反抗的妇女开始，然后是大哭不止的孩子。那些吓傻的，吓呆的，就留给了大火。浅仓他们做完这些，已是晚上七点，天完全黑了。

看到红部燃烧得噼噼啪啪的，他们才逃往深山，进入了密林。

红部正浓烟滚滚时，中国村落里的村民们，却在为那些被关在屋里的妇女儿童担心，虽然自这些侵略者来了以后，他们被赶到沟外，食不果腹，饿死无数，可心底的善良却没有泯灭。

老人们望着黑夜中的熊熊大火，指派着年轻人：去看看，把火扑灭吧，不然他们就全烧死了。

年轻人不想去，他们太恨日本人了，他们为日本人种地，自己却没有粮食吃；房子让日本人抢去，自己却住地窖子；井被日本人独用，自己却喝着沟里带红锈的水。但是这些都没有拗过那照彻黑夜的火光。

他们去了，去火海中捞人，捞那些沾满中国人鲜血的刽子手们的亲人。

他们冲进院子，冒着灼人的烈火，冲上去被卷下来，再冲上去又被卷下来。最后他们终于接近了门窗，这才发现它们是被钉死的，浓烟呛得他们睁不开眼，喘不上气，鼻涕眼泪俱下。

只有一个办法了，用水浇，他们从院外的小河里往回舀水，不顾一切地往火海里泼。等到他们将大火熄灭，进屋一看，已经没有活的了。妇女们都死了，孩子们也都断气了，他们七扭八歪，一个挤着一个，龇牙咧嘴，面目狰狞。

村民们都站着不动，齐刷刷的，像凭吊，凭吊这些抢占了他们土地的恶魔；凭吊这些不在自己国土上好好过日子，非要充当国家炮灰的人们。内心里，不知是悲，还是喜，不知是痛快，还是仇恨。

酒井美黛就是在这个时候，悄悄地站在他们身旁的，人们发现她时，几乎雀跃，总算看到活着的了！

酒井美黛不足四岁，她弱弱的小身体，刚到他们的膝盖高。她的食指在嘴里含着，头发稀疏，面色蜡黄，站着都直打晃。她拉住一个妇女的衣角，怯生生地仰头看她，她在辨别这是不是她的妈妈。

妇女看着她，不知怎么对她，村民们一片沉默。

终于旁边有个年长的中国男人说话了，她认你，你就抱抱她吧，她还是个孩子。

是啊，孩子没有伤害过我们啊。人们附和着，仇恨和悲悯之情让他们的心情瞬间变得很复杂。

其实这只是个浅显的理由，是临时抱佛脚找出来的借口。更深的，更准的，更痛的，他们比谁都清楚，那就是，战争让他们都死过自己的孩子，他们不想再死别人的孩子了。

是的，不想，真的不想啊！

抱着孩子往回走时，队伍里，响起集体的唏嘘声。

（原载《小说月刊》2015 年第 4 期）

离离秋草黄

安石榴

老李三出生在中东铁道线上一个叫陶赖昭的地方，他没有地，啥来钱快他就干啥。比方说，老毛子爱吃牛肉，可是不吃牛下水，老李三那时候还是个十三岁的小孩子，天生一副好头脑，他一分钱不花，讨下来整套的下水，拿回家弄干净煮烂，卖给中国人。日俄战争之后，日本子打腰了，东洋人爱吃鱼，老李三就拿个柳条筐到松花江边帮鱼把头拉网，报酬是尽可量地装一筐鱼，老李三转手把鱼卖给日本人。

老李三日子过得挺滋润，铁道线上来回跑，混得俄语日语溜溜顺，整天不着家。除了找买卖，他还爱交朋友，三教九流，各行各业，什么人都接触，哪有时间着家呀？没有。老婆带着一个女儿给他守着两间老宅。

有一天，老李三的一个把兄弟王张罗来了，进屋就叫嫂子："我大哥在哈尔滨上了一批棉鞋，让我回来套车去拉。"这类事情是常有的，或者老李三脱不开身，或者就是为了摆谱，派个把兄弟捎个话、取个钱、套个车啥的，老李三老婆没起半点疑心就放行了。

一个月后，老李三回来了，老婆问："车呢？货呢？"老李三说："啥车？啥货？"一对茬儿，才知道让人骗了。返身就去找王张罗。王张罗在新陶赖昭三里地之外的老陶赖昭，给一大户人家看祖坟。果不其然，人去屋空！老李三找到一个知根知底的人，使了点手腕，那人告诉他，王张罗赶着老李三的马车跑远了，奔了卜奎他表大爷家啦。知道卜奎是哪里么？就是齐齐哈尔，卜奎是它的老名字。如果王张罗真的一头钻进卜奎，老李三就拿他没办法。卜奎是个大地方，藏个小毛贼太容易了。可是，老李三不甘心，又细抠了抠，那个人招架不住彻底说了实话，原来是卜奎边上一个叫三间房的地方。

老李三第二天就上路了。他倒不是特别在意钱财，背信弃义就该受到惩罚。老李三就是这么混世面的，他不做对不起别人的事，也不许别人对不起他。老李三上了火车才发现很怪，车上的每个人都是一副失魂落魄的慌张模样。一个常跑车的老客，抓着李老三的袖子低声告诉他，发生事变了，日本子翻脸了。那天是"九·一八"第二天。

一路上，老李三一直生着闷气，心想小日本子还想咋地？占便宜没够啦！逮着软乎土紧挖呀！火车也从未像现在这样走走停停，没个谱。到哈尔滨，满街的青年人在发传单，黑龙江代理主席马占山的抗日宣言。老李三已经有了主意，他年轻的时候当过几年东北军，马占山的部队，机枪手。老李三一落脚齐齐哈尔，直奔马占山的驻军地，重新穿上了灰军装。早把追讨王张罗的事情抛在九天外了。

1931 年 11 月 4 日，老李三参加了中国抗击日寇的第一战江桥战役。经过酷烈的鏖战，东北军退出齐齐哈尔，在汤池、三间房、昂昂溪设置三道防线欲再战日寇。老李三正好在三间房防线上。那天，老李三守在阵地上待命。老李三的阵地是一处高冈，埋伏在掩体里可以俯瞰整个三间房。此时，村子里一片静悄悄，家家关门闭户，没有人在街上走动，甚至狗都知趣地闭死了嘴。战前总有一段特别松弛的时间，兄弟们在战壕里吸烟闲聊，突然看见一个村民傍着阵地疾走，老李三喝住了他，问："哪里去？"那人颤声说："回家。"老李三问："你家是三间房的？"那人回道："是。"老李三问："三个月前，村里可有一个吉林来的人？"那人回答："王张罗。"老李三吱的一声笑了："劳驾你回村告诉他，就说他大哥来了，让他来高冈这儿见我。"那人猫下腰，连跑带颠地进村子了。

老李三抽完一支烟才起身伏在掩体里盯着村子里的动静，突然一声狗叫，随后，一个全身黑衣的人出现了，顺着一条东西走向的街道飞奔起来，一会儿工夫就跑出了村子。他没有奔高冈来，而是向相反方向奔跑，先把自己跑成一个黑点，然后就消失在一片望不到边的荒草之中了。

老李三叹口气说："我身家性命都不要了，你跑啥？你不用跑了。"心里又说，如果你是个有良心的，就给你嫂子捎个信儿，别让她惦记着我。

至此，老李三就音信全无了，没有任何消息。后来，老李三的家人接到过一封从黑龙江来的信，谁寄来的？写的啥？外人都不知道，只知道老李三家人坐炕上放大悲声地哭了一场。

几十年之后，老李三的后人专程拜谒过三间房，巧的也是个深秋季节。原来，这个地方正是松嫩平原，辽阔无边。枯草以一种不可想象的茂盛态势连绵充扩，并毫不吝啬地刻画出秋风的力量，其汹汹之势如亘古洪荒。他们站在荒草里，一时不知所措，慢慢的，心跟随了风在枯草尖儿上狂奔，终于也茫茫然了。

什么都没留下，不可能留下啊。

（原载《三晋都市报》2015 年 7 月 23 日）

醉　酒

安石榴

那时候，老刘极有可能坐上公安局副局长的位置。

他把一个派出所带得相当好，做人也非常讲究，基层和上层都待见。一个人做到上上下下都接受，不腾飞才怪。别人当面预言老刘如何如何，他摆上一副有此奢望便是丧良心的架势。可私下里，也曾几次在心中演练过副局长的角色，每每信心大增。这个意思跟老婆说了，老婆眼睛刷地放出一股电波，从此待人接物更加亲切柔和，她可不想做任何一件给丈夫减分的事情。

老刘还是十几岁的小刘时，当学徒工，师傅外号叫"王八级"，大个子，大嗓门，是个牛气冲天的八级工。徒弟们在他面前两只手粘在两边裤缝上，低眉顺眼，决不许有一根毫毛是挓挲的。可是，徒弟进家门，他让儿子叫他们叔叔，儿子也得手摸裤缝，垂头丧气站在旁边。王八级说，这叫各论各的。

后来老刘当了警察，王八级的儿子王勇是个超级枪迷，跟老刘处成了那种很黏糊的哥们儿关系。老刘其实不怎么在家——警察哪有朝九晚五的福气？可是老刘只要一进家门，王勇一准儿鬼影子般地跟进门来。后来老刘都习惯了，进家门第一个动作就是回头看，然后说：关门小心，别把你尾巴夹了。话音刚落，他身上的手枪就被下了。王勇端着枪，椅子上坐下，一门心思地玩。说老实话，老刘的确让王勇放过三枪。两人骑车去郊外河岸边一片小杨树林里过得瘾。也就仅此一次。

晓得什么是谜吗？有些事真的难以解释。一眨眼二十年过去了，老刘四十五岁，王勇三十五岁。他们之间的这种游戏从未间断过。没有因外因，也极少因人为原因——只有一次，王勇老婆生孩子，空了一次——这样说吧，在最后终结之前，这个游戏几乎未间断过。

事情是这样的。王勇玩了一会儿，老刘说，行了，你走吧，我睡一会儿，好几天没睡了，要崩溃了。他从王勇手上拿过枪，放枕头底下。他放在枕头正中间，也就是脑袋的位置。紧接着他把手枪往枕头边儿挪了挪。因为他想起来枕头芯儿不是荞麦皮的了,老婆换了棉芯儿,他还枕不惯呢。王勇起身往外走,老刘这边就往炕上躺。老婆总有干不完的家务活儿。那时候人们住的都是平房,正值仲夏,这之前数天阴雨绵绵,很有些东西需要晾晒了。老婆忙着这些事,出出进进不消停。她见老刘睡了,也不打扰他,放轻手脚,静悄悄的。老刘还有个好消息要告诉老婆,打算睡醒再说。局里考察干部了,有他一个。他心里有数,提拔的事儿,十有八九。

一个钟头左右吧,老刘醒来,伸手去取枪,没有。他又摸了摸,然后腾地起身,一把掀翻了枕头,枪,没了! 老刘想都没想直接去找王勇,好话歹话说尽了,王勇全摇头说,他没拿。老刘只好把王勇的父亲请来,王勇叹着气说:叔啊,我走的时候你还没躺下呢! 这么着一直挨到傍晚,老刘知道轻重,只好向组织报告了。

结果很快证实:枪丢了。案发现场没有任何蛛丝马迹。王勇通过了测谎仪。老刘经过一系列调查和处罚,前途和工作尽遭毁弃。

好在老刘又逢新时代。不久,工厂破产,王勇也下岗了,两个人自自然然走到一块儿,一合计开了一家饭店,专营东北特色杀猪菜。一干又是一个二十年。老刘六十五岁,王勇五十五岁。老刘的儿子在美国安家,要父母去他那儿团聚,连带照看孙子。老刘同意了。临行,王勇早早关了店,老哥儿俩大喝一顿离别酒,说了很多很多的话,喝了无数无数的酒,可就醉了。后来,两个人傻子似的各自盯着自己的酒杯,不说话,就是发呆。好久,王勇说:哥呀,人这一辈子,我算看透了。

王勇闭上嘴,眨巴眨巴直勾勾的眼睛之后,才继续说,人这一辈子,你真正喜欢的东西未必真的能拿到手。

老刘抓起杯把酒倒进嗓子眼,说同意他的说法。

王勇也抓起杯把酒倒进嗓子眼,几乎又重复了一遍他说的话:人这一辈子,真正喜欢的东西往往就是拿不到手上。有时候你觉得它确确实实是你的了,它就在那儿,好好地放着哪。王勇的眼睛直勾勾地望着他的空杯,几乎哀鸣起来了:可是你还是不能碰,还是不能碰,你干瞪眼,不敢啊!

到了这个火候上,老刘就一放松过去了,真的醉得啥也不知道了。第二天坐飞机险些没赶上。登机的时候,老刘一腔子惆怅,望着瓦蓝的天默默对自己说:那支枪消失了之后,二十年没再出事。它或许像一个长到五十五岁的人一样,是一把老枪了,一把不会莽撞的老枪了吧?

(原载《红豆》2014 年第 12 期)

暮　鼓

冷清秋

方老爷子在南京城突然有了去处。

他在鼓楼附近新认了一门亲戚。此后，逢年过节方老爷子总要拎点儿东西去看望。其实，也不是单逢年过节，隔三差五，方老爷子常去。

去了，无非也就是熟人见面时常说的那几句老话。说完，就没话了，两老头儿都靠在那个旧沙发上晒太阳。有时，方老爷子去了，亲戚正在忙着。方老爷子就自己靠在沙发上，看天，看云，看飞过的鸟，看树上落下的叶子，或者干脆弹弹衣襟上的灰，站起来跺跺鞋上的尘。

对了，忘告诉你了。方老爷子这门亲戚可不是吃闲饭的。虽说有七十多岁了，但眼不花耳不聋的，不但会剃头刮脸掏耳朵，还会在生意不忙时，撸起袖子，虎虎生风地打一套小洪拳。但最最吸引方老爷子的却是他会吼那种叫人听了连肠子都打战的秦腔。

当初，方老爷子就是被这一嗓子给拽了去，再也挪不开脚步。

原本那天被儿子载去听戏，经过鼓楼附近时，遥遥传来一嗓子，如老汉哭坟般凄凉婉转，方老爷子一下子坐直了身子不瞌睡了。待第二嗓子透来时，方老爷子说，掉头，掉头，赶紧的！人和人之间向来讲一个缘，也讲究一个巧。那天，这机缘巧合就撞在了一起。

方老爷子那天坐在理发棚的破沙发上看人家边忙活边唱曲儿，掌灯时分才想起走。人站起来，却又扭回头，一脸羞色地说我喊你声老哥吧。说完就真的叫了一声老哥哥。紧接着，老陕话羞羞答答就出来了：其实额叫你老哥你也不亏啊，眼看你是要长额几岁的嘛。多了额这个老弟，虽说帮不上甚忙，但是逢雨天黄昏过来谝谝还是可以滴。看对方并不多言语，方老爷子就挥挥手说："不管倪认不认，这门亲戚额今儿算是认了。今儿算是摸个门，以后咱常来往哈。"

第二次来的早上，方老爷子踏进来，将手提袋朝破沙发上一扔说，看看额给你带啥了。亲戚瞥一眼却不悦，慢腾腾地说，弄这叫啥嘛，来就来吧，礼节还怪大。话虽这么说，后来端起桌上那个紫砂壶还是吱溜溜下去多半壶。

亲戚忙时，方老爷子就和来理发的那帮工人们唠叨，也不管听不听得懂，爱不爱听。反正只看一支支递过去的烟被对方接了，就拉开了话匣子。方老爷子常常感叹，说，难得我这把老骨头老了老了，还能有这福气，免费理发不说，还能听到乡音听到戏哩。再来，看亲戚在数零碎钞票，方老爷子就打趣，老哥你干脆费费事，收下额这个徒弟如何？

有时，方老爷子干脆半下午过来，来时揣上自己常喝的烧酒，路上在熟食店包上几样卤味。两人能从下午直喝到月挂树梢。有时，亲戚也搓着手挽留，说要不……就歇这儿吧？方老爷子却说，你再来个信天游，我踩着你的曲曲儿走。

就这样，一次次地，听着来，听着去。方老爷子以为可以一辈子。

可有段时间方老爷子感冒了，等稍好就颠颠跑来时，发现工棚不见了，简易的理发棚也不见了。颤颤着仰起头，才发现高楼已经建成了，正在清理周边环境。方老爷子急得见人就拽，很费劲地描述，却没一个人晓得。

抬头看看那鼓楼还在，暮色渐隐下如燃烧后的炭透着暗光。方老爷子突然很想爬上鼓楼去看看。这想法一出来他就真格的站在了鼓楼上。

爬上去，方老爷子发现世界被分为了两层。街道上喧闹嘈杂，人潮汹涌，车水马龙，霓虹闪烁；仰头，漆样的黑正汹涌而至将一切淹没。

（原载《小小说选刊》2015 年第 8 期）

在 人 间

冷清秋

聚会结束时，大家都喝高了。

想起明天还要加班，你率先站起来说，我先走了，有事给我打电话。

一大帮伙计"哄"地笑了。笑声里，阿超斜睨着你说，凡哥有手机等同于没手机！拿个手机毛事不定！你也笑了，说，靠，谁还没谈过恋爱吗。

的确，这段时间，除了上班下班，但凡挤出点儿空，你就和喵喵在电话里卿卿我我。上个月你粗略算了一下，光给喵喵充话费和买礼物就花了三千出头。

好在喵喵说了，"十一"放假，她要过来看你。如果可能的话，会在这里待几天。这算是这八个月来你捧着宠着的最好结果了。你已经盘算好，要带着喵喵去吃金钱豹自助餐，还要带着她去动物园看你最喜欢的那只长臂猿。如果喵喵同意，你还想带着她回老家一趟。至于晚上睡在哪里，你也盘算好了，医院附近的那家商务酒店看上去很不错。贵是贵点儿，总比带到你租住在姜寨的贫民窟强。那地方，外来人口居多，脏乱差，当时为图便宜，你租住的一楼一点儿光线都进不来。最主要的是，那个房间你很久都没收拾了。

可你没想到算好的假期会被取消。

你更没想到喵喵听了，会在电话那端咯咯咯地笑。

你受不了电话那端透过来的轻松，也是少年心性藏不得一点儿疑惑，你赶在电话里追着问，喵喵，你是不是根本就不想来啊，你不想来见我是不是？

喵喵却说，什么嘛，明明是你没有假期好不好！说完，喵喵又咯咯咯地笑了。你实在听不得那样的笑，就赌气挂了电话。

加上实在是事情多，你忍了整整一天没再拨那个号码。

半下午手机在裤兜里颤抖时，你却根本顾不上接。

那时的你，正屏息凝神地拽着自己，两手按在病人胸口一上一下持续地发力。科里常住的一个老病号陡然出现病危，人命关天，正交接班的护士医生们都和往常一样自觉地配合抢救起来。但一个小时后，所有人都垂下了头。

这抢救，终究没挽留住老人远去的步伐。

看着躺在病床上已经没有生命体征的老人，你突然很想抽支烟。像先前无数次看着病人离开那样，躲在阳台上抽支烟。你以为病人家属会直接扑过来哭天喊地的，或者会有一些向医生发难的话。但他们的表现比你想象中的要冷静，这令你心里稍许宽慰。

老人的儿女已经在商议后事了。你陡然想起一个小时前未接的那个电话，摸出手机回过去。

姜培育那老鸭嗓便在电话那头嘎嘎地笑，说你小子无论如何明天都要给我过来一趟啊。你问，嘛事？姜培育说，送钱！说完，便嘿嘿地笑了。然后说，在你嫂子和我的共同努力下，继我们家大宝大少爷顺利问世后，现在我们的小女儿小贝公主也顺利来报到了。满月酒定在十月二日的洞庭湖鱼寨，你小子抓紧带着钱包来送分子钱，没有钱包银行卡也行，我们家备了刷卡机。

你不由诧异，你家儿子满月酒不是去年吗？这才多久啊，嫂子咋又生了？姜培育笑得更大声了，说，你小子别羡慕嫉妒恨啊，有本事你小子也赶紧结婚领证铆着劲儿生，你生几个我都没怨言！

出医院大门时，一大堆人拥着一个孕妇正进来，孕妇身上宽大的男士睡衣也遮盖不住高高隆起的肚子，看那表情是快要生了，正抱着肚子一副痛苦模样。跟着的一大堆人都喜咧咧的。看样子，明天医院里又有新生命问世了。

抬头，天蓝如洗，就连云纱也如荡涤过那么白。路过的人们，都步履匆匆的。

你突然想，要不要给喵喵去个电话？

（原载《小小说选刊》2015 年第 8 期）

农　民

袁省梅

　　王快春扛着锄头从巷里走过时，羊凹岭的人都纳闷，老独天天去地里锄草、浇水，是他挣那份钱。巷里好多人出去打工，地又不舍得撂荒，就托付给老独，犁耧耙磨，春种秋收，都是老独的事。老独没有出去打工。老独说他喜欢上地里干活儿，眼宽，心畅，高兴了吼一嗓子蒲剧或者乱弹，是再好不过的事了。城里能这样？话是这么说的，可听的人就不这么听了。人们都认为老独老婆死了，他出去打工，谁来照顾他瘫在炕上的老娘？

　　那王快春为啥呢？

　　王快春离婚时，张建设给了她一大笔钱，还把羊凹岭的房子院子给了她。王快春不愿跟儿子女儿到城里去。房子院子是她眼看着盖起来的，她不舍得扔下，不舍得扔下的还有她一家四口的土地。

　　说起种地，王快春欢喜了。

　　王快春说她就是土命，上辈子是只鸡，就该在土里刨食。

　　话说得有意思，可是，谁相信呢？人们都说她放着福气不享受，穷命。

　　王快春听见了，嘻嘻地笑了，不把这些闲话放在心上。该锄草时，她照常扛着锄头去了地里；该给地里施肥时，也一刻不耽搁地唤上老独开上三轮车帮她送粪。家里的四亩地，她从来不用一滴除草剂。老独看她辛苦，劝她，花不了几个钱。她说，闲着也是闲着，人闲了，只会心里长草嘴上长草，还不如去地里干干活儿，出一身汗，累了，就没力气生闲心了。老独听出了她心里的难过，就告诉她有啥活儿需要帮忙了，唤一声就好。老独说，反正我一天也不是家里就是地里。

　　是春上的一天，王快春去锄地。春天一到，地里的野草就疯了般长。去时天还好好的，蓝天红日的，刚锄到半地里，天突然变了，风来了，云也来了，一霎时，又是打雷又是闪电的，雨点石子蛋般啪啪地砸了下来。她顶着筐子，抓了锄头就往村里跑，村口老独的院子门开着，她就跑了进去。

老独正在屋里烙煎饼。他老娘要吃。老独孝顺是出了名的，老娘要吃啥，他一时半刻也不等地就做。老独看她一身的湿，叫她到屋里坐。

王快春不进去，说屋里闷，檐下凉快。

老独就把门帘子卷了起来，递她一个板凳，板凳上搭了条毛巾，叫她靠里坐，小心雨水溅着。她接过板凳，把毛巾抓在手上，看了眼老独。老独呢，也正好看她。她赶紧扭过脸，讪讪地看着雨说，春天就下这么大的雨，还打雷闪电，不多见。老独笑笑，说，可不是。

他俩一个屋里一个门边地聊了起来。聊的话呢，都是庄稼长了短了，春分过了，就是谷雨，该给麦地里施肥了，院子也该种南瓜栽茄子辣椒了。想起这天跟老独闲聊，王快春觉得自己的话太多了。她已经好久没有说过这么多的话了。正说着，王快春闻到一股煳味。老独把煎饼烙煳了。王快春就进了屋子，说，我来吧。其实呢，王快春平日里最不喜欢的就是家务活儿，做饭，收拾家，她一样也不喜欢。她觉得没意思。她说，今天擦干净，明天又脏了。她也不喜欢打扮自己。年轻时就是，现在老了，又离婚了，穿红挂绿的给谁看呢？女儿给她买的化妆品、衣服，落满了尘，她也不动一下。女儿生她的气。女儿说你整天跟土打交道，不老也老了。跟土打交道就老了吗？她不相信。她说，你看地里的庄稼一季是一个样，今年收了，明年接着长。人能行？她知道女儿是嫌她不打扮，爸爸也不喜欢她跟她离婚，可她偏不说这些。她喜欢说她的庄稼。

王快春烙得煎饼油旺焦黄，香气四溢。老独给老娘送去一盘，也催王快春吃，说，我偷吃了老娘一张，真好吃。王快春呢，也没想到自己帮老独烙得能这么好。从来没有人说过她做的饭好吃。前几天，孩子们回来看她，她也是烙煎饼，凉拌了小菜，还做了酸疙瘩汤。可孩子们都说不好吃，饭菜都端上桌了，要回城里吃饭去。他们叫她一起去。她不去，说晕。吃完了饭，她还要去地里锄草。她说，今年雨水多，草也多，得紧着锄。儿子就笑她是农民，说你比农民还农民。儿子眼里漾着笑，嘴下却狠叨叨的，咬牙切齿的，恨铁不成钢的样子。

她呵呵笑着把儿子的话学给老独，说，比农民还农民的是啥呢？

老独说，比农民还农民的是真正的农民是最最好的农民。

王快春回到家里，斜倚在沙发上看电视，想起老独说她是最最好的农民，扑哧乐了。你也是最最好的农民。她抓起电话，想把这句话说给老独。电话在手里抓了好一会儿，也没拨出去。

雨，下得更大了。

（原载《百花园》2015年第4期）

土　地

袁省梅

　　老张洗了手，回到屋子时，没看见老婆连春，他喊了几声，也没人应，就自己去找吃的。锅清灶冷的哪有饭？老张就知道连春肯定又跑去捡麦穗了。

　　老张有一台收割机，端午前，他和连春先收了自家地里的麦子，又约了三辆收割机，白天晚上地赶着收割四邻八乡的麦子。附近的麦子收得差不多了，他又带着收割机，一路向北，去帮人收麦子。这一出去，少则十天半个月，若是包揽的麦地多了，就要二十多天甚至一个多月。麦子黄熟在地里，一时半刻也不能等待。人常说，麦熟一晌。

　　这样，开收割机的司机就很辛苦，经常的，白天干一天，晚上还要干到半夜。一台收割机上两个人，除了司机，还有司机的老婆。老婆们帮着把脱好粒的麦子装到袋子。这个活儿以前多是麦地的主人干，可现在，好多家只剩下了老人孩子，青壮年出去打工，麦收也不回来。他们说，一来一回的路费，都够收割机的费用了。再说了，老张他们开着收割机十天半个月的在地里忙，也得有人做饭。就是不做，买，也得有人送啊。每天快到饭点上了，老婆们就回去做饭，做好了，热乎乎地给送到地头。老婆们知道男人辛苦，今天干面明天汤面地换着花样做。

　　连春却没有。

　　连春的饭每天都做得潦草、简单。有时甚至不做，到街上饭店买饭给老张吃，碰上饭店没有，她就让老张凑合一顿。她呢，也是胡乱吃一口，撂下饭碗，就跑到地里捡麦穗去了。

　　收割机收过的地里，落下不少麦穗，尤其是地头、土埝边、沟梁上，机器到不了的地方，一簇一簇的麦穗还昂着饱满的头，在热燥燥的风中摇出一片黄灿灿的馨香，村里却没有一个人把这些麦穗拾回去。

　　这么好的麦穗就让留在地里、让风吹雨淋地沤烂吗？连春心下不忍。她从后山嫁到羊凹岭，就是看上了羊凹岭地多，一片连一片的都是水地。她哪里能想到，她的地有一天被征收，被打磨得肥沃的地再也长不出麦子、玉米，只长了厂房、机器和白里黑里忽突突冒的浓烟。

那真是一片好地啊，种啥收啥。麦子收了，玉米就种上了，还有芝麻、绿豆、黄豆，埝上还点着萝卜，萝卜长得胳膊粗。连春说起她的地，话里满满的都是留恋、怀想和无奈。

连春果然是去捡麦穗了。她提着捡拾的麦穗从地里回来时，也顺便给老张买了半斤饺子。

老张却不吃。他黑着眉眼，提起饺子包就给扔到了垃圾桶。老张说，让你跟车出来，就是为了吃顿好饭，你成天就是买饭吃，我不会买？

连春看着垃圾桶里的饺子，骂老张驴脾气。抬眼看老张真的生气了，撇撇嘴，说，我瞅那些落在地里的麦穗没人拾，就心疼，脚步就迈步过去。

等到收割机开到地头，老张和司机以及机器上的女人都看到，连春又捡了半袋子麦穗。

人们逗她，说回去磨了新麦面，蒸了新麦馍馍，可别忘了给大家吃。

连春白了他们一眼，说，你们不长手不会捡？

老张却咬着槽牙发狠地对司机们说，你们给我作证，明年出来收麦，我要再带她我是龟孙子。

连春听见老张的话，笑得麦袋子也提不动了。她㸆了一眼老张，说，你还赌咒发誓过不吃我的新麦面，我做的面条蒸的新麦面馍馍你少吃了吗？

一旁的人就笑得嘎嘎的，都问老张，连春的馍馍好吃不？

连春听出人们话里的揶揄，骂他们心眼不正，捡了土坷垃砸他们时，那几个人早钻进了车里，忽突突，把收割机开进了麦地。连春呢，又提着袋子去捡麦穗了。

（原载《百花园》2015 年第 4 期）

相　见

非　鱼

无疑，这是一场重要的——

约会？好像不是。

他只是热情地邀请，说一坡的连翘开得像烧起来似的，黄得一塌糊涂，浓烈灼目，非常希望她去看看。他并没有更明确的表示，让他们的关系到达约会的阶段。

相见？好，就是一次重要的——相见。

距离约定的时间还有三天，也就是说，她只有三天的时间来做准备。

原本并不需要这么长的时间，看不看连翘也不重要，但一想到与他相见，就让她有些慌乱，不知所措，甚至犹疑纠结。

刚在网上订好高铁票，她立刻就后悔了。因为那趟车到达的时间是晚上八点半。这个时间，会不会让他觉得有些暧昧或者一些别的暗示？关掉的电脑被重新打开，登录，改签，到站时间改到了下午两点五十。

她长舒一口气，马上又发现了一个更严重的问题：穿什么？

拉开衣柜，满满当当两大柜子的衣服，一件一件地试。很快，床上堆如小山，毫无疑问，没有一件合适的。她光着身子，沮丧地坐在那一堆花花绿绿中间，很是疑惑：这些破烂是怎么买回来的？怎么都如此难看。

不行，得重新买。

经过一个下午的比较挑选，她终于买了两条满意的裙子。其实，如果她还保存有一点点理智的话，她会发现这两条裙子和她衣柜里的那些"破烂"也没什么太大的区别，包括款式、颜色。

当然，此刻的她已经进入了一种不管不顾的境地，哪里还有什么理智可言？她还有很多事要做，比如整头发。

试衣服的时候，她就发现自己的头发干枯如草，没有弹性，漂染过的颜色褪得就像使用过久的抹布，浑浊可憎，实在是忍无可忍。

她走进了发廊，精瘦白皙的造型师给她推荐了烫、染、倒膜护理一整套的方案，她统统答应。为什么不呢？是如此重要的一次——相见。

造型师的手穿过她的头发，轻轻触摸到头皮，她能明显感觉到胳膊上的汗毛根根倒立。闭上眼睛，她试着把这双手换成另一双手，如微风般的战栗掠过全身，薄醉一般。

经过将近十个小时的折腾，她终于顶着一头散发着浓重烫发精味道的波浪卷走出了发廊。走过一面玻璃墙的时候，她侧目打量玻璃映出的自己，嘴角轻轻上扬：完美。

虽然确定了衣服，新做了头发，但一些细节还是让她有些伤神。妆容、配饰、手提包、鞋子，天啊，以前的自己活得是有多么潦草应付，多么不讲究，怎么从没有发现这些问题？一天一天居然都浑浑噩噩地过去了。她有些抓狂。

三天时间，倏忽而过。她终于在走向车站前的最后两个小时，准备好了一切。

好吧，没有问题。去他的城市，与他——相见。

火车离开了站台，她感觉心脏顷刻间与身体剥离，在飞，如同一只断了线的风筝，向着遥远未知的地方，飞。

她端坐在座位上，一动不动。

一个又一个陌生的站名报过，每一次她都很仔细地听。漂亮的列车员经过，她问，这趟车是不是开往那座城市的。列车员回答，是，经过。她又问，几点到站？列车员答，两点五十分。她知道到站时间，她只不过不太确定，会不会晚点，或者有别的意外发生。没有，列车员肯定地告诉她，准点到达。

当列车离开又一个站台的时候，广播终于提到了她要去的那个地方。

她突然感到很紧张。

她掏出一张湿纸巾，把短靴上的灰尘仔仔细细擦掉，又用一张湿纸巾擦了手，涂上护手霜。这时，她发现了一个重大的问题：左手无名指指甲上镶的钻掉了一颗。那么大的一块缺口，就像被狗啃了一样，怎么办？怎么办？她从包里翻出指甲油，试图把那个缺口填满，但欲盖弥彰，她只好慢慢地把那只指甲上新镶的钻全部揭掉。

列车到站了。

她收拾好所有的东西，深呼吸，再深呼吸，下车。

出站的距离太长了，怎么也走不完。四周全是人，脚步匆匆，他们都有要去的地方。当然，她也有。

无疑，这是一次重要的——相见。

她理所当然地认为，他正站在出站口，焦急地等待，等待每一个地方都妥帖的她。她希望在第一时间看到他，即使这并不是——约会。

走，再走，下电梯，上电梯，出站口。

没有一眼看到。她在接站的人群里寻找，没有。再找，还是没有。她环顾四周，全是陌生的面孔。她不知所措。

很快，聚集的人群四散离去，除了工作人员，出站口空空荡荡，就剩下她和她无助的箱子。

她看见一只鼓胀漂亮的气球，突然被锐利的东西扎了一下，砰——变成了干瘪难看的一坨。她笑了，笑得轻松愉悦，灿烂如花。

去他妈的连翘。她骂出了声，自己也吓了一跳。

扶着拉杆，她手腕一抖，红色的箱子在光滑的地板上转了一百八十度。

打道回府。

（原载《小小说选刊》2014 年第 24 期）

高 速 列 车

非 鱼

真的，没有任何预兆。等到我发现的时候，列车已经停在一座大桥上了。

是吗？

瞧你，不要用这种语气，我没撒谎。

好吧，继续说下去。

我没有改签另一趟车。老实说，我是这样想过来着，但最后还是没有。坐的就是我们之前说好的那趟车。谁知道会临时停车呢。

你知道我等了你多长时间？整整两个小时！你不来没关系，不愿意和我见面也没关系，可你给我说一声啊，这么冷的天儿。

我以为只是临时停车，马上就会走。后来，手机就没电了。

呵，这理由多充分啊，高铁上好像是可以充电的。

她似乎无法向他解释清楚昨天发生的一切，时速三百公里的高铁居然半路停车，停在一座大桥上，还停了一个多小时，卡桑德拉大桥啊，怎么没有掉下去？这些诡异的情节连想象也无法自圆其说，她有些疑惑，难道是自己做梦？

原本，她靠在舒适的座位上，反复听着那首《漂洋过海来看你》，想象着即将到来的与他的见面，嘴角上扬，心情如花般绽放。

"停车了？"坐在中间位置的年轻妈妈碰了她一下，她睁开眼，年轻妈妈示意她看窗外。

阳光有些刺眼。她看到远处寂寥的杨树静止不动，田野里混沌一片，车真的停了。"也许是临时让车吧。"她冲年轻妈妈笑了笑，又戴上耳机。这一切都和她无关，她的心中早已经繁花如海，芬芳四溢。

车厢里走动的人慢慢多起来，有去接开水的，有上洗手间的，还有坐累了起来活动活动的，骤停的高速列车并没有让大家感觉紧张。

过了一会儿，列车依然没有开动。她摘了耳机，想询问停车的原因，没有列车员经过，她不知道该问谁。

前排的中年女人在过道里来回走动，她兴奋地告诉同伴："这车一边高一边低，你走一走，感觉可明显了。"另一个中年女人走了一来回，给靠窗的男人说："主任，你去试试，真不平。"被叫做主任的男人嘴里说着不信，但还是去走了几步。三个人在前排展开了热烈的讨论，他们的声音尖利嘹亮，像一把大铲，搅动了车厢平静凝滞的空气，更多的人开始交谈，猜测临时停车的原因。

有人去另一个车厢打探消息，回来说："线路故障，别着急。"他刚说完，车厢里原本亮着的灯突然全灭了。虽然是白天，那些灯作为照明可有可无，但灭掉，就意味着列车绝对不会马上走。

她站起来，装作去洗手间，也试了试过道的地板，还真的是左右不平。她暗自发笑，幼稚啊。

回到座位上，她想应该给他说一声，打开手机屏锁，才发现电量只剩了百分之一，刚按了几个字就彻底没电了。她掏出充电器，站在过道的一个人提醒她："灯都灭了，车上肯定没电。"她不死心，依然把充电器插上，结果真的是毫无反应。

如果说列车暂停她还可以忍受，手机没电就让她有些崩溃了。离开熟悉的城市，到一座陌生的城市，然后再到另一座陌生的城市，唯一熟悉的是他，手机没电，到哪里去找他呢？她慌乱起来，浑身燥热，手里、后背都是汗。

车厢里的空气有些浑浊了，弥漫着焦躁不安。一个五十多岁的男人在喊："谁管啊，这车他妈的啥时候才走，我还赶飞机呢？"

去打探消息的另一个人回来了，告诉他："停电了。着急也没用，估计一时半会走不了。"

他更着急了："他妈的高铁停什么电，还停在这几十米高的大桥上。"

他们的对话彻底点燃了整个车厢的空气，大家纷纷站起来开始毫无对象地指责。有人喊："车窗打开透透气啊。"有人喊："应该把车门打开，让大家走到下面的高速公路上。"有人喊："这么长时间了，也没有人报告？应该再来辆车把我们接走。"另一个人提醒他："老弟，这是在大桥上。"

她看着那些吵吵嚷嚷的人群，心急如焚，想喊，但又不知道喊什么。

列车长来了。赶飞机的男人一把拉住列车长："车啥时候能走，你给个准信。"

列车长说："线路故障停电了，正在抢修。"

男人吼道："我飞机票两千多块，误了谁负责？你给我说谁负责？"

列车长说："抱歉。"

男人的脸憋得通红："抱歉有个屁用。"

一个女人大喊："我怀孕八个月了，我孩子要是缺氧出问题了找你们算账。"

人群哄然大笑。有人劝她："小心，赶紧坐下，坐下。"

无法与他联系，无法预知列车何时开动，甚至连当下准确的时间都不知道，像是突然被风从泥土中拔起的一根草，飘摇在混沌的空中，她不停地站起来，坐下，坐下又站起来。

她头痛欲裂，耳朵里充满锐器撞击的鸣响，车厢里人群的嘈杂暴怒听不到也看不到了。

灯突然亮了。

列车开动，似乎有风微微吹过。她长出一口气，飘在空中的五脏六腑重又回到了身体里。

我说了，电话里说不清楚。

你说得很清楚了。

你信吗？

你说我会信吗？高铁停电，这样的借口你也编得出来，写小说呢？

（选自《微型小说月报》2015 年第 5 期）

纸做的爱情

王　溱

原本，你只是画家脑中一团混沌的构思，谢天谢地，他终于把你画了出来。

你爱美，却做不了相貌的主。他爱长发，你便青丝及腰；他爱柳月眉，你便双黛如弯钩；他爱丹凤眼，你便眼角华丽高翘；他爱白色，你便一袭白裙随风飘。

他爱上笔下的你，你爱上画你的他。他为你作的情诗还没落到笔尖，你就被忽如其来的风拽上了天。

画家急急伸手去抓，只轻触到你的一角，那惊慌的眼神和伸长的指尖，在你瞪大的丹凤眼中烙出一个大大的叹号。

你短暂的初恋就这么结束了，你不甘心。可你只是一张纸，你拒绝不了任何风。

你轻拂过枝头，眼巴巴看着苹果掉落，砸中一个冥思苦想的脑袋，你穿梭过都市的霓虹，灯光映照下，你的裙裾不断变换颜色。最终，你啪一声贴到了挡风玻璃上，车里的商人瞥见了你眼中的内容，罔闻震天的喇叭。

他的脸棱角分明，鼻梁高耸；他西装革履，风度翩翩。这足以弥补他乘坐的是宝马而非白马。

他把你放入水晶框，挂在客厅最显眼的位置，来来往往的客人，无不啧啧称赞。他们说你必定出自名家之手，他们说你一定价值不菲，你有些慌，却瞥见他晃着二郎腿，似笑非笑。

无人时，他会拿放大镜细细地端详你。你害羞地别过脸，不敢看那圆片后巨大的眼睛。你想了解他，你希望他能跟你说说话，可是他只是看，只是抚摸，一句话也不说。哦不对，他说过一句：真漂亮。

可不久他就看腻了，他拿回来一张新画，画上的女孩穿着精灵般的舞衣，舞起来天旋地转。你被从画框中拿了出来，揉成一团。你只是一张纸，很容易揉成一团。

很快，你被捡到一双大手里，摊开。你以为是他回心转意，却看到一张陌生的脸，国字脸，塌鼻梁。那是刚好上门的水电工，他把你藏在工具箱内带回了家。

你的新家很小，只有原来厕所那么大，并没有合适的地方可以挂画。他把你卷成一卷放在床头，睡觉前都会摊开来，对着你灌着啤酒说着话。

他说，他曾定过门娃娃亲，那女人也是丹凤眼。

他又说，他认识几个厂里的妹子，可她们聊的不是东家长就是西家短，太俗了，他一个也瞧不上。

有时，他也会说一些荤段子，羞得你恨不得卷起来。

时间一天天过去，他的一切，你都了如指掌：他月月给老家寄钱；他喜欢嚼青辣椒；他抽的烟一盒四块八；他洗澡必用香皂；他迷上一个雇主家的小保姆；他看见小保姆进了雇主房间……你已经不记得画家，忘了商人，你甚至想变成田螺姑娘，可以为他洗衣做饭。

直到有一天，你无意间看到了电视：电视上的画家还是白净得像馒头，虽然已发了酵。

你的记忆又被一阵风撩拨起来。你一遍又一遍地猜想：画家当初写给自己的，到底是怎样的情诗？是关关雎鸠，亦或是金风玉露？

你神游了。你的脑袋里塞满了情诗。你执拗地认为，你必须去找他，你们会在浪漫的烟花下重逢，你要在他怀中，燃尽纸做的躯壳，结束烟花般灿烂的生命。

可是，你只是一张纸，没有合适的风，你哪儿也去不了。况且，你早已不是原来的你。他油乎乎的手已经在纸上留下无数个洗不掉的印记，你身上的皱褶就是用熨斗也无法熨平，你白色的裙子变成了灰色，上面还有一个洞——是他的烟灰不小心烫的。

你忽然恨起了风。如果当初没有那一阵风，如今会是怎样的光景？

哦，女孩，我不得不告诉你，风还是待你不薄的，至少，它没有把你挂到某棵树上，风吹雨打尸骨无存。就算没有风，画家还会画出许多跟你一样漂亮的丹凤眼女孩，她们或精舞蹈，或擅琵琶，你很快会被遗忘。

或者，你还有另一种结局：当初画家拽住了你，风一扯，你撕拉一声成两半，即刻香消玉殒。

你怪我狠心，横竖不肯给你个童话般美好的结局。你只是一张纸呀，一张纸可不就是轻飘飘的命。再说了，我不过是你梦境里一个旁白的声音，我什么也做不了。

哦对，这只是一个梦，此刻你惊醒过来了，你有血有肉，曼妙的身体裹着一袭白裙。你身旁放着一个画架，上面画了两条分岔的小径，你不知道它们通往何方。

该走哪条呢？你闭上丹凤眼冥思苦想，忽然一阵风起，树上掉落一个苹果砸中了你，你恍然大悟。

你做了个决定。

你将会是掌控着笔的画家，而不是一张美艳的画。

（原载《百花园》2015 年第 5 期）

影　子

王　溱

老倌八十有余，牙好胃口好，裸眼能看报，儿孙都说怕是要活成老妖精。老倌眼一瞪：胡说，把老婆子伺候到头我就走了。

这话明摆着找事，果然事就来了。

这天他拄着拐杖弓着背，正要出门，却瞅见自己的影子笔挺挺的，抖袖翻袖，又腿下蹲，身一斜，就势就卧倒了，好个贵妃醉酒！

他吓坏了，揉揉眼再看，这下影子又成穆桂英扮相，锵锵锵舞得靠旗飞扬，好个英姿飒爽！

是影子出了问题还是眼睛出了问题？老倌本能地躲，白天躲太阳，晚上躲灯光，最难的是要躲老伴狐疑的目光——她一定是觉察到什么了，连紧打紧凑着十三幺，还不忘腾出心来扫他一眼。

这眼神老倌记得，当年他在院子里喂鸡的时候，总要咯咯咯趁机练上几嗓子，有一回刚扭头，就被她这眼神扎了一下，手上的簸箕掉落在地，惊起的鸡满院子扑腾鼠窜，乱了阵脚。

别误会，老倌可不是怕老婆。他老伴原是富家小姐，十指不沾阳春水的，家人不同意她嫁个戏子，把她锁在二楼闺房内。她倒烈性子，直接往下跳，拖着腿横竖到他那去了。

这腿怕是废了，你得养我！她说。

他点头如捣葱，养，当然养。

可是，拿什么养？正闹天灾，谁有闲工夫听戏？戏班子白菜杆子番薯粥地苦苦支撑，原先唱穆桂英的靠旗一脱上山劈柴，唱杨贵妃的酒杯一扔跑去织布，角儿都走了，他这个跑龙套的竟一晃成了正印花旦。

他兴冲冲地包大头，贴片子，蹙眉，刚唱了两场戏班子就决定散伙了——开场时还算稀稀拉拉有些观众，还没打赏就溜了，种地的种地，绣花的绣花，谁家不是几张嘴等着呢？

也罢，熬过天灾再说。老倌仗着这些年练的功底，一声开腔背起大筐，迈起台步进了山。

山里草药多，世道再不济，药还是要抓的，靠着它，老倌好歹填饱了两张嘴，哦不，很快变成三张。

天灾一过，又有戏班子开张了，他看了一眼嗷嗷待哺的娃，心想，等娃大点我再去吧。

眨眼娃就上学堂了，老倌一得意，不觉就翘起兰花指，老伴一筷子打下来，像个男人行吗，儿子学着呢，吓得老倌再也不敢在家练身段，寻思着，还是等娃长成再说吧。

再一眨眼娃就娶媳妇了，老倌那个喜呀，缝缝洗洗忙开了。晾床单时拎着两个角一抖，披上身就成了戏服。

可是从床单下伸出的，却不是青葱玉手，那疙疙瘩瘩的枯枝，还带着洗洁精的味儿。他怔住了，半晌，规规整整地把床单晾好，走了。

老倌没再练声，也不练身段了，安安分分做起药材生意来。

儿子生了孙子，孙子又生了曾孙。老来倒也安生，喝个茶，逗逗曾孙，偶尔心血来潮还会临摹几个名伶图。孙子见了问，画美女呀？老倌说，是名角，男的。孙子不屑，不男不女的。你懂个屁！老倌刚要发作，瞥见老伴正在客厅看电视呢，狠狠瞪了孙子一眼作罢。

日子也就这样了，只等着另外半截身子入土，可偏偏这会儿，影子闹起来了。

老倌不敢再看戏剧节目了，电视被固定在了新闻频道。可影子不理睬，噔噔噔就走了个圆台。

他也不敢再画名伶了，之前画的被压到了箱底。可影子手持团扇半掩嘴，腰一扭又走起俏步来。

吃不好，睡不香，熬上几个睁眼夜后，老倌投降了。他从床底下的木箱子里取出一个蓝布包着的包裹，层层解开，那是他偷偷藏了六十年的头套，当年戏班子散伙时，给他留个念想的。

果然，就是这念想撺掇影子来着。头套一扔，影子就恢复正常了，一个苍老的身影在灯光下摇摇欲坠，颤颤巍巍，很快就倒下了。这一倒，他明白自己不会再起来了，对老婆子是万般的不放心。

你身体寒，水果要记得泡泡热水再吃。他说。

喘喘气，他又说，糖尿病的药丸在第二个抽屉里，饭前记得吃一颗，别吃多了……

话没说完，他又瞪大了眼睛。昏黄的灯光把他的影子扯得七零八落，有踢腿的有拗腰的，有起单脚的有卧鱼的，有散发的有哭相思的，乱糟糟一台戏，全是男旦。

出殡时，他老伴找来戏班，足足在灵前唱了七天七夜。

（原载《羊城晚报》2015 年 6 月 29 日）

辑四

一棵胡杨树的奇迹

谢志强

姚成双的境况跟姓名恰恰相反，还是条光棍儿，而且是老光棍儿。

一般光棍儿的生活都是散散漫漫，邋邋遢遢。可是，姚成双精细而又讲究，基本上是"自己动手，丰衣足食"。他甚至会缝缝补补的活儿，随身还带着针线。想象不出那曾经拿过枪杆子挥过坎土曼的粗糙厚实的双手，竟能织毛衣、缝补丁，花样百出。他说：咋办？没女人愿意跟我呀。

据说，战争年代，他下边那玩意儿给废了。看不出的残疾。打哪儿都行，偏偏打中了那里。他不要老婆，说怕委屈人家嘛。

可是，垦荒初期，口内招来一批女兵，拉开了农场基本建设的序幕。有了女人，光棍儿们有了盼头，自然而然，就要盖房子。地窝子仅是过渡。

盖房子，缺不了木材。塔克拉玛干沙漠腹地有原始胡杨林。姚成双报名参加伐木，还带队。

等我高中毕业，下连队接受"再教育"，备耕前夕，也要进原始胡杨林砍椽子。我就报了名。茫茫沙漠里，咋会存在一片胡杨林？我向往。

姚成双喜欢我这股冲劲。他已是管副业的副连长。他说：当年，我跟你差不多，我还住不上房子，我就想进去伐木。

姚成双对我说起原始胡杨林的一段伐木经历。

一起进原始胡杨林的战友，有的会拉胡琴，有的会说快板，苦中作乐，都是连队的活跃分子，好像要在原始胡杨林举办一次演奏会。姚成双的那把二胡已跟了他十几年，据说那是他爸爸讨饭的工具，后来，传给了他，他带着二胡参加了解放军。

大概来了一批女兵，清一色的男人打起了精神——可能盖的就是自己的婚房。连长已宣布：要跟新来的女兵举行一次联欢。

在原始胡杨林的边缘，扎下了营。到了晚上，点起了篝火，十几名战士各显神通——奏起了曲子。十分起劲。为联欢做准备呢。

三天后的一个夜晚，姚成双发现有一个人站在篝火的光亮已微弱的地方，他还以为那个小伙子是胡杨林的居民，或者是其他连队来伐木的战士。

那个小伙子听得很入迷，一声不吭。

等到热闹结束，姚成双想起他，发现他已不见踪影，好像融化在夜色里了。

接下去，一连三天，那个小伙子都会出现，站在夜色和光亮的接合部，仍然听得很入神。

姚成双觉得不对劲。那小伙子身材挺拔、结实，不像个放羊的人，也不像农场的人，倒有几分秀气。

姚成双对战友说，难道附近也有伐木的人？可是，白天听不见别的伐木的声音。

随后的一个夜晚，姚成双过去问：你姓啥？来干啥？

小伙子似乎害羞了，一副天真的表情，说：我姓胡，是你们的伙伴。

第二天，姚成双这一个班，有意向另外的方向扩展，并没有发现丝毫人类的足迹。

有一个战友鬼点子多，就提示说：成双，你不是有针线吗？今晚，我们装作不知道，你把线穿在他的身上。

晚上，成双走到光亮的边缘，邀请小伙子坐到篝火旁边观赏。

小伙子害羞，说：这里站着好，不影响你们。

姚成双看不清小伙子的面目，趁机将线头穿在他的身上，手能触及他的衣服，感觉到质地很粗糙。

大家都好奇。天一亮，几个人循着细细的线，来到露营地五十多步远的一棵胡杨树，树干一个人还抱不过来。线头升至高处的一根树杈。

姚成双记得，那线头穿在小伙子的后肩头。他抚摸着树干，立即想起那衣服的质地跟树皮一样粗糙。

战友们都来自农村，从小都听过鬼怪故事。好像整个原始胡杨林都是精怪，只是白天它们是一本正经站立的胡杨树。树成了精，可以变成人。

一名战友要用斧子去试一试。

姚成双说：爱听曲子的树精，不会伤害人，我们不能伤害它。

那名战友说：我砍它一家伙，看它跑不跑。

一斧头砍进去，树枝冒出了液汁，竟然红得像血。

当晚，那个小伙子又出现，挎着绑带，好像是树叶编织成的绑带，似乎在寻觅砍他的那个人。

姚成双悄悄地说：你砍了人家，人家盯上你了。

战争年代，那个战友不怕死，可是，第二天，他仿佛挨过一顿闷棍，蔫不拉几的样子，身上还出现多处淤青。他说做了个噩梦，只见棍子不见人，躲都躲不掉。

那名战友又来了个鬼点子，在那胡杨树旁打了几个桩子，用粗粗的麻绳，从三个方向，把树围住。

当晚，篝火的光亮到达不了的周围，总有一个人影在晃悠，似乎有身影，可惜细瞅，又不见了。天一亮，姚双成发现，匝树的绳子都断了，断口是力的作用。显然，树挣脱了绳子。

那名战友像久旱无水的胡杨树，蔫了。而且，只是说口渴，喝了水，还是叫渴，渴得不行，体温也在升高，还说胡话。

姚成双觉得不能出事情，他说你砍了它一斧子，关系弄坏了，得收摊子了。

于是，提前结束了伐木。那以后，姚双成又两次进原始胡杨林，避开那片胡杨林。有一回，他砍一根树枝，发现同一棵树的另一根树枝在颤抖。他说：那一天，没有风，四周的胡杨树像愣住了一样，他也愣住了，看着那一根树枝在颤抖。

我父亲也是军垦第一代，是姚双成的战友。我小时候向往沙漠，父亲用恐怖而魔幻的沙漠故事阻止我。确定有效。可是，姚成双的胡杨树的故事意味着什么？

（原载《鸭绿江》2015年第1期）

去 乡 下

秦德龙

若是真的没人种庄稼，我们以后吃什么呢？董阳一直在想这个问题，并为此而担忧。他决定去乡下搞一个调研，看看农民都在干什么，分析以后如何解决口粮问题。

穿过一片又一片茂盛的玉米地，他的脑子还在想着这个问题。这也申遗，那也申遗，要不要把种植庄稼的技术作为非物质文化遗产申报呢？

到了一处乡村，只见到几个老人和一群孩子。类似的报道他在报纸上读过，成年人都到城市挣钱去了，村里只剩下些孤寡老人和孩子。那么，是谁种下了那一片片庄稼呢？

董阳问村里的一位老人。老人告诉他，播种的时候，外出打工的人会回来，回不来的，就花钱找人播种。收割的时候也是这样，总不能让庄稼地荒着。

董阳又问，花钱找人，能找得到吗？

老人肯定地说，能找到。老人又说，总有一些人离不开土地，只要多花钱就是了。

董阳继续问，你能帮我找几个留下来的农民吗？

老人摇摇头，表示不能。老人说，他们忙着呢，哪有闲工夫陪你说话？停了一会儿，老人说，你过年的时候来吧，能见到许多人。这些人都有个新名字——进城务工者。呵呵呵。

董阳也笑了。看起来，老人的笑容里有内容。

从乡下回来后，董阳对一些人说了自己的感受。人们问他，你真的去农村了吗？

董阳说，我到农村去看看。又说，我就是好奇，那一片片玉米是谁播种的？

有人点着董阳说，这有什么好奇怪的？城里这么多下岗职工，可以去给农民种地呀。浇水、打药、锄草……什么都干。

这可真让董阳奇怪了，他还是头一次听说，城里的人下乡种地。

人们笑着说，你真的没听说过？你看看，现在城里的多少人包了农村的土地？骑摩托车去，打个来回快得很，不耽误回家洗澡、看电视。有条件的，还开着小汽车去呢！

董阳若有所思地点着头。

以后，他便留心了，果然看见一些人往乡下跑，带着农具，谈笑风生。

也许，日新月异的生活让董阳倍感妙趣无穷，他对身边发生的一切充满着好奇。他决定写完那个调查报告。他想起来了那个老农民的话，过年的时候，再去趟农村，见见那些外出打工回来的农民。

年底，他去了乡下。

在往乡下去的路上，他看到集镇上人口很多，一些青年人正在置办花红柳绿的年货，也有人正在杀猪宰羊，到处是热腾腾的景象。

董阳进了村子，发现村里的人多了起来。可是先前的那位老人，却不知道去了哪里。

他进了一家农舍。几个青壮年汉子正在屋里打牌。董阳没话找话说，正在打牌呢？

一个人看看他说，不打牌，干什么？

另一个人问，你是谁，我们怎么没见过你？

几个打牌的人都也了董阳一样，他们没有停下来手里的牌。

董阳做了自我介绍，给自己找了个台阶。

一个人说，你真是个闲人，闲得往乡下跑。

打牌的人全都笑了起来。

董阳也跟着他们笑。不过，他的笑，很勉强。

打牌的人让董阳随便坐，还指着花生、瓜子、糖果，让他随便吃，自己拿。

这时候，一个人对董阳说，你别到处瞎转了，过年都这样，我们在外面干了一年，就这几天，休闲休闲！

董阳想说，一年之计在于春，可不能光顾着休闲虚度了光阴。可是，话没说出来，话到嘴边就变成了"回家就打牌，地里的庄稼怎么办？"

几个人都笑了起来。

有个人对董阳说，一看，你就是没种过地。大冬天的，地里有庄稼吗？有，也是麦苗，下场雪就盖上了棉被子，不用管它。

另一个人说，你和他啰嗦什么，快出牌。

又一个人说，农业上的事，和他说得着吗？

几个人就不再搭理董阳，把他晾在了一边。

董阳摸了摸下巴，钻出了屋子。

这时候，他看见了先前那个老人。老人的身上，套着新崭崭的唐装，正被几个大人小孩们簇拥着，也不知道，是不是老人的儿孙。

老人也看见了董阳，热情地和他打着招呼，来了啊？

董阳说了些给老人拜年的话。老人感动得直笑，伴着唏嘘。老人指着身边的人说，这些人，都不是我家的，都是我花钱雇来的。我家的人，都没回来，在外头过年了。

董阳吃惊地张着嘴。

回城后，董阳将调查报告的提纲撕了个粉碎。

他想，开春后，也去乡下打工。

(原载《山东文学》2015 年第 5 期)

月 亮 山

陈　毓

　　石原风一般刮来，却能稳稳止步于蔡春亚和她妈面前。蔡春亚就笑了，你倒是和这里的风相配。

　　蔡春亚评价人评价物，总爱说相配与不相配。比如她说，早春刚冒芽的柳枝和青天相配，腊梅开在青瓦的墙边相配，春梅开在空地上相配。她说新鲜的薄荷叶子就上等牛里脊大快朵颐是极相配。她第一次和石原亲热就给了石原鲜薄荷叶就上等牛肉的比喻，使石原大为吃惊。

　　但在蔡春亚她妈眼里，石原和蔡春亚却是不相配。地为蔡春亚设计的生活是大学毕业后去英国，如果回来，最好在她将要退休的这所著名大学谋得职位，但她的规划胎死腹中，就因为这个像黑风一般的石原。虽然她只见过照片上的石原，但她固执地称石原为黑风。

　　蔡春亚"噫"一声，对她妈连连称赞：你俩倒有缘，我看您对他的把握就准确得很，您都没见过他，就说他像风，极像！蔡春亚央求她妈，给对方一次机会，这样公平。

　　蔡春亚带她妈去石原那里相亲，顺带考察。她说只要妈不带偏见，只要妈对石原的看法中正，妈的选择她听从。蔡春亚搂着她妈的肩膀，世上的妈没有不为女儿好的，何况妈有选择爸的经验呢。

　　蔡春亚和她妈到了月亮山。

　　石原去月亮山快一年了，石原对蔡春亚说，他们把这一年当成检验自己和对方的时间段：第一，没有对方参与的生活是否是好的生活？第二，对方不在的空缺是否能找到别的人事来补缺？

　　上帝保佑，一年没到，他们见面了。

　　石原是蔡春亚的师兄，石原学现代农业管理，蔡春亚的专业是旅游英语。石原大学毕业却回了故乡，决心要在故乡的土地上做生态农业。理想写在纸上三言两语，落在现实里却千回百转，但石原主意坚定，爱情都不能动摇。石原说这选择也许命中注定，潜伏在他身体里25年。

石原说，对一个初创业的人，这是成本最低的，而意义却大得多。他对蔡春亚说，撇开理想不谈，把这个当营生，也能养活他们两个。而农业，是否真就是无限庞大社会体系最初的那个"一"？一生二生三生万物。

近一年的网络交流，蔡春亚看见一个农庄的初步模型在石原的描述中生长出来，虚拟与现实像春天里的两根藤蔓，伸展蔓延，时时交集。石原农庄的万亩原生态草场没有铁丝网，但那里的草木在春天绿，在秋天黄。分散在方圆50里地界的百家家庭农场加盟石原农庄，他们庄园里出产的土豆、杂粮、羊羔、土鸡，按类别，在约定的日子无误地配送到银城300家客户那里。石原说，两边的数字都在变化，但不会快，他想要的是慢慢生长。石原像祖辈父辈，但又不像他们。他们一辈子守着瘠薄的土地，在土地上艰难生存，现在，这片土地依然瘠薄，但从这片土地走出去的石原愿意回来。

石原用白蒿茶招待蔡春亚和她妈，青绿的白蒿茶盛在白瓷盏里，看着都香。蔡春亚妈妈赞茶，夸石原茶器用得好，白瓷盏比玻璃盏更配白蒿的厚。石原听见一个"配"字忍不住想笑，但他听见蔡妈妈的话暗暗开心，也赞蔡春亚的妈妈感觉好，第一次喝白蒿茶，接受得快。石原给蔡春亚的妈说他小时候，在每年春菜和秋果成熟的时候随妈妈去城里，给亲戚们送鲜，每回进城，篮子里装满自家地里的出产，白菜萝卜蒜苗、鸡仔鸡蛋、风干的猪腿，最骄傲快乐的，就是听到亲戚夸赞他们带去的东西多么好吃。

一个粉红脸蛋的姑娘提进来一个篮子。

阿姨，现在您来体验农场自产的好吃的——

石原揭开蒙在篮子上面的白布，露出几枚烤土豆，一钵羊羔肉，一碟扁豆芽，一碟野葱枸杞芽。一个更小的食盒中放着几枚鸡蛋。接着一个姑娘进来，放下一个托盘，一个小火炉，把一个小锅坐上炉子，打开火炉开关，锅中热汤即开，锅边有一盘细细的嫩绿春菜。

石原扮鬼脸，做出魔术师的神秘样子，对蔡春亚妈妈说，阿姨，吃鸡蛋前我先给您做个游戏取乐一下，也顺带向您证明农庄出产的鸡蛋新鲜。先考察鸡蛋，我的游戏是竖蛋。

石原轻轻拿起一只鸡蛋，捂在掌心，捧至面前桌上竖起，慢慢松手，鸡蛋在桌子上竖了起来。石原更加小心地重复那个动作，又一枚鸡蛋竖了起来。第三枚鸡蛋竖起来的时候蔡春亚的妈妈出了神。说实话，从见到这个被她一直唤做黑风的石原的第一眼，她就被眼前这个阳光男孩打动了，现在她看石原表演竖蛋游戏，眼中都是激赏和赞叹。她喜欢这个懂得自主选择的孩子，她依然记得自己最初的婚姻也是母亲反对的，但是，有几个女儿会因为母亲的反对而放弃呢。各人有各人的命，虽然不想女儿过苦日子，但她不得不承认，女儿的判断和选择是有道理的，有根基的。

蔡春亚的妈妈忍不住自己动手了，她说春分竖蛋的游戏由来已久，她以前听说过，没实践过，不料想今天眼见了。她把三个蛋在碗里打散，淋进滚汤中，再把细嫩的春菜撒进去，招呼两个孩子喝汤。

饭毕，她说她累了，想要打个盹儿，督促石原带蔡春亚先去别处看看。

石原自然乐意带蔡春亚出去，说要看他的风能发电设备，去看他24小时可以供应热水的太阳能热水器。石原说，只要愿意，他也能在这里建起大棚，但那可能只是为了给蔡春亚在冬天养花育木用。

两只鸟蹁跹，掠过草尖飞过眼前。石原说，是燕子，今天春分，果然就看见燕子了。节气真是准确啊。

遍山蒿草，风来草偃，苍苍茫茫，偶尔白羊的脊背在草中犁过，却寻不见牧羊人，这就是古诗中的"风吹草低见牛羊"吧。

蔡春亚发呆的一瞬，石原搂住了蔡春亚，石原的呼吸吹动蔡春亚的耳朵。石原在蔡春亚耳边喃喃，你再不来，我就撑不住要放弃这里投奔你去了，我认输，没有你分享的事业是不圆满的，心里你拔去的空缺无人无事可以填补。

蔡春亚一边落泪，一边嘴硬，都是假话，我不来，咋不见你去。石原艰难地说，我是掰着指头算日子，再过11天就到我们约的一年期限，我做梦都怕自己失算。真的感谢你来，感谢你陪我吃苦。

此刻，蔡春亚的妈妈在石原的那张木板床上躺下，将要睡去的那一刻，蔡春亚妈妈想的是，我要不要用100万元给你们投票呢？

（原载《文艺报》2015年6月26日）

儿子要结婚

申　弓

他莽莽撞撞地闯进一间黑森森的房子。

房子里有一个人，在一张大纸上画着无数的抛物线。那些抛物线，有的跨度很大，就像一座桥，有的跨度很小，就像一张弓，有的没有跨度，只是一个点。

他不解，壮着胆子问那人。那人抬起脸，他被吓了一惊：面无血色，双眼透出一股奇寒，让人见而生畏。那人看了他一眼，说，本来不能跟你说的，不过你能进来，也算是有缘。这些线就是人的生命线。

啊！他又吓了一跳，那怎么一根不同一根的？

这还不明白？这边的圆点是生，这边是死，跨度大的就是长寿。那只有圆点没有线的，就是一生下来就死了。

那么您能不能找出我的看看？

那人说，你真是得寸进尺。也罢，让你看看也无妨。

他随着那人的手指，看到了一条线，跨度很大，从标度看，应该是108岁。

想想现在是54，刚好一半。他对那人说，不要，你就将它画到这里结束行了。

那人眼里射出更寒的光，然后顺从地将笔在一半处终止，并狠狠地将他一推，摔出了黑屋。

他一下子惊醒了。飞机还有高空平稳地飞行着，丝毫没有下坠的倾向。他看看左右睡得很沉的人，又陷入了自己的心事之中。

他今年54岁。正如梦中一样，他真的不想活了。以往无论是乘飞机还是乘火车，他都不停祈祷：一路平安。可近来他变了，一上火车或者飞机，就在心里暗念，保佑失事！

按说 54 岁的人生，正是日上中天，可他却不想活了。

他就这么一个独生子，可就是这么一个独生子的儿子，便将他和妻子折腾得死去活来。从幼儿园到中学，他们是吃最贱的，穿最差的，省吃俭用，将儿子送进了大学。总以为大学毕业了就轻松了，可谁知道在找工作时，他们还得倾尽所有，才让儿子在城里得到一份能自己养活自己的工作。可喜儿子还算争气，在珍惜自己的本职工作之余，干出了优异成绩，不但升了职，还行了桃花运，被一名城里出生的女子看中了。可就在他们商议要结婚时，冒出了最大的问题，必须要有一套房子。而且小两口也看好了，在江滨豪园的一套三室一厅，面积 108 平方米，价格 86 万。

这也是最实际的问题，你总不可以老住出租屋吧。

86 万可是个天文数字！就是将两老都变卖也不值这个钱。他求亲戚告朋友，东挪西借，首付的钱总算解决了。

他真恨自己没本事，当不了官，也不会做生意。正在自己愁眉百结的时候，他看到一家小煤窑冒顶，被埋工人获赔 80 万的新闻。

第二天，他只跟妻子说一句，我找工作去，便到了山里的一家煤窑。他天天下井，可是，一直干了一个多月，却没有一点闪失。他没有了耐心，在窑主手里领了一笔工资便告辞了。

回来的路上，他看到了一则新闻，动车尾追。遇难者获赔从 50 万一下子提高到了 93 万。他的眼睛一亮，有这 93 万，不但可以一次付清欠款，还有儿子结婚的余钱。

于是，他跑到了动车站，毅然地购了票。而且一上车就在心里祈祷：愿上帝保佑这趟车出事！他在心里想，死有什么可怕，不就是嘭的一声就报销了？能以这不值钱的身躯获取一笔丰厚的赔偿，怎么说都值。可上帝就是跟他开玩笑，他来回乘了两次，将那笔窑主发的工资花完了，所乘的动车却安然无恙。

这晚，他又在看新闻，看到了一架大飞机出事的报道，机上乘客及机组人员无一幸免。他仿佛又看到了希望。于是，他卖了栏里的猪，又要外出。妻子拉住他说，你不要折腾了，再折腾我们的儿子便永远也结不了婚了。

他看着自己的妻子说，我这不也是为了儿子吗？你看，就凭我和你，这辈子铁定是没法挣到这笔大钱的了，就让我再试试运气吧。

呸！这也叫运气，我宁可永远不要这运气，也要你平安。

可儿子呢？媳妇呢？我还要抱孙子，我家香火不能断。

那也不能这样去搏啊！

不这样，又能怎么样？他决然地说，让我再搏一回吧，万一成功了，就全家都享福了。

我不要这样的幸福！妻子哭着说。

他还是拿上身份证，走了。

旅客们，飞机很快就要降落了，请大家回到自己的位置上，收起小桌板，系好安全带。

他却将安全带的扣子解开。被乘务人员发现，并在空姐的监视之下系好。可当那空姐离开后，他又悄悄地解开。

飞机着陆时，擦着跑道，激起强烈震颤。他的心跳着，可不一会，便平稳地停下来了。接引车将他们送出候机楼。在步出出口的一刹那，他看到了接机人的狂欢，心里有种说不出的悲哀。啊，我的儿子什么时候才能结婚？

（原载《山东文学》2015年第1期）

研　墨

高　军

"走，小鬼，咱们去看病去喽。"

王建安要陪着自己旅里的战士张唯德到阳都城里看病，张唯德感动之余坚决拒绝："旅长，您有这么多大事，日本鬼子还和咱们在转圈，我自己去就行了，哪能麻烦您啊。"

从去年冬季，日军开始了对沂蒙山区的大扫荡。王建安率领自己的第一旅和日军灵活地周旋，把部队迅速从马牧池带到了外围，摆脱了敌人的合围。随即他率领精干的指挥机构和特务营越过沂蒙公路，隐蔽于水塘崮山区。十余日后敌人又尾随了过来，他们经过芦山再次转战到了外线。

在这时，特务营里作战非常英勇的张唯德的胳膊上长了一个又疼又痒的疮，那疮面就是一张人脸，上边眉目口鼻不缺一样，只是比例小很多罢了。张唯德曾多次掩护过王建安摆脱陷阱，王建安对他也就格外关心。又加上头一次见识这样的奇病，正好也有些空隙，所以王建安决定陪他去瞧病。

老百姓传说阳都东关杏春堂的袁辉岳会治此病，但就是规矩大。不管什么人都得亲自为他伺候笔墨他才给看病，否则任谁他也不给开方子。他说自己有这么点能耐，就得为医生们正正眉头，为他研墨是对他尊重的表现，如果患者觉得这样干放不下架子，是低贱之人的活计，那医生干不就是承认自己下贱了？

"咱们今天这不是有些空闲嘛，走喽走喽。"王建安一边往外走，一边和张唯德以及几个警卫人员笑着说，"袁大夫不是要求给他研墨吗，你们都太大手大脚了，到了那儿后这事儿由我来哦，就不要再争了。"

张唯德正疼得龇牙咧嘴，嘶嘶溜溜着说道："那怎么行？我长病我自己来。"

王建安拍一下他的肩头："你啊，我问你，你知道怎么研墨吗？"看他不说话，王建安口气严厉起来，"那就老实着，看我的。"

王建安出生在一个佃农家庭，少年时聪明好学，但因家境贫穷而无法读书，他有空就跑到私塾学堂外去偷听，所以也学到了很多知识。

到了袁辉岳的诊所，袁辉岳察看过病情之后说："这病名曰人面疮，只要驱毒逐邪去其水湿之气，就能治好。"

随去的人都静静地听着，王建安听他说到这里立即走上前去，拿起砚台边上的墨锭，捏正、抓平，手臂悬起与桌面平行，犹如执笔姿势，沿着圆砚的边壁以顺时针方向画圆圈，重按慢磨起来。

袁辉岳看他手执墨锭用腕和臂的运动来研墨，显得很专业。开始墨汁很快把研磨的痕迹淹没了，又过了一会儿只见墨锭磨过的地方留下清楚的研磨痕迹，墨汁开始慢慢地将磨痕淹没。王建安见浓度适中了，就恰到好处地停下来。仔细地把墨锭上的水分揩掉，然后才轻轻放下。袁辉岳扫视了一眼，只见墨锭的磨面平滑如砥，没有表情的脸上开始活泛起来了一些，他拿起毛笔用笔尖蘸少许墨在宣纸上点一下，只见墨浓如漆、墨点略有渗出，证明磨得很成功，他满意地点了一下头，开出了处方。

王建安他们临走前，袁辉岳双手抱拳在胸前摇了几摇："看这位客官气度不凡，您怎么会这么一心一意地为患者考虑，可否请教你们之间是什么关系以及客官的尊姓大名？"

王建安平静地说："我叫王建安，我们之间是同志关系。"

王建安来这一带两年多了，期间协助徐向前、黎玉对山东纵队及其所属部队进行整编，并和日军打了几场漂亮的仗，名头很响。

袁辉岳一听是共产党第一旅旅长王建安，马上流露出尊敬的神情："贵军所到之处，秋毫无犯。老朽今天又亲眼看见旅长为士兵治病而亲自研墨，官爱兵如此，这样的队伍怎能不打胜仗！俗语说，人磨墨墨磨人，王旅长真乃大将风度，老朽佩服之至。"

王建安笑笑："袁大夫谬奖了，我们的军队人人平等，互相尊重。我们追求的未来社会也是一个平等的不分高低贵贱的社会。旅长研墨和任何人研墨没有什么区别啊。"

"说得好啊！"袁辉岳兴致高涨起来："老朽今天愿意送你一幅斗方作为纪念，不知肯笑纳否？"

王建安高兴地说："袁大夫的隶书功底深厚，独具风貌，我非常愿意收藏您的墨宝啊，在这里我先行谢谢了。"

袁辉岳铺开宣纸，王建安正要再次拿起墨锭，他摆摆手说："王旅长，这些足够了。"

只见他对着宣纸，凝神片刻后，迅速提起笔来，饱蘸浓墨，写下了"研墨静功夫，抗战大事业"几个大字。

回到部队后，照着袁辉岳开的方子治疗，十几天后张唯德胳膊上的人面疮就治愈了，他高兴地跑到王建安面前，从衣袖里抽出胳膊："报告旅长，我的病彻底好了。"随后又嘻嘻笑道，"旅长，您说说你怎么就那么会磨墨呢？"

王建安道："研墨是很高雅的事儿，还能培养人的耐心，能锻炼人的毅力。"

张唯德还在眨着眼睛回味时，王建安早对着地图圈圈点点起来。

张唯德看到，紧靠地图的地方，悬挂着袁辉岳写的那幅字，他再次念叨着："研墨静功夫，抗战大事业……"

（原载《山东文学》2015 年第 4 期）

守　灯

侯发山

凌晨两点，守灯正睡得迷迷糊糊，被妈叫醒了。

海那边，万家灯火；海这边，黑魆魆一片。守灯随妈进灯塔里巡视了一遍，没有发现异常，便开始保养机器。眼下是夏天，白天这里五十多度，只有把活儿撵到晚上。一台台设备锃亮光洁，一尘不染，无疑，这是妈天天擦拭的结果。

守灯五岁之前没离开过这个岛，对这个篮球场一样大的岛再熟悉不过了，没有土，没有草，到处都是光秃秃的。想种点蔬菜都难，日头太毒，从外面运来的土过不了几天就被烤焦了。台风一来，这些土很快就会被刮散，被海水冲走。上学后，守灯每到假期返岛的时候，不忘背上一大包泥土，好让妈踩一踩，接点地气……给养船半月来一次，送些蔬菜和淡水。周围除了鸟叫、风吼和浪涛，寂静得没有一丝生气。先后喂过五条狗，因为寂寞和孤独，结局都惊人地一样，狂叫着跳进了大海……

清理完灯笼，妈又用牛皮软布擦拭灯器。守灯说："妈，我来吧。"妈不让，说："擦这个是要紧的活儿，也是很细的活儿，用力要适当，要有耐心，稍不小心就可能造成损伤。"

看着妈认真的样子，守灯心疼地说："妈，您这辈子就没想过走出这荒岛？"

妈叹道："说不想是瞎话，但是，灯塔离不了人，若是夜里灯灭了，就会出大事。"

守灯知道，这个小岛周围有多处险滩、暗礁，夜间过往船舶，都需灯塔指引，方能安全通航。

天际泛白，渐亮渐红，大海也由黑暗变得光亮起来。接着是一道红霞，慢慢地扩展，辉映在无边的海面上。片刻，一个金红色的圆边露出来，一点一点地扩张、上升。后来，它似乎憋不住，一下子蹦了出来。刹那间，这个金红的圆球发出夺目耀眼的亮光，海上射出万道金光……尽管守灯在这里多次看过日出，此时还是禁不住由衷地赞道："太美了！在这里看日出一点不亚于'浦门晓日'。""浦门晓日"是岱山的一个景点，是观赏海上日出的好地方。

"守灯，你马上就要大学毕业了。"妈岔开了话题。

守灯明白，妈的潜台词是：你毕业后有何打算？妈还不到五十岁，头发已经花白相间了，脸色黑红黑红的，额头上的皱纹一道道，像是刻出来的。守灯鼻子一酸，说："妈，我想把您带到城里去，让您安享晚年。"

妈固执地说："我不走，我要在这里陪你爸。"

守灯的爷爷民国时期就在这里看护灯塔了，后来父亲接了爷爷的班。十多年前父亲被台风卷走后，妈就接管了守护灯塔的任务。妈说，虽说没有找到你父亲的尸骨，但是你父亲的魂在岛上，在灯塔里。

"为啥给你取名'守灯'？守灯守灯，就是要确保灯不出问题，让来往的船只安全地经过。"妈大声说道，似乎生气了。

妈终于把话挑明了。妈曾不止一次地说过，她的命是渔民给的，生他的时候难产，当时台风突降，大雨倾盆，是渔民叫来了医生，母子才平安。

"你不回来，妈就一个人守！"妈的声音哽咽了。

随着守灯的成长，小岛也在悄悄地发生着变化，灯塔变了，塔身由矮小到高大，灯塔能源从乙炔到干电池再到太阳能。装上新设备后，妈看不懂设备上的英文标识和操作说明，原理也搞不明白。只有小学文化的她就自学英语和航标专业教材，每天写工作日记，积累了丰富的经验。如今，她已摸索出了一套初步诊断和治疗小毛病的方法。

守灯决定给妈摊牌，不能让妈胡乱猜疑了。他揽过妈瘦小的肩膀，说："妈，我在学校跟导师进行了智能化航标系统设计的课题研究，实现遥测遥控功能不再是梦想。不远的将来，岱山的近二百座灯塔，不，全国的五千余座灯塔，采用自动化系统，就不用人看守了。"

"真的？"妈又惊又喜，眼里蒙了一层雾。

守灯重重地点了点头，说："妈您放心，塔上的灯不会灭，我心里的灯更不会灭！"

"你这孩子，咋不早说？"妈轻轻捶打了守灯一下。她眼里的雾散了，泪出来了。

这时，一艘船舶从灯塔旁边缓缓经过，拉响了汽笛，嘹亮，悠扬。守灯心里暖暖的，满满的。他知道，船舶是在向灯塔致敬，是在向妈致敬，也是在向他致敬。

（原载《百花园》2015 年第 5 期）

每个门槛下面都有一把钥匙

芦芙荭

村里总共二十多户人家，三三两两地错落在山根下。村子里树多，房前屋后都是。要是在夏天，你是看不到村里的房屋的，只有等到中午或黄昏，那一缕一缕的炊烟从树梢上冒出来，你才会惊叹，原来，这里住着这么多人家呢。

一缕烟，一个家。

顺子站在回村的路口上。现在是秋天，风舔光了树上的叶子。他看见自己家的房子闪烁在那片树林里，心里有些紧张又有些害怕。

三年了。他离开村子都三年了。记得他当时离开村子时，门前的树刚刚长到屋檐高，现在再看看，那树竟然就没过了屋顶了。

顺子自出生起至上高中，就没离开过这个村子，村子里的人都是靠种地为生，每天早上，屋外树上的鸟儿一开始喳喳，他们就起了床，孩子们背了书包去上学，大人们便扛了锄头下地去干活。一把锁锁了门，一把钥匙就丢在门槛下，全村人都可合法地使用，家家户户都这样。

在村里，谁都知道谁家的钥匙放在什么地方。有时，老张家在地里干活，种子完了，要回家去取种子，老李家便从地里冒出头对他喊，老张呀，顺道上我家去取壶水给我捎来吧。老张就会走到老李家门前，从老李家门槛下取出钥匙开了门，拿了水壶。那样子就好像是进自家的门一样。因此，有了门槛下那把合法的钥匙，锁在村子里就成了风景的一个亮点，有了另一种耀眼的意义。

顺子家的钥匙也是放在门槛下的。顺子的父亲几年前就逝世了。尽管那时顺子已远离村子上了高中，一个星期才回家一次，但顺子的母亲还是习惯将钥匙放在门槛下。顺子明白，母亲是怕自己在地里忙了，他回来随时都可以进门。

可是，就在三年前，顺子的母亲突然就病倒了，村子里的人帮忙将顺子的母亲送到了县医院。当医生告知顺子他母亲的病情时，顺子呆住了。要治好母亲的病，需要一大笔钱。

顺子和母亲相依为命，哪来的这么多钱呀。

顺子整整想了几天，救母心急，他决定铤而走险。

顺子有个同学曾带顺子去过他家，同学的父亲是家企业的老板，很有钱，他家的保姆就是顺子同村的人，就在前两天，他的同学告诉他，他们一家要去国外旅游。

那天晚上，顺子等护士查过房，母亲也睡下后，便一个人悄悄出了门。

顺子很顺利地找到了那个同学的家。

他在那扇门前定定地站了好长时间，本能地将手伸向门槛下，门槛下没有钥匙，他便顺手按下了门铃。这时要是屋里有人，他就会放弃那个念头的。

可他等了好长时间，屋里却是没有动静。

也许这就是老天的安排吧。

在确定屋里确实没有人后，顺子从身上掏出了提前准备好的工具。

这是一款梅花牌的锁子，顺子很是费了一些劲儿，才把它弄开。

一切都是那样的顺利，顺子很快就找到了钱，一摞一摞地码在那里。顺子还没见过这么多的钱。他的手都有些抖了。哗哗的，他好像都能听得见自己手抖动的声音。

顺子将钱拿出来，又放了一些回去，再想了想，又放了些回去。他将手里的钱掂了掂，确定这些钱足够给母亲治病了，才将钱揣进包里，欲出门，看见柜子上有纸笔，抖动着手，又不知怎的，他写了四个字：窃钱救母。他想，同学认得他的笔迹，便没有留名。

两天，仅仅两天，警察就将顺子从医院里带走了。

顺子被定为盗窃罪，判了三年半……

顺子沿着回村的路，一步一步往前走着。三年了，他不知道村子里会发生什么变化。

正是黄昏，村子在地里干活的人都开始回家，顺子看见，已有回家早的人，正从门槛下面摸出钥匙打开门。

顺子借着黄昏作掩护，悄悄地走到自家的门前。

门锁着，那锁看起来冷冰冰的。

顺子习惯地弯下身子，将手伸进门槛下面。竟然摸到了钥匙，还是那把，三年呀，难道这把钥匙一直在门槛下躺了三年？

顺子进了门，反手将门关上。想了想，他又拿出那把锁，把手从门缝伸出去，将门锁上，也许是出于习惯，他锁上门后，顺手将钥匙放在了门槛下。这样，从他门前经过的人，就不会发现他回来了。他这次回来，只是想偷偷地看一眼这个家，看一眼他的母亲。他是没脸再在这里待下去的。

顺子走到窗前拉好窗帘，才打开灯。

屋子里的一切都和三年前一样，不一样的是，三年前，每次回到家里，母亲就会忙前忙后，而现在，母亲却一动不动地待在墙上的黑边相框里……

那天晚上，顺子是这三年来第一次睡的一个好觉。直到第二天早上，外面树上的鸟儿叽叽喳喳地叫，他都没听见。

直到快中午时，他才被开锁的声音弄醒。

他竖起耳朵听了听，确实是开锁的声音，而且就是他家的门。

顺子赶忙起床，他从卧房里走出来时，见一个女人正推开他家的门，走了进来。

女人看见顺子，吃了一惊。接着，她的脸由吃惊变为了惊喜。

女人说，顺子，你回来了？

这女人是同学家的保姆，她怎么进到家里来了？

顺子的疑惑写在了脸上。那保姆便说，顺子，回来了好呀，村里人都说你是个孝子，你娘走时对村长说，要她帮着看好这个家等你回来。村长便安排人每隔一段时间，就来你家帮着打扫打扫，他想让你回来时，家里是干干净净的。这不，今天临到我了。

保姆说着，就开始扫地抹桌子，并用不无内疚的语调对顺子说："你的同学……在国外来电话说我不该报你的案……说你留了字，三年后你就会赚到钱还他，我弄得你三年无法赚钱……"

顺子也在抹，不过他抹的是脸上的泪，不知怎的，那泪越抹越多，他不知道当时是保姆报的案，他说："不，你做得对，我做错了，我没用合法的钥匙开门……我用犯法的手段没有救活母亲的命……"

保姆说，不要哭。

顺子抹干眼泪继续说："但是，这三年我也赚了，赚到了比钱还贵重的东西，我懂了：人人心里都要有一把守法的锁，守法和生命一样重要……"

保姆打扫完屋子，便出了门，顺子也跟着她走出了门。那时已近中午，顺子看见村子里的人开始陆续从地里回来，他们走到门前，每个门槛下面都有一把合法的钥匙，每道门上都有一把锁。

（原载《商洛日报》2015 年 1 月 27 日）

小　兔　子

王培静

　　在鲁西南一个叫王山头的地方，有一座人民英雄纪念碑，上面刻着三百多位烈士的名字。这里是市青少年爱国主义教育基地，每年的清明节，各级学校都要组织学生来给烈士扫墓，缅怀他们的丰功伟绩。

　　向烈士们三鞠躬后，学生们一个个默念着碑上的名字，特别是看到最后的那三个"□"时，学生们的眼光总要在那儿多停留一会儿。

　　除了一年级的学生不知道，大家无数次听老师讲过那个小英雄的故事：牺牲前，他是县武装大队的通信员，才14岁。别看他年龄小，已参加革命工作三年了。11岁那年，在日本鬼子的一次扫荡中，他的父母都被敌人杀害了。他流浪到县里，被县大队收留了。别人问他叫什么，他不说。由于他跑得快，有人喊他小兔子，见他不反感，大家就都这样叫了起来。

　　他不但跑得快，弹弓射得好，人也很机灵。他长得很瘦小，不易引起敌人的注意。不久后，县大队就开始安排他去给下边的小分队送信。他有时把信放在鞋里，有时放在挎的篮子里的东西中，每次都能顺利送达。

　　这天，有一封重要的信件需要送到谢庄片区去，走时，政委再三叮咛，小兔子，这次的信很重要，一定不要出什么事，无论如何，千万不要让信落到敌人的手里。

　　小兔子使劲点了点头，就上路了。他路上想，政委说这次的信这么重要，我放哪儿保险些呢。他思来想去，想出了一个好主意。

　　他走小路走地堰，不向大路跟前去。刚开始他走得比较顺利，心里高兴地想，政委能把这么重要的任务交给自己，一定要想尽一切办法，把信安全地送到目的地，绝不能辜负了组织上对自己的信任。

　　正这样想着，前面蹿出来了三个二鬼子，他心里一紧，向另一边走去。那三个二鬼子喊他，小孩，站住，老子有话问你。他装着没听见，自顾向前走。有个二鬼子喊，再不停下，老子开枪了。说着端枪向天打了一枪。小兔子停下了脚步，三个穿黄皮的二鬼子气喘吁吁地跑了上来，一个长得很瘦的伪军瞪着他问，你是个小八路吧。他抬起头，扫了三个二鬼子一眼，摇了摇头。另一个二鬼子说，是个他妈的小哑巴。那个很瘦的二鬼子说，什么他妈小哑巴，他是装的，肯定是个小探子或送信的。把他带回去，交给皇军好好审审。

路上，一个二鬼子突然发现，小兔子嘴在不停地动，他大喊，这臭小子嘴里有东西，他在吃东西。你小东西吃的什么，快，吐出来！

另外两个二鬼子也赶紧凑上来说，快，快吐出来。

坏了，他吞下去了。

他妈的，他消灭了罪证。

三个人开始上来对他拳打脚踢。

打够了，见他躺在地上一动不动。三个人开始商量如何处置他。带回去，皇军肯定骂我们无能，让他把罪证毁灭了。三个人思来想去，最后还是把小兔子扔下走了。

昏迷中的他，回到了自己的家，父亲用手掌摸着他的头说，你小子，这些日子跑哪儿去了，一家人到处找也找不到你。母亲则一把把他搂在怀里，哭着说，我的亲儿，娘想死你了，你终于回来了，自己在外边受了不少罪吧。娘的泪水滴在他的脸上，他感觉凉凉的，很舒服，很受用……

当他被雨水慢慢浇醒。他忍着疼痛，艰难地坐了起来。想了想刚才发生的一切，嘴角上露出了一丝浅浅的笑容。

回到县大队，知道情报没有泄露出去，同志们都夸他是好样的，政委表扬了他，赶紧让医生给他治伤，让炊事班给他做好吃的。

但孩子毕竟是孩子，一次他路过周庄东边的碉堡时，躲在一个角落里，掏出自己的弹弓，向一个站岗的日本鬼子瞄准，他射出石子的瞬间，那个日本鬼子也发现了他，枪响的同时，那个日本鬼子的一个眼珠子冒了出来，鲜血四溅，那一刻，小兔子也应声倒下。

解放后，为英雄立碑时，政委交代，一定不要忘了小兔子。但工作人员翻阅档案，关于小兔子的生平，只找到了这样几行字：小兔子，真名不详，11岁参加革命工作，14岁牺牲。工作中机智勇敢，胆大心细，上传下达了很多重要情报，为玫瑰之乡的解放事业，做出了自己的贡献。

要是在碑上刻上小兔子三个字，好像对英雄有些不尊重，工作组最后决定，小兔子的名字空着，就用"□□□"代替。

人们的心里都记得很清楚，那三个"□"就是小英雄的名字。

（原载《西南军事文学》2015年第3期）

背　叛

余显斌

将军派人下山去找粮。

多少天了，我们断了五谷，只能吃皮带，吃草根。总之，能吃的东西我们都吃了，除了石头和树木外。将军挠着后脑勺说，不行，得弄点粮食，不然的话，咋打仗？

王老蔫一听，扶着树干站起来，自告奋勇道，我去。

将军打量了他一下，问道，你去？

王老蔫点点头，告诉我们，他熟悉路，就像熟悉自己的手指。

我跟将军眨了下眼，背过王老蔫，悄悄告诉将军，这小子又胆小又怕吃苦，什么时候这么勇敢过？不可信。将军瞪大眼睛问，啥意思？

我叹口气说，打败之后，本来就有些人心不稳。

我绝不是危言耸听，最近一段时间，在敌人的穷追不舍和大雪封山的情况下，有一些软骨头的战士，受不了苦，带着枪悄悄下山，投靠敌人，给我们带来了极大的危害。因此，我不得不小心，不得不提醒将军，尤其对于王老蔫这样的人，不可不防。

可是，将军最终没有接受我这个参谋长的建议，还是派出了王老蔫。现在，打垮后跟在将军身边的人也就剩十几个了，他们都是外地人，对于当地情况很生疏。也只有王老蔫是这儿的人，路熟。

王老蔫接受任务，敬了个礼，走了。

按照约定，第二天早晨王老蔫得赶到这儿。可是，天亮了，太阳照亮了雪野，仍不见王老蔫回来。我很是担心，告诉将军，得赶快转移，我怀疑王老蔫这家伙出了问题。

我分析，这小子路熟，不会出别的事，如果要出事，也一定是投敌。

将军摇着头说，再等一下。

将军自言自语，这个王老蔫，是不是让什么事耽搁了？

这一等，我们就等来了日军，一队黄乎乎的小鬼子，拿着枪向这边走来。当头一人，正是王老蔫。将军骂一声，软蛋，果然带着小鬼子来了。说完，暗令十几个人赶快趴下，藏身雪里，做好战斗准备。

我们趴在那儿，一动不动。

王老蔫渐走渐近，能看清他脸上的笑容了。这小子，很得意。

后边，跟着日军的小队长。

走到这儿，他站住了，一笑，告诉日军小队长，这儿是我们的一个窝点，不过，昨天将军和自己商定了，让自己运粮，不必来到这儿，直接送到虎头岭，天一亮他们就去取。说到这儿，他一笑道，自己不想干了，因此，跑到门头沟，遇见太君，就投奔过来了。

因此，他断定，将军现在在虎头岭。

日军小队长听了，一扬指挥刀，前进！

一队日军跟着王老蔫，吭哧吭哧踏着深雪，继续向前走去，一步步上了虎头岭。

不久，虎头岭上，传来王老蔫的喊声，小鬼子，去死吧。随着是一声手榴弹轰隆隆的爆炸声，然后一切都没有了，四野静悄悄的。我们爬起来，望着虎头岭，一个个眼中涌出了泪水。

将军用手擦一把泪说，走，去门头沟。

在门头沟，我们在一处山洞里最终找到了一袋粮，渡过了难关。

多年后，我已两鬓斑白，再次回到这儿，打问起王老蔫当年被捕的经过。当地人告诉我，说有人亲眼见到，王老蔫当时不是被捕的，确实是自己走出来自愿给日军带路的。当时，他扛着粮刚走到门头沟，发现一队日军悄悄向我们驻地方向摸去。他一惊，忙藏好粮，拍打着衣服走出来告诉日军，自己是抗联，刚刚从将军那儿逃出来的。

他说，他知道将军在哪儿，愿意带路立功。

于是，他带着日军径直走向虎头岭，走向自己生命的终点。

他和我同年，如果活到现在，也已经九十多了。

（原载《金山》2015 年第 1 期）

蓝宝石般的眼睛

何君华

我的父亲迭戈·桑切斯曾经给过我无数个忠告，但唯有一条我至今谨记并严格遵循，那就是——杀鱼的时候千万不要弄破它的胆，否则的话，这条鱼的味道将会像谣言一样令人苦不堪言。

那是二十年前的事了。父亲满脸严肃地跟我说，在地球的另一端，在我们脚底下的中国，有一个古老的成语叫"卧薪尝胆"，讲的是一个没落的国王为了不忘记亡国之苦，每天吃饭之前都要尝一口鱼胆的故事，这个没落的国王把鱼胆的苦味比作亡国的苦味，你应该能想象到鱼胆究竟有多苦。

"费尔南多，你是个聪明的孩子，你应该明白我的意思。"父亲忽闪着他蓝宝石般的眼睛跟我说。

我确信从没踏出过南美洲大陆的父亲肯定没去过古老的中国，我也完全无法知道遥远的中国是不是真的有这样一个成语，是不是真的存在过这样一个倒霉的国王。跟每一个青少年时期的巴拉圭男孩一样，我对父亲的每一句话都充满怀疑，包括他的这一句看起来非常有必要的忠告。我决定亲自验证一下这一忠告是否值得遵从。

这一举动显得非常有必要。因为这象征着对权威的一种挑战，我确信每一个 16 岁的巴拉圭男孩都是这样做的。比如体育老师告诫你踢点球的时候踢向左边或者右边都行，但千万不要将球踢向中间，这样的话守门员很容易将球扑到。很显然这不是事实，因为在稍后杯赛的决赛中，民族队的前锋何塞·卡洛斯就是将球踢向了中间，而他的队伍最终获得了冠军。长辈总是善于总结一些在他们看来绝对正确的道理来警告你，然而事实迟早会证明这一点有多么荒唐可笑。我认为这一次也必将如此。我切开一条鱼，故意将鱼胆弄破，然后将它煮熟。当我开始吃第一口的时候我立即将它吐了出来，它实在太苦了。

我亲自验证了父亲的忠告是对的—— 一条鱼如果弄破了它的胆将会像谣

言一样令人苦不堪言。这个有着蓝宝石般的眼睛的老男人第一次在我面前树立了权威，我从此对这一忠告笃信不移。而这样的忠告在稍后的生活中显得更为必要，因为从此以后我的确需要经常靠自己来杀鱼——我的父亲迭戈·桑切斯为了捕获这个世界上最大的巨骨舌鱼，一个人钻进广袤无边的亚马逊河，从此再也没有回来。

父亲曾经捕获过一条重达 268 磅的巨骨舌鱼，被广泛认为是当时世界上最大的一条巨骨舌鱼。他因此一时闻名遐迩。但好景不长，一个叫戴维·路易斯的英国人在亚马逊河中游捕获了一条 296 磅的巨骨舌鱼，打破了父亲保持的纪录。这显然刺激了父亲，更激怒了他。他认为这个世界上最大的巨骨舌鱼肯定还藏身在亚马逊河中，而它的重量显然会超过 300 磅。父亲决定奔赴亚马逊河试一试身手。也就是在他给过我关于杀鱼的忠告之后，他一个人上路了。

后来我才发现父亲早有预谋，他对我的这一忠告并不是随随便便说出嘴的。他显然已经预见到了实现既定目标的艰巨性，因此他必须让我学会杀鱼这样一项最基本的生存技能。如果连鱼都杀不好，他的儿子可能在他实现目标之前就会饿死。我只是没想到，父亲这一走就是 20 年。后来的日子里，很多时候我都在想，耗时如此之久就连我父亲本人可能也完全没有预料到。

我当然坚信父亲还活着，他蓝宝石般的眼睛依然会将我的生活照亮。他之所以迟迟不肯现身的原因在于他还没有捕获这个世界上最大的一条巨骨舌鱼。可能你也已经听说了，已经有人捕到了重达 355 磅的巨骨舌鱼。这验证了父亲的预言，他很早以前就认定世界上最大的巨骨舌鱼肯定超过 300 磅。而这样空前的重量显然给父亲的捕捞工作增加了难度，他不得不更加勤奋也更加艰难地工作，他必须日夜出没在亚马逊河上。这样繁重的体力劳动显然让他无暇顾及别的任何事物，甚至也包括时间这可怕的魔鬼。

是的，时间的确是这个世界上最可怕的魔鬼。20 年来，我的爷爷胡安·桑切斯和奶奶马丽萨·桑切斯先后去世，母亲艾伦娜·桑切斯声称她无法忍受将一生消耗在毫无边际的等待里，果断地改嫁给了一名乌拉圭商人卡塞雷斯·罗德里格斯，随后他们一起搬去了圣地亚哥再也没有回来。

时间这个魔鬼唯一没有打败的人是我。我坚信父亲一旦捕到世界上最大的巨骨舌鱼就会归来。我相信他会为我依然谨记他的忠告而高兴不已，尽管彼时我已经不再年轻，但他依然会忽闪着蓝宝石般的眼睛跟我说："费尔南多，你真是个聪明的孩子。"

（原载《天津文学》2015 年第 2 期）

杀

党存青

吃过早饭，金波要出去走走，各处转转。姨妈喊来柱子，对柱子说："陪你大学生的哥哥走走，看看咱们小镇，看着点狗，狗见生人要咬的。"

柱子满心欢喜，觉得陪哥哥很荣耀，再说，镇里没有他不熟的，谁家狗见他不摇尾？

小镇不大，跟着柱子逛，不到两袋烟工夫，走遍了全镇。

金波感到惊奇：小镇平静，百姓悠然自得，就连鸡鸭猪狗也自由自在。就问柱子："这里怎么这么平静，没有日本人吗？"

"有啊，有一个日本人。"

"就一个？"

"是呀，还给我们糖球呢。"

"什么？鬼子的东西你也吃？"

"那日本人不凶的。"

"带我去看看。"

那个日本人住在镇中一处四合院，这是镇长家的一处宅院，门口有两个石狮子。

"就这。"柱子指指。

金波看着，拳攥得紧紧的。

来往的乡里乡亲觉得奇怪，惊异地看着金波。

午饭摆在葡萄架下，端起饭碗，金波问姨妈："就一个日本人？"

"是的，来了有快两年了，娶了孙家闺女，就住在镇长家。"

"想不到这里也有日本狗。"

"金波啊，这不比奉天沈阳，你也别惹事。你爹妈把你送到这里，不就是担心你搞什么学生运动吗，好好学功课，别想其他事。"

金波没说什么，但心里在合计着什么。

那个日本人叫藤野，前年被派到这里，明着啥事不管，暗里掌控着镇公所。看上了孙家闺女，托镇长说媒，孙家虽不情愿，但无奈，孙家闺女流泪走进了那座四合大院。平时，藤野喝酒、赏花、看书，一般不出来，但每天要去镇长家摘菜。有时看谁家的菜不错，也顺手摘，谁家也不说什么，几棵菜，谁又能说什么？藤野穿着和服，眯着笑眼，迈着方步，哼着小曲，挎着篮子，每天一个来回。

金波观察了几天，看准了藤野都是这个时间出来，两袋烟的工夫，又回来，眼里喷火，拳攥得咔咔响。

姨夫是聪明人，看明白了金波心思，这天晚上，走进金波住的下房。见金波在看书，凑过来想看看什么书。金波也不避他，把书举过去。

"嗨。"姨夫叹口气："金波啊，听姨夫句话，你就是个学生，什么主义，思想的，不是你关心的事，好好学习功课最重要。"

"人是有信仰的，我信仰这书上说的。"

"你还小啊，读完大学再说吧。"

"就看着日本鬼子屠杀我们中国人？"金波愤慨地说。

"东北军都跑了，你一个学生能如何？"

"谁跑我也不跑，我要为同胞报仇。"

"他死了，还会来，你能杀几个？"

金波不说话了，不想与姨夫说什么了。

姨夫心情沉郁，担心金波会做出傻事，写信给金波爸妈，说了自己的担心。

金波上午学习，下午散步，平静如水，一声不响。这一天散步时，偷偷溜进了铁匠铺。也巧，出来就遇到了藤野。

笑眯眯的藤野问："谁家的客人？"

金波没接话，握握兜里的刀，见藤野体壮腰圆，知道不是下手的机会，转身走了。

金波眼里的杀气，让藤野一惊，身上都冒出了冷汗，站在那里没动，想着心事。

当天晚上，镇长来家串门了。

姨夫家是镇里的大户，镇长也十分的客气，点头哈腰的，先是夸奖了一番姨夫侍养的花，然后才说正事。

"家里的客人，住的有些日子了吧？"

"是呀，奉天的学生，度假。"姨夫明白了镇长为啥而来。

"现在的学生可不好管呀，咱这小镇可经不起风浪呀。"

"镇长，我懂你的意思，我知道怎么做。"

"那就好，那就好。"镇长作着揖，走了。

从那晚开始，姨夫安排人，守在金波的门前，金波走哪跟哪。藤野家门外，有了两个带枪值班站岗的，镇长亲自安排的。

三天后的傍晚，镇长请姨夫来家喝酒。酒过三巡，镇长面露难色地说："还是让孩子回去吧！惹出事，咱谁也不好交代。"

姨夫也是一脸的难色："咋整？劝不行，撵？也不好开口啊！"

"那就绑。"

"绑？"

"对，把他绑回家，总之，不能让他给咱惹祸呀！"见姨夫犹豫，镇长凑近姨夫的耳根，悄悄地说："你把他骗到镇公所，我派人连夜送他回奉天。"

"这……"

"哎呀，兄弟，别这那的了，太太平平过日子吧！再说了，藤野先生指定你为副镇长了。"

姨夫的眼睛一亮，掐灭了手中的烟，响响地说："好。"回家就喊来金波，谎说镇长找他说给孩子上课的事。

金波显得很高兴，以为机会来了，可以借机给孩子们讲讲抗日救国的道理。啥也没想，就和姨夫来到镇公所。

镇长坐着喝茶，见金波进来，没动，眼珠一转，门后串出三个大汉，把金波按倒在地，用小拇指粗的麻绳把金波捆了个结实。

金波喊着："姨夫，姨夫，这是怎么回事？"

姨夫不敢抬头："别怨姨夫，送你回家。"

第二天一早，来了一小队鬼子，少佐叫横直。镇长把全镇的人聚在藤野家门前，横直当着大伙的面，把金波枪杀了。

金波死时，眼睛没闭，瞪得圆圆的，盯着姨夫，满是怒火。

姨夫在金波倒下的瞬间，也瘫倒在地，想骂镇长你太损了，可是话没说出来就人事不知了。

镇长得意地走进藤野的院，藤野吹着口哨浇花呢。

（原载《小说林》2015 年第 4 期）

卸　妆

韦延丽

朋友打电话祝贺他时，他正在处置一起婆媳纠纷。婆媳俩扯着大嗓，你来我往，唱念做打功夫丝毫不比京剧演员逊色。接完电话的他没来由地火冒，大吼一声："别吵了，再吵我就收拾人！"婆婆一愣，变脸比变天还快，说："敢情你跟这贱人一伙呀，你来收拾瞧瞧，我不把你狗皮扒下才怪。"他声音一下子软了，心里恨恨地说："不用你扒了，我回去就扒。"

他果真回去就扒了警服，并特地锁进箱底，仿佛要锁住处警时的窝囊气。说实话，他平时就不太爱穿警服，觉得穿警服跟套紧箍咒一样，浑身不自在，坐不能坐得勾腰驼背、站不敢站成枝丫八叉，连笑，也得考虑火候，笑大了，怕别人说狂妄，笑小了，又怕说皮笑肉不笑。可偏偏负责接处警的他，必须天天着装，像极孙悟空的紧箍咒，想脱也脱不了。要说人吧，也真奇怪！儿时，他做梦都想穿警服，几经折腾，后来如愿考上了警校，警服一穿就是十年，穿得丢了初时的自豪，穿得外向的他性格内向，穿得现在的他换了便服就踏实。如今，这警服说脱就脱了，他反倒生出意想不到的惆怅。老婆说，这下好了，你不是能写东西吗？组织上真是慧眼识金啊，让你一小民警当文联副主席！"他瞪了老婆一眼，说："你懂什么？"老婆便摇摇头，走开。

他胖，肉乎乎的，便服穿在身上，像捆一个肉粽，这是他以前从未发现的。镜前的他，免不了想到警服，量体做的，只精神气就将他的肥肉遮了下去。更别说警服的方便，那么多的口袋，只要将东西往里一扔，便可以昂首在大街上，面对湍急的人流，目光如炬，一身清爽。而到文联上班后，他每天不得不揣个鼓鼓囊囊的皮包，扎眼不说，那天，他将钱包忘在了车上，车窗玻璃被砸了，这是他穿警服时从没遇到的耻辱。痛定思痛，他决定不拎钱包，也不顾形象了，将皮包束之高阁，将钱塞进袜子，但不久他又觉得别扭，弯腰掏钱时的尴尬、众人诧异的目光，似乎都在嘲笑他的不伦不类。

正好，文友赠送自己写的书给他。文友是个环保人士，很客气，将书装在一个环保袋中，双手捧给他，他当时没在意，握着对方的手，啊呀啊呀地表示感谢。

回到家，他还是没怎么在意，取出书后，顺手将袋子扔在车的后备箱里。直到有一天，他上银行取钱，因为数额不小，才悄然发现这个袋子的好处。

袋子是肉色的，比警服口袋大多了，虽然土里土气，但他可以将一切零碎的东西放在里面而不弄丢。更重要的是，它的作用出人意料。

这不，自从用上了这个袋子，他发现早市的菜价降了许多。当然，这和他的穿着也不无关系，他不穿警服了，混在众多买菜人中，不扎眼，卖菜人一看他和他手里的袋子，也懒得漫天要价。即便如此，他还是要讨价还价，这在以前，他是不会讨价还价的，怕卖菜的说警察斤斤计较。现在好了，他可以报仇似的讨价还价，再也不从警服袋里摸出百元大钞让人家找零。他的袋子里，有的是零钱，人家找他硬币，他也不会像以前那样拒绝，而是笑吟吟地扔进袋子，转身递给下一家。这时，跟在旁边的老婆会笑笑，说："不穿警服怎么那么好呢？"

当然，脱下警服也有不愉快的时候。

高考那天，提不起笔的他突然想到街上找灵感。他走啊走，灵感没找到，却遇上了堵车的长龙，喇叭声到处撞击空气，向龙头龙尾蔓延。附近旅馆人影晃动，不知咋的，他突然想起了旅馆里乡下的考生，他甚至想到了乡下宁静的夜晚。习惯性上前疏通，指挥车辆倒让、前进，仍是轻车熟路，就在他指挥最后一辆车时，女司机却把头故意转向身旁的男伴儿，说："他以为他是谁呀，来这里充交警，就不听他的。"说完，还挑衅似的扭头看着他。他憋了半天的火龙突然蹿到嗓子眼儿，说老子还真的就是警察，不过说"警察"两个字时气瘪了。后来还是车上的男人说服女人倒了车，路才得以畅通。

或许尾气吸多了，回到家，他隐隐觉出胸闷，倒床便睡。不知睡了多久，急促的敲门声将他敲起，邻居吴大婶喊："李浩，你以前不是警察吗？楼下烧烤桌上喝多马尿的小子疯了，吵得我女儿睡不着啊！你帮管管吧，不然明天的考试泡汤啦！"说得他一身的热血上涌，几步冲到楼下，喝令几个小子不要吵。一个醉醺醺的小黄毛站起来说："你谁呀？敢管闲事！"他说自己是警察，几个小子就哈哈地笑，说："你还警察呢，老子打的就是警察。"说罢，抄起板凳朝他砸来，血红了他一身。事后，几个小子不但不出医药费，还反咬他冒充警察。

在病床上的他刚得知这一切时，越想越气，正欲拔下针头找那几个小子理论，老婆推门进来了，说："我都知道了，跟他们论不清，还不如看看电视，解烦。"说着，调到了他喜欢的戏剧频道。电视里正播放《穆柯寨》，打斗场面十分精彩，翻跟斗、舞刀弄棒……他手里的遥控不由得跟着舞起来。老婆见了，笑着说："呵！入戏了。"声音说得大了些，他一怔，手里的遥控器掉到了病床下，这才想起，原来他没在舞台上，他已经卸了妆。

（原载《啄木鸟》2015 年第 1 期）

星　河

楸　立

　　母亲的入殓刚结束，陶子用孝衣擦了一把脸上的泪水，走到里屋的角落给丈夫打电话："星河，你怎么还不过来？入殓你赶不上，明天早晨出殡前一定得赶回来，不然让街坊邻居怎么看我怎么看你？"

　　那头接着电话的陈星河在办公室里和几个所里的人正整理着案卷，嘴里答应着，好好，我忙完就让所里人送我回去，放心吧！保准赶到！

　　忙，忙，忙……星河，我可告诉你，我家就你这么一个姑爷，平常你忙都行，可出殡你再不回来，我和娘家人怎么个交待，你一个派出所大头兵工作重要还是岳母发丧重要。你爹妈早没了，孩子他姥姥拿你当亲儿子对待，你明天要不回来看我和你没完。

　　南山镇派出所陈星河在一手拿着电话，唯唯诺诺地应着，是呀，自己父母去世早，岳母活着的时候对自己如亲生儿子，孩子打小看到大，家里事儿没少操持，做女婿确没为老人做什么，想想真有愧疚。

　　陈星河已经五天没有回家了，先是搞案子值了两天班，第三天又赶上枪爆治理统一行动没有回家，第四天接到岳母脑梗去世的消息正想回家了，晚上新来的民警小刘的妻子剖腹产，所长去市里培训，所里就剩下他一位老民警带着三个协警，看着小刘猴急的样儿，就又替了小刘的班，实指望所长回来可以脱身，哪知道临下班所长进办公室就摸后脑勺，脸上泛红，陈星河明白所长又要分配活，他赶紧在所长说话之前先开口，"孩子他姥姥去世了，晚上入殓，明天出殡。"

　　所长脸上红云彩更浓了，"奥，奥，去呗！去呗！"吭哧吭哧地又说，"陈哥，这不局里通知明天市局执法质量案卷考评，咱们所被抽上了，晚上我说想让大家加加班整理整理呢，你有事儿不能误了，我想辙我想辙。"

　　陈星河耳朵里听着手底下没闲着，麻利地把警服换上了便装，开门就向院外走，身后就听所长喊几个协警，今天晚上都别回去了，弄案卷完了我请大家吃全卤面，几个协警回答着有气无力，连续上了好几天了，谁不想回家好好休息休息，一个协警回道："星河叔走了，谁会整理呀？"

所长没吱声。所长新从刑警队调过来三个月，对派出所的业务方面还差点火候，许多活其实都是陈星河来做。

陈星河上了摩托车，骑出去二百米远，一拐把又折回了派出所。所长眼冒金光："陈哥，你这是？"

"我加完班，晚上你安排人把我送回去。"

案卷整理完已经是夜间十一点多了，陈星河把明天检查的东西都摆放好，然后向所长交待清楚，所长脸上带着歉意，说："陈哥，这几天把你折腾够呛，咱所与其说我是所长其实都仰仗着你了，明天局长过来，我再找找他，抓紧把你那个副所长落实了。"

陈星河勉强地笑了笑，用手揉了揉干涩的眼睛，所长的话说是捧自己其实也是在安慰自己，自己在这个山区派出所干了十多年了，十多年里局里调整职务和岗位，从没自己的事儿，开始陈星河心里窝火，赌气，也要过小性子，可一年年磕磕绊绊地过来后，越来也看开了想透了。

"随缘吧！"

"对，对，随缘。"所长附和了几声。

陈星河上了单位的吉普车，协警李伟给他点燃了一支烟，说："陈叔，岳母入殓你都不到场，你真有一套，回去婶子还不和你拼了，这派出所有你的嘛呀？"

陈星河没说什么，是呀，派出所有自己什么呀？扪心问问，有什么？有自己摸爬滚打的日子，有自己沉甸甸的责任，有自己的十多年汗血辛酸的付出啊！

车子拐过了一个山坳，李伟的手机响了，是所长打来电话，李伟接了一下又递给了陈星河："陈叔，所长电。"

陈星河接了过来，同时发现自己的手机没电了。

所长说："陈哥，刚刚指挥中心派警，有村民举报，刘家坳的抢劫犯刘四辈刚从外地潜逃回家，不行你们折回来，我带人过去。"

陈星河沉了一回，说："甭回去了，我们现在正离着刘家坳不远，我和李伟去，四辈他家情况我熟，有什么事儿再联系。"

电话挂了后，陈星河问李伟，车上有家伙没？

"一套防刺背心，手铐，别的没了？"

车子在一个岔口处向左拐，半小时后，接近了刘家坳，陈星河让李伟把车停在了村口，看了下手表，时间正是凌晨一点多，此时万籁俱寂，夜空繁星浩瀚。

陈星河把手铐装进裤袋，嘱咐李伟穿上防刺服，李伟不知从哪里又找出来一根木棍，两人一前一后地向刘四辈家走去。

刘四辈十五岁那年夏天大晌午一个人跑张家窑坑洗澡，狗刨不济体力不支眼看就要沉底，陈星河正好骑摩托车下乡，正看了个满眼，跳下去把他给捞了上来，刘四辈从此将陈星河当亲人，见面就是陈叔长陈叔短，这小子初中辍学后，游手好闲混了社会，前年在外省抢劫伤人被网上通缉，陈星河一年内没少到他家中给他爹妈做工作，期望他能够投案自首，争取宽大处理。

两人不一会儿摸到刘家门口，陈星河让李伟守着大门，自己跳上墙去，在墙头上张望了张望，刘家三间屋子，东屋住的刘四辈爹妈，刘四辈如果在家应该就在西屋，陈星河这一年没少来，自然轻车熟路了。

他进院打开大门，让李伟进来，两人蹑手蹑脚地穿过院子，一推里屋门，还不错，没有上插销，进了里屋，陈星河想，抓住刘四辈先骂这小子几句，怎么这么不长脸。

咣当一声，黑夜里李伟碰倒了一张凳子。

谁？

东屋四辈爹问了一声。

警察，陈星河喊了一嗓子。

西屋内发出"啊"的叫声，有人从炕上跳下来，陈星河向身后一拉李伟的身子，自己冲了过去。

刘四辈，别动！

一条瘦瘦的黑影直接撞到陈星河的身上，陈星河感觉胸口一疼，他右手一下就扣住了对方的脖子，脚下用力将对方死死顶在炕上。

屋里的灯打开了，一把刀子插在了陈星河的胸口上。陈星河使劲张了张嘴，血从口腔里胸口里涌出来，他强咽了口血，李伟，给他上铐。

李伟一边铐人一边大哭，陈叔，陈叔，狗娘养的刘四辈，你把你恩人攮了。

还在挣扎的刘四辈这才看出是陈星河，叔，咋是你呀？咋是你呀？我该死该死，爹，快救陈叔呀……

屋里乱成了一团，山村惊醒了，寂夜惊醒了，天上的银河被惊醒了，在家中等候爱人的陶子也被惊醒了，她的胸口忽然发出一阵莫名的悸痛。

窗外，此时夜色正浓，恰好东方一颗流星划过天际，照亮了整个夜空，陶子从没有看到过这么大这么耀眼的星星，小时候母亲告诉她，地上有多少颗生命，天上就有多少星星。

　　陶子惴惴不安，脑子胡乱地猜想，她拿起手机给丈夫打电话，心说，星河，你一定要回来呀?

（原载《人民公安报》2015 年 6 月 19 日）

百 年 校 庆

凌鼎年

班长史凡诗是上世纪九十年代出国的，在美国混得不错，有车有房，有儿有女，属高级白领。由于父母双亡，妹妹也移民加拿大了，老家娄城也没什么近亲，没有多少牵挂，也就没有再回娄城。

时间过得真快，一晃在异国他乡生活了二十来年了，前几个月，突然接到老家母校娄城中学的邀请信，说今年是娄城中学的百年校庆，希望他能大驾光临，恭逢盛会。

接到这个邀请后，史凡诗兴奋了好一阵，回想起了当年在母校的点点滴滴，不想还好，一想，那种乡情、乡愁立时漫上心头，恨不得立马回娄城，回母校看看。

史凡诗想，此次回去，总得为母校做点什么吧。自己虽然算高级白领，经济条件不错，给母校捐个一两万美金还是没有问题的，但区区一两万美金实在不足以表达对家乡，对母校的那份情感，他想起低自己一届的项博彤有多项专利，赚了不少钱，就问他愿不愿意回去参加母校百年校庆，为母校捐点钱？项博彤连想也没想，就说没有问题。

史凡诗与项博彤都是大忙人，但两人都放下手头所有的工作回国，且都带好了旅行支票。

母校的接待工作很细很踏实，有专车到浦东机场来接的。

来到娄东中学，史凡诗与项博彤都傻了，这是我的母校吗？怎么完全变样了，当年那个校门口是不气派，但很有特色，特别是那两棵数百年的老榆树，有好几个鸟窝呢，透出沧桑，那一排悬铃木，少说也有百年，怎么都没有了？代之的是高高大大的门楼，电动的不锈钢大门，一块硕大无比的花岗石横卧在校门内，镌刻着"勤学、拼搏、求实、向上"八字校训。气派是气派，只是没有亲切感。来到校园内，更是找不着北，熟悉的口字楼、教育楼、图书馆都不见了，史凡诗、项博彤都记得口字楼是学生宿舍，口字中间南北各立一块独峰的太湖石，分别刻有"博学"、"笃志"，相当于校训。不知是恋旧还是没有与时俱进，反正两位老校友都觉得原有的四个字，比现在校门口的八字校训更有文化底蕴。当然，印象最深的是那条长廊，一个发券接一个发券，五六十个发券呢，拍出的照片绝对有味道。还有风雨大操场呢？那可是清代时考秀才的地方，记得中学时，常常去这儿练单杠、双杠、吊环、跳木马……

史凡诗记忆犹新的是有一年冬天，难得下了一场少见的大雪，作为班长的他，与好几位爱锻炼的男同学借了照相机，带了军大衣，来这儿拍雪地肌肉照。史凡诗先让大毛站在风雨操场外，自己对好了焦距，算好了距离，再把照相机给长脚，自己回到风雨操场，把衣服脱了，脱成光膀子，再把橄榄油抹在胸肌上，然后披上军大衣，裹紧后，来到室外大毛站的位置，猛地把军大衣甩给大毛，长脚以最快的速度按下快门。之后，一个接一个重复这个动作与程序，每个人都有一张雪地肌肉照。冰天雪地啊，大毛还冻得伤风呢，但凡是参与这壮举的同学至今没有一个懊悔，回忆起来还一个个津津乐道。

项博彤最难忘的是校最北边的那小河，在那儿，他第一次约了心仪的女同学去帮她复习，应对考试，在书里还夹了纸条给她，虽然没有结果，回想起来，毕竟十分的美好。懵懵懂懂的爱，不知算不算初恋？

可原来的小河填了，影子也没有了。原来的老房子、老树都没有了，代之的是崭新的教学楼、实验楼、图书馆、大礼堂，学校的整个格局都变了，变大了，变新了，变洋气了，变高档了，用时下的话就是"高大上"了。只是，关键的关键，学生时代的信息已荡然无存，即便想发思古之幽情也没有了载体，这还能算是我们原来的母校吗？心里不是个味。平心而论，这次娄城中学的百年校庆还是组织得非常好的，毕业于母校的佼佼者来了不少，有两院院士，有将军，有省市领导，有著名作家、艺术家，有影视明星，有牛气冲天的企业家。可以说很排场，住得好，吃得好，还有隆重的开幕式与大型演出，以及精美的礼品。谁要说不满意，那真的是没有良心，但与原来想象的太不一样了。

史凡诗与项博彤得出的结论：学校不差钱，还需要我俩捐赠吗？两人摸着口袋里的旅行支票都不好意思拿出来。

在校友座谈会上，史凡诗拿出了专门整理后带回来的几张老照片，有当年的学生宿舍口字楼，有长廊，有独立而耸的图书馆，有古老的风雨操场，有老榆树，有悬铃木上的那口铜钟，有口字楼的太湖石、有六百年的古紫藤，有已故老校长的照片，有"文革"时学校里的大字报、红海洋，有雪地里的肌肉照，这些照片被记者看到后，如获至宝，电视台与报社的记者都来采访史凡诗，报社还给他做了专版。校领导来与他商量，希望他把这些照片捐给校史室。史凡诗说：带回国的这些照片就是准备捐给母校的。

项博彤有些失落，他问史凡诗：钱，还捐不捐？

史凡诗不知怎么回答他好。

（原载《文艺报》2015 年 2 月 4 日）

辑五

有 痕

谢大立

疯子病了一场，欠下了店家的住宿钱。他只好重操旧业，挣钱还债。疯子的旧业，是给人排卦算命。摊刚铺开，几个酒鬼要他算算封寺的报应。善有善报恶有恶报，疯子不假思索地说。酒鬼们说，不对，在封寺该叫善无善报，恶无恶报……

疯子不想和酒鬼们扯事，一是扯不起，二是闻不得那一身的酒气，正想着怎么能摆脱他们，他们伸着青筋直冒的脖子说，算不清是吧？算不清劝你早点收摊子滚蛋！疯子的摊不过是一张画满了阴阳八卦图的脏兮兮的白布，他一把抓进手心，却带着几分不服气地说，你们认为作恶好也去作恶好了！

酒鬼们手指着他说，你要我们去作恶？你知道我们是多么痛恨作恶的人……疯子做出个制止的手势说，还是做善事的人可敬是吧？做了善事感觉到特别幸福是吧？酒鬼们皱起眉头，边思忖边吐字不清地说，你说的……好像是……有这么一回事……真是这么一回事……做了善事不幸福……谁还做善事……疯子急于摆脱酒鬼们，说，心里感觉到幸福就是善报！

在酒鬼们抓着脑袋琢磨他的话时，他紧走几步摆脱了他们。

可酒鬼们在他背后追着赶着说的最后那席话，却让他怎么也摆脱不了。他们说，你还没有告诉我们，是不是作了恶的人会感到不幸福，不幸福他们干吗还接连不断地做恶事……他明白，酒鬼们说的是这里的寺长。

他听不少人说过，寺长是靠钱当上的寺长，当上寺长后巧取豪夺。钱多了的寺长，无所不为。酒鬼们的话使他对寺长的内心世界产生了兴趣，躺在客栈的床上正想着如何探究时，蒙眬中被人一把揪住了领口，问他是不是白天在大街上怂恿酒鬼们闹事的疯子？他想争辩，却被人锁了喉，只能嗷嗷叫。对方似乎也并不希望他辩解什么，把他一顿狠揍后勒令他天亮后滚出封寺。

疯子一晚上都没睡着，一是气，二是被打松的牙齿和打肿的腮帮子痛得他不能入睡。打他的明显是寺长的人，他要去会会这个寺长。你让我痛苦，我不能让你好受，这是疯子的原则。天亮前，疯子制定出了对付寺长的策略。他对自己的策略很满意，不禁捂着腮帮子笑了。

击鼓告状，村长不叫村长叫寺长，可见这里的封闭。寺长对堂下站着的疯子一拍惊堂木说，大胆刁民，还不跪下！疯子将将山羊胡，一笑说，哪有原告给被告跪下的？寺长说，什么原告被告，你不会说你是来告我的吧？真是个疯子！疯子仰头一阵哈哈大笑说，你说对了，世人确实喊我疯子。寺长对他的手下说，还不给我打出去！疯子把手一抬说，慢，恶有恶报，你们就不怕遭报应！

一个师爷模样的人对寺长一阵耳语，寺长说，你不会是皇城来的钦差大臣吧？疯子真想用钦差大臣吓吓他们，冒充钦差大臣是犯法的，师爷的鬼鬼祟祟是不是在诱他犯法？他冷哼一声说，我要是钦差大臣，早问你的罪了。寺长也冷笑一声说，瞧你这德行也不像，你也别梦想有什么钦差大臣来问我的罪，钦差大臣不会来本寺，过去没来过，将来也不会来，现在就更不用说了，本寺天高皇帝远，就是钦差大臣来了又能怎么样？要能怎么样，早把我怎么样了！

疯子对寺长点点头，认这个理。他来前就认了这个理。对于他的点头，寺长似乎很满意，有点网开一面地说，听人说，你被本寺的民众列为不受欢迎的人，他们已勒令你离境，虽然你今天有冒犯本寺之嫌，本寺大人不记小人过，你走吧……

疯子打断寺长的话说，你误解了，我今天来，是想告诉你，有主能把你怎么样。寺长的神情有些紧张，问，谁？疯子说，阎王！寺长如释重负，哈哈大笑说，你真是个疯子，只有疯子才说这种疯话，你这话骗小孩子去吧，现在的人谁还信这一套……

疯子好像知道他要这么说似的，也哈哈大笑说，疯子我以前也是不信的，自从睡过包公的阴阳床后，我不得不信了，睡在那床上既可到天堂，也可到地狱，天堂里行善的人在那里享福，作过恶的人在地狱里被油煎火烤，哭天无路……他边说边察看寺长的脸色，啧啧着说，那报应可不是一般人能承受得了的……

寺长听着他的话，心神不宁，随后是惊恐不安……疯子心里得意地说，你不是不信这一套吗？你做坏事，就是因为你什么也不信……说着，他大喝一声，走了不陪！

他走到了外面，屋里还死一样地沉寂。他又在心里说，人啊，还是信点什么的好。

（原载《天池小小说》2014 年第 12 期）

水　牛

王　往

牛的命运，在阡陌的十字架上。

一头牛的童年只有五六个月，它们通常在秋天出生，等到来年的春耕时节，就要背负重轭，走向阡陌交错的田野。

提到牛，我简直不忍书写。作为一个在乡村长大的人，对它们无比熟悉，它们的苦难让我颤抖。刚刚出生的小牛，眼睛清澈如水，它在打谷场上歪歪扭扭地走着，几个小时后，就能撒腿奔跑了。它好奇地看着花花草草，看蜂飞，看蝶舞，看着炊烟越过绿杨树梢，看刨食的鸡，看闲逛的狗，看一个放学的孩子滚着铁环……它不知道这一切景致和它有没有关系。

当春雷在空中翻滚，当草尖从土层拱出，农人就要役使它了。是的，役使，不是招聘，不是推荐，不用商量，不可拒绝，只能接受奴役，绝没有半点含糊，半点人情。人们将它的鼻子穿透，插上鼻拘；人们在它的脖颈上套上枷锁："人"字形的牛轭；牛轭两边的绳子连着犁耙，鼻拘上的绳子握在人手，操纵着最原始的方向盘，人们将它当成了拓荒的机器。

在我们东部平原，一般饲养水牛。水牛力气大，有耐力，抗潮湿，适合半年旱谷半年水谷的农田作业。除了犁田耙地，它们还负责拉车、拉磨、打场、碾谷。所有的重活儿都落在它们身上，所有的艰难困苦都铺在它们脚下。

如同人们在付出劳动时常常遭遇不公，它们背负重轭却时时可能遭受鞭打。

耶稣走向十字架，是为了救赎众生，为了内心的信仰，而牛走向阡陌的十字架却是因为人类的逼迫。想起儿时的作文中，常常写"牛是人类的好朋友"，"牛为人类奉献一生"这样的话，我为自己的人云亦云感到脸红。

所有对牛的赞美，都是源于人类的私心，在获得利益的同时，用伪善的高论平衡罪恶感。

对牛来说，所有的赞美，都是阴险的欺骗。

没有人愿意做一头牛。

"一千篇颂词，也容纳不了一滴眼泪。"这是我怀念农民母亲的一句诗，隐含着我对某种虚伪赞歌的批判：它不过是欺骗和戕害的手段。人对牛的态度，同样如此。

从牛的角度说，它们决不愿意做人类的所谓朋友，决不愿意为人类奉献什么。

然而，它们又能选择什么？

自从被人类驯服，它们的辛苦就成了宿命。

啊，宿命，它让人多么无奈。

陀思妥耶夫斯基在谈到自己为什么写作时，说过这样的话：我怕我配不上我的苦难。人类有艺术宣泄自己的痛苦，让苦难转化、升华，那么牛呢？

它们的世界里没有诗歌、绘画和音乐，它们所有的精神支柱就是对宿命的认可、忍耐，它们活在与生俱来的十字架上！

如果有一头牛，敢于和人类抗争，只能加快自己的灭亡。我的朋友胡炎写过一篇小说，叫《德富老汉的最后结局》，文中的那头老牛偶尔不听使唤，便遭到了德富老汉的鞭打，老牛发怒了，将他顶在了地上，前腿跪在他的腹部，用尖硬的犄角挑开了他的喉咙……

小说结尾是：老牛被亲戚们打死后并未送去陪伴德富老汉，而是被剁成块分给村人吃掉了。这是一个漂亮的收场，它自然，妥帖，与生活极其吻合。牛顶死了人，下场肯定如此。平静的叙述中深透着对宿命的理解，对万物的悲悯。

是否可以这样说：正因为万物皆有宿命，人类才产生了一种叫"悲悯"的情感，悲悯才有其光辉的价值？

我来讲一个小故事。

我家曾经和庄邻护生家、老棉袄家合养过一头大水牛。合养的方法是：一家四个月，轮流饲养，共同使用：若有人借牛，至少两家都同意，颇有些民主精神。

大水牛到我家时，父亲每天夜里都给它上草，草都铡得细细的，拌了麦麸或豆饼。父亲说，马无夜草不肥，牛也一样；让它长膘就是让它长力气，它长了力气人才省力气。护生家对大水牛也照顾得很好，护生给它治虱子，捉牛蝱，还用竹箆子为它挠痒。我记得他挠到牛屁股时，牛就舒服得竖起尾巴。

在我们两家，牛总是壮壮的，连蹄子都闪闪发亮。可是到了老棉袄家就不行了，他舍不得给牛加精饲料，草也是粗粗地铡了，不用说夜里给牛上草了。牛到他家，日渐其瘦。我们两家曾经商量，出一份钱给老棉袄，让他退股，不跟他共了（共：方言，相处、合作之意）。但是老棉袄又不同意，说他家没有牛可不行，几亩地都要用呢。然后保证，好好养牛。可是，牛到了他家，他依然不尽心。

那年冬天，老棉袄的父亲凹头死了。下葬时，冰天雪地，路极泥泞，抬棺的人无法上路。有人想了办法，把棺材装到牛车上，拉到墓地。

牛车在泥泞中移动，泪水在脸上泥泞。老棉袄虽然不讲道理，对他父亲倒是不错，边哭边诉说着父亲凹头辛苦的一生，让送葬的人心生凄凉。

快到墓地时，大水牛身子一倾，前腿一弯，就要趴倒。

路，太滑了！

赶车的人吆喝着，大水牛挣扎着，就是支不起前腿。

人们紧张起来。

就见老棉袄走到车头，看看大水牛，突然双膝一弯，跪了下去，抱着牛头说：求求你了，大水牛，你就把我大送上坟吧，我知道我对你不好，我以后会对你好，你把我大送上坟吧，我大命跟你一样苦……

大水牛支起了一条腿，又支起了一条腿。

它站稳了。

赶车的人轻轻抖一下绳子，牛车的轮子动了……

人们看到大水牛的膝盖跌破了，血红一片。

几乎所有人都哭了，哭声犹如命运的狂雪，它不是来自于天上，而是来自于人间。

……

安葬了父亲，老棉袄对大水牛真的好了，四个月轮养结束后，他把大水牛交给了护生。护生接过牛绳时，老棉袄拍着牛肩胛说：

我不是跟你吹的，牛在我家这几个月，至少长了三十斤，护生，你信不信？

（原载《百花园》2015 年第 3 期）

北极的春天

许　仙

老火炼蛇在热带丛林生活了五百年，早就厌倦了热带丛林的生活；因为是热带，它从出生到现在，从来没有休息过，也不知道冬眠是怎么回事，每天活得很匆忙、很累，它就想好好地休息一下。老火炼蛇听说北方有个很好的休息之地，叫北极，它就狠狠心，走了。

老火炼蛇走出那片生活了五百年的丛林，停在丛林北边的一棵老树下；它回头望望自己一直生活着的地方，这一走可能就永远不回来了。老树是它几百年的老朋友，老火炼蛇总得跟它道个别、辞个行。老树非常吃惊，说你怎么会有如此稀奇古怪的想法呢？在家千日好，出门一日难；谁知道这一路上会遇到什么呢？老树劝它不要走，这里的生活虽说千篇一律，但熟悉得不能再熟悉了，所以才活得省心，你怎么活也不会出问题。老火炼蛇摇头道："唉，什么样的活法我都活过 N 遍了，没意思。"它绕树一匝，拥抱了一下老朋友，匆匆离去。

老火炼蛇一路向北，来到青山绿水的江南。江南美，它替老树可惜，如果老树生长在江南的青山上，那将是多么高大的树呀，不知令多少人赞叹呢。老火炼蛇逢山过山，遇河过河，旅途生活非常精彩。在山中它遇到一头大野猪。大野猪活了很多年，在野猪中已经是位长者，但它从未见过如此巨大的火炼蛇，吓得拔腿就逃。老火炼蛇奋起直追，它们俩在高山上赛跑，最终老火炼蛇截住了它。野猪苦苦哀求道："别吃我。"老火炼蛇笑道："谁说我要吃你了？"野猪颤抖道："那你追我干什么？"老火炼蛇说："玩玩呗，这多有意思呀。"野猪得知老火炼蛇要去北极，惊诧得铜铃大的眼珠子都出来了，它说："你是生活在热带的火炼蛇，去那个冰天雪地的北极做什么？找死呀？"老火炼蛇生气道："你才找死呢。我们蛇是冻不死的，那叫冬眠，等春天来的时候，我们就又苏醒了。"

老火炼蛇告别野猪，执意往北挺进。它一路跋山涉水，来到大草原。大草原芳草萋萋，就像铺了天大地大的绿绒毯，老火炼蛇在绿绒毯上翻滚、畅游，捕捉野兔，那个美劲就别提了。当它飞速地穿游在大草原上，就像一条移动的河流。数十只秃鹫发现这条彩色的河流，纷纷停在河流上。老火炼蛇回过头来，把秃鹫吓坏了，又纷纷逃上空中。老火炼蛇没有理睬它们，独自戏耍着，继续向北。秃鹫中的带头大哥好奇问它去哪儿，老火炼蛇说去北极。秃鹫们发出古怪的笑声。老火炼蛇问它们笑什么，秃鹫反问道："你知道北极吗？"老火炼蛇摇摇头。秃鹫大哥说："那儿成年雪花飞舞，冰冻千尺，你一条火炼蛇，虽说有五百年的道行，那也不是你该待的地方呀。"老火炼蛇说："知道那儿冷，我才去的。""呵，为什么？""我活了五百年，太累了，我想找个安静的地方休息，它们告诉我北极是最佳的去处。""你上当了！赶紧回你的热带吧。"老火炼蛇坚定地摇摇头，它说："即使是最冷的地方，它也应该有春天呀。"秃鹫大哥说："你会死得很惨的。"老火炼蛇却无所谓地笑道："那就死得很惨吧。死，其实是最大的休息。""简直无可救药！"秃鹫们不再理睬它。老火炼蛇就一往无前地向北，再向北。

秃鹫们认准这老家伙会死在去北极的路上，它们尾随着老火炼蛇，准备等它寿终正寝后收拾残局。老火炼蛇越往北，天气就越是寒冷，行动就越缓慢。秃鹫们跟了一天又一天，跟了一程又一程，但老火炼蛇夜以继日地游，加快了前行的节奏，尽管它游得越来越慢。秃鹫们估计它早就该歇菜了，但它却依旧坚持着。虽说蛇是冷血动物，但在这北方，外界的寒冷早就超过了它的冷血。这儿的低温连秃鹫们都感到绝望，可是这条来自热带的老火炼蛇咋就这么耐寒呢？它咋就还不歇菜？是的，老火炼蛇缓缓地扭动着巨大的身躯，一小弯又一小弯地扭动着身躯，慢慢地向它心中的北极推进。

跟随老火炼蛇已经很久的秃鹫早就不耐烦了，纷纷向带头大哥提议，老火炼蛇行动缓慢，失去反击的能力，现在大家合力攻击，定能将它收拾了。但是，奇了怪了，带头大哥却做出了一个令人啼笑皆非的决定：帮助老火炼蛇完成终生的心愿。秃鹫们傻眼了。带头大哥说："靠老火炼蛇的力量，是无法抵达北极的；但它的这种精神令我肃然起敬，我想借大家的力量送它一程，你们看怎么样？"秃鹫们也深有同感，齐声道好。

于是，秃鹫们抓住老火炼蛇身体的不同部位，齐心协力，用它们强有力的翅膀，带着老火炼蛇飞上天空，迅速向北极飞去。住在北极地区的爱斯基摩人，突然发现天空上飞过一道彩虹，惊讶得哇哇大叫。秃鹫们将老火炼蛇安放在北极一座空旷的冰岛上。老火炼蛇匍匐在晶莹剔透的冰上，感到从未有过的困意迅速将它包围，它知道那就是它想要的休息，便进入传说中的冬眠。雪落在老火炼蛇身上，雪落在雪上，老火炼蛇冬眠在厚实的雪堆中。

又是五百年过去了，春去春又回，老火炼蛇至今依旧冬眠在北极的雪层中。

（原载《百花园》2015 年第 7 期）

鬼　气

宋志军

描述一个官员，常会说他有官气或匪气，在李来安身上则有一股鬼气。因为此人思维行事与常人不同，鬼怪百出，匪夷所思。

说起官会镇的来历，据说古代这里是个非常重要的官道交叉口，南来北往赶路的官员们往往会在这里见面，于是免不了就近吃个饭，小饮几杯。

久而久之，这里就形成了一个集镇，叫做官会镇。

上世纪八十年代，李来安在这里任党委书记，此人长得白白净净的，是镇通讯员出身，腿勤嘴甜，办事麻利。

有一次县委书记到镇里视察，看这小子跑前跑后侍候得十分周到，也是县委书记一时高兴，随口说了一句，这小孩子很机灵嘛，愿不愿意到县委去当个通讯员呀？

李来安多聪明啊，连忙应道，叔，我愿意！他不喊书记而叫了一声叔，登时就让书记欢喜了一阵子。

书记没有儿子，打心眼里喜欢这个眉清目秀的孩子。果然几天以后，李来安就去县委当通讯员了，又过了不久，就认书记做干爹了。

自此，李来安算是交上了好运，先是转干，后又提拔，几年下来就成了县委办公室的副科级干部。又过了几年，赶上乡镇换届，竟一步到位地到官会镇当上了党委书记。

李来安当了书记，虽然文化不高，但脑子好使，做事就显出与众不同来。尤其是应付上级检查，他的许多做法想来真是匪夷所思。

比如说民政部门来检查镇容街貌，他竟然在头天晚上命人把经常在镇上活动的瞎子、瘸子们用一辆大篷车连夜拉到几十里外的荒野地里，让这些残疾人好几天都回不到镇里。

为此，这些瞎子、瘸子们在心里恨透了他，但也不敢轻易到官会镇的地盘上来了。

有一次，一个外地的算卦瞎子来到镇上，被李来安碰上了。也是一时图个好玩，李来安上前算了一卦。瞎子念念有词一阵后，对他说，你今生可以做官，而且可以做到七品。

李来安听后十分高兴，正要打赏，不料瞎子又说了一句，你当官可以，但别学李来安那个鳖孙，他可是注定不得善终的。把李来安气得，当场就把瞎子的卦摊给掀了。

还有一年，市里计划生育检查组抽查，结果抽到了官会镇。那个年代不比现在，计划生育是天字号工程，有一句话叫做"农村工作两台戏，计划生育宅基地"。这说明计划生育搞得好坏，直接关系到镇党委书记的升迁。因此，这检查组一到，李来安就如临大敌，使出了浑身解数。

只可惜检查组组长是转业军人出身，为人特别古板，好话不听、送礼不要，一时竟然难住了李来安。

可李来安是谁呀，那可是个绝顶聪明的人。很快，他就打听到组长的爱好，这人特爱打猎。

这一天，李来安对组长说，我们这里的斑鸠特别多，赶明儿我找几支猎枪，咱们打斑鸠去。组长一听，心里当时就痒痒了，忍不住诱惑一口答应下来。

到了下午，李来安带着检查组长一行，兴致勃勃地到郊外去打猎。谁知组长一枪打过之后，不远处倒下一个人来。此人五十多岁，捂着一条腿哎哟哎哟地叫个不停。

一群人连忙奔过去，只见那人满手鲜红，表情十分痛苦。李来安二话未说，立即安排人把那人拉走送进了镇医院。

检查组长吓坏了，他知道自己打伤了人，闯下了大祸，于是一言不发，不再较真，灰溜溜地回市里去了。那次检查，官会镇自然是什么问题都没有，不仅为县里争了光，而且当年还被评为了一级乡镇。

事后，李来安请那位所谓受伤的人好吃好喝了一顿。原来那人是一名镇干部，按照李来安的安排上演了一出苦肉计，至于手上的鲜血，不过是半瓶红墨水罢了。

李来安后来官至某县的县长，因为贪腐被拿下，不明不白地死在了狱中。官方说是自杀，说他用一块刀片割断了自己的股动脉，因流血过多而死。

可有人说，他哪里会是自杀，分明是被人灭口了。他哪儿来的刀片？又怎能在严密的监视下动手？况且他没有医学知识，又岂能一刀找到股动脉？

太多的疑惑啊。

真相到底如何，天知道呢。

（原载《小说月刊》2014 年第 12 期）

发　呆

徐均生

　　如果有一个很安静的地方，可以闭上眼睛，也可以睁大眼睛；可以什么都不想，也可以什么都想；或坐在那儿，或站在那儿，发上一会儿呆，那是一件多么美好的事！

　　这是芳菲收到的一条短信，她觉得很有道理。她也经常有发呆的想法，可要想实现很难。她忙完手头的活，就想发十分钟呆。她以为这是很简单的事，但只发了一分钟呆，脑海里跳出一句话：手机要刷屏一下，看看有没有朋友的新消息。她从包里摸出手机，开始刷屏，翻看微信。其实，微信里根本没有迫切需要查看的信息，不是一些幽默笑话，就是天南地北的社会新闻时评。每天都是这样的。这微信一刷，发呆就自动停止。

　　芳菲下班回家，更没时间发呆。她要安排晚餐，要陪女儿做作业，忙完这些，都过十点了，睡意早已经上来。更重要的是如果在家里发呆，家人会以为她有病。这是万万试不得的。

　　芳菲在单位是人事科的副科长，单位有关人事方面的大事小事，都要汇总到她那里，她还得整理造册。事情一件接着一件，没完没了。

　　这天，好不容易忙完了，芳菲赶紧去了天台，不带手机，不跟任何人说，只想发十分钟呆。天台没有人，很安静，阳光很温暖，在蓝天白云下发呆，真是妙极了。芳菲站在那儿，望着远处，闭上眼睛，脑海里什么都不想，她发呆了……

　　可能是很短的时间，也可能是很长的时间，芳菲忽然听到了有人叫她，"陈科长，你在天台吗？"她睁开眼睛，见内勤小张从楼梯跑上来，便问："你有事吗？"小张说："你女儿学校的老师打来电话，说你女儿发烧了，让你赶快去学校卫生所。"

　　芳菲跑下天台，冲进办公室，提了包就走，她边走边摸出手机，发现有两个未接电话，时间在五分钟前。原来她发呆五分钟不到。

芳菲赶到学校时，女儿还在挂盐水，烧退了许多。丈夫打来电话问她，老师给她打电话为何不接，她回答说上天台休息一会儿，忘了带手机。丈夫叮嘱她，以后一定要把手机带在身边，千万别忘了。

她眼睛湿湿的，忽然想哭，面对女儿又不好流出泪来。女儿对她说："妈妈，刚才我烧得最厉害时做梦了，梦见妈妈站在楼顶上不要我了。"芳菲紧紧地抱住女儿，泪流满面地说："不会的，你是妈妈的心肝宝贝，妈妈什么时候都要你的！"

能安静地发上十分钟的呆，依然是芳菲每天的愿望。这愿望一直实现不了。这天，芳菲去局里开会，会上的内容她在会前都知道了，便偷偷地溜出来，到这幢房子的天台。她很惊喜，天台上只有她一个人。她面对远方的群山，闭上眼睛，什么都不想，发呆了……

不知道过了多久，她听到有人喊话的声音："你千万别想不开啊，你还年轻还漂亮，人生刚刚开始，有什么困难，都可以解决的……"

芳菲睁眼朝声音望去，原来是对面楼顶上的人在朝这边喊话。这时候，喊话声从楼下的草坪上传来："芳菲同志，你要冷静，千万不要做傻事啊……"

芳菲这才明白，原来都是在向她喊话，可我没有要自杀啊！我只是想在天台上一个人静静地发一下呆嘛，我有深爱的丈夫，有漂亮的女儿，怎么会自杀呢？

可对面楼顶上的人还在喊话，这边楼下草坪的人还在劝说，还有天台上也有几个人过来了，弯着腰，偷偷地摸过来。芳菲觉得这太没面子了，真是丢死人了。

忽然有个念头闪过："这让我以后怎么活啊？"无论如何，丈夫不会理解的，女儿会轻视自己，婆家娘家人又会怎么看，这真的太让她伤心了。

她感觉无路可退，没法做人了，便有了自杀的冲动，眼前的路只有往下跳——她没有往下跳，瘫软在天台上。丈夫来接她回家了。

回到家，她跟丈夫说了发呆的事，丈夫说："我理解，我理解。"却没主动拥抱她。女儿躲她躲得远远的，好像很害怕。婆家来了一个电话问候外，再也没有什么。倒是娘家人经常来电话，劝说她万事要看开，千万不能走绝路。电话接得多了，她恼了，便恨恨地把手机给摔了。

丈夫默默地收拾，一言不发。这更让她生气，便大声地说："我没有自杀，我没有理由自杀啊，只想发呆一下，难道想发呆一下都错了吗？"丈夫连声说："没错没错。"丈夫说着话，就要出门。

芳菲望着丈夫的背影，顺手将茶几上的茶瓶狠狠地砸向丈夫……

（原载《天池小小说》2015年第1期）

公　众　影　响

万　芊

　　有一对甜美笑窝的归缨是桐城电视台的新闻主播。其实，归缨当新闻主播才一年，还只是个 B 角。有时台里有外拍任务，归缨也被安排到现场。

　　桐城跟响山是对口合作的友好地区。每年，桐城都要到响山搞一些有影响的活动。活动时，电视台总安排最强的阵容随队前往。这次，归缨也在其中。

　　几天紧张的采访活动告一段落。东道主在一处僻静的山庄安排晚宴，答谢桐城参加活动的领导、企业家、记者一行。归缨是主播，很自然地被东道主邀请坐上主桌嘉宾位。归缨不会喝酒，只拿了杯当地产的矿泉水笑眯眯地一一应酬着。活动搞得圆满，晚宴气氛自然也很融洽，酒来酒去，现场高潮迭起。晚宴结束，东道主和宾客们在微醉中握手道别。

　　分手道别时，归缨像明星一样，被东道主们热捧着，好不容易抽身去了趟洗手间。归缨是个喜欢安静的姑娘，去洗手间，其实是想暂时躲避一下东道主的过度热情。谁知，她这么一躲，竟躲出了大事。当她返身来到大厅时，所有的车辆都已经离开，包括她坐的那辆考斯特。偌大的山庄竟然走得一个人也不留，大厅的大门也被一条巨大的链条锁反锁着。这可是在前后没人家的大山里。归缨急了，忙打带班李副主任的电话。电话竟然关机。平时，归缨也没记其他同事的号码，这下惨了。她手机里有些家人和闺蜜的号码，但她不敢贸然打，她不想让家人着急，更不希望把自己眼下的窘境告诉别人，让人家有所猜想，以致弄得满城风雨。

　　山庄外的大山静得怕人，黑乎乎的，竟没一点灯火。大厅里苍白的灯光下，只有归缨孤身一人。归缨开始胡思乱想。她并不担心自己会没地方睡觉、没地方吃饭，她是个随遇而安的人。她只担心，这灯红酒绿的晚宴后她突然消失在公众的视线里，在没有任何人为她作证的情况下，她会怎样被人家猜测。在谁都知道潜规则的背景下，她纵然有一万张嘴，也将无法在别人面前解释：此时此刻，她究竟上了哪辆暧昧的小车。注意影响，这是父亲的告诫。想到这，归缨不禁打了个寒战。其实，这么多领导、企业家的小车，她可以随便上任何一辆，她可以很秘密地享受这种特权。也许，这正是大车把她"遗忘"的理由。想到这里，归缨想哭，但无济于事。

归缨环顾一下四周，大厅一边是一幅响山主景的山水屏风。过道里书报架上，叠放着好些响山的旅游景点、温泉、山庄、农家乐的图文资料，还有几本当地的乡土刊物《响山》。里面有文字不错的散文、诗歌、民间故事传说。

归缨稍做准备，以屏风为背景，用手机给自己拍了一段视频。

"各位观众，大家晚上好！我是桐城电视台的归缨。现在是晚上九点三十八分，我在宁静舒心的响山天源山庄为您直播。响山，位于……"

视频贴在QQ空间，一会儿，朋友圈里有人点赞，说归缨的手机视频一点也不比电视画面差，很自然，给人亲和的感觉。归缨的声音很甜美。

归缨又拍了一些图片，不多时，把图片发上了微信。归缨的图片，有文字解说，还有自己甜美的笑脸，很萌。朋友圈外的点赞也来了：妹呀，响山太美了，妹更美！

归缨又拍了一段响山主景介绍视频、图片，配解说。介绍到细微处，还配诗。归缨有的是时间，足以很从容，很随意，很率性。发上QQ空间，叫好声也来了：明天就去响山，归妹妹，请在响山等我们。

随意的归缨，什么都拍，拍自己喝剩下的半瓶响山当地产的矿泉水，还有那喝水时万分陶醉的神态，更萌，甚至把矿泉水的矿物质含量表也拍上去了。

归缨不停地拍、不停地发布、不停地读着观众的点赞，玩得很开心，忘却了身处的困窘和尴尬。

第二天早上，当李副主任一脸愧疚地出现时，她仍在拍呀、发呀，人很亢奋。她不知，这一个晚上，她视频和图片的点击和转发，达到了惊人的数字。一夜间，她成了明星。响山，也在一夜间，响遍了大江南北。

该结束了。归缨拍最后一段视频，说，各位观众，我是归缨，谢谢大家的陪伴，再见！

放下手机，归缨哭了。

（原载《芒种》2014年第11期）

扎西的菜园子

邢庆杰

扎西的菜园子，是来自山东的援藏干部老马帮扶着弄起来的。

老马是省农科院的技术员，来到日喀则地区后，在农业局当技术顾问，种菜是行家里手。

扎西本来对种菜不感兴趣，他已经习惯了祖祖辈辈传下来的放牧生涯。可当他看到老马什么都亲自动手，从翻地、施牛粪、扎棚、育苗，都盯在菜地里干，就不好意思推辞了。扎西一不好意思，干起活来的时候就特别卖力气。

一个多月下来，扎西的菜园子就郁郁葱葱了。老马一样样指给扎西：看，这是西红柿，这是辣椒，这是茄子……

扎西小的时候，他父亲曾收留过一个汉族的流浪汉，那个男人在他家里住了三年，小扎西天天和他黏在一起。所以，扎西从小就能听懂汉话，这也是当初要选他作为帮扶对象的原因。

一转眼就要过中秋节了，老马休假回山东。临走，他对扎西详细地交代了管理菜园子的方法。

回到家后的第二天中午，饭后，老马正斜歪在沙发上看电视，手机响了。他接起来，就听到扎西急促的声音，马顾问！马顾问！你快回来吧！出大事了！

老马的脑袋"嗡"一下就大了，在少数民族地区工作，他脑子里始终紧绷着一根弦，唯恐哪里出了闪失引发民族问题。

老马定了定神说，扎西，别着急，慢慢说，哪里出事了？

是、是菜园子，菜、菜出事了！扎西由于激动，有些语无伦次。

老马一听，放下心来，心想：菜能出什么事儿？

扎西紧张的声音又传过来，毒药，全是毒药，您快来吧！吓死人了！

老马刚刚放下的心又提了起来，毒药，难道有人投毒？

扎西说，我也不知道是什么毒药，全是红的，一大片一大片的，您还是快点来吧！我们一家都不敢在菜园边住了。

老马一听，这个问题严重了，现在，他们这个援藏点上的技术人员都回家过节了，只有自己跑一趟了。

老马坐飞机赶到日喀则，又坐车来到扎西所在的牧区时，已经是第二天的下午了。

扎西穿得像一头棕熊，正蹲在路边等着，见了老马，拉着他就往菜园子跑。

来到菜园子门口，扎西不敢再往里走了，他指着里边，战战兢兢地对老马说，那里，就是那里，全红了，像血一样红。

老马只看了一眼，就有种想哭的感觉。

那一片红，是刚刚成熟的西红柿。

想到自己大过节的赶了几千公里路奔到这里，只是因为西红柿成熟了，他就有些生气。但他转念一想，这也不能怪扎西，西藏这个地方，因为自然条件恶劣，以前除了萝卜土豆，根本就没有别的蔬菜，扎西从来没有见过成熟的西红柿，这是很正常的。

恐怕，大多数生活在偏远牧区的藏族同胞，都没有见过像西红柿、黄瓜、茄子等内地司空见惯的蔬菜……想到这里，他感觉到鼻子酸酸的，心里沉甸甸的，觉得肩上的担子更重了。

他拉过扎西的手说，扎西，跟我来，这不是毒药，这是世上最美味的蔬菜。

老马摘下一个大大的西红柿，用衣角擦了擦，狠狠地咬了一大口，然后又摘下一个递给扎西说，你尝尝。

扎西看了老马一眼，他相信老马不会骗他的，就学老马的样子，狠狠地咬了一大口！

顿时，扎西瞪圆了眼睛说，好甜！这是糖菜呀！

扎西的菜园子丰收了，扎西一家吃不了，就到处送人。

老马知道后，给他打电话说，扎西！帮你种菜，不是让你送人的，你要去卖，以后，这就是你的一项家庭收入。

扎西惊讶地说，卖？怎么卖？卖东西多丢人！

老马知道，传统的藏民，现在还保留着以物易物的习俗，他们还不习惯用人民币来交易。

老马就耐心地对扎西说，扎西，这些东西都是你花力气种出来的，还有大棚、种子等成本，别人拿去吃，给你报酬是应该的，就像你拿牦牛皮去换青稞一样。

在老马的说服引导下，扎西终于答应去卖菜了。

老马帮着扎西把已经成熟的西红柿、茄子、黄瓜摘下来，放在几个篓子里，然后绑在了两头牦牛的背上。

扎西要出发了，老马问，你不带秤吗？

扎西一愣，秤？秤是什么东西？

老马笑道，秤是称分量的，没有秤，你怎么按斤收钱？

扎西摇摇头说，这个你不用管，我们藏民，良心就是秤。

扎西骑着马，赶着两头牦牛走了。离这里二十多里的地方，有一个小小的集市。

老马望着他宽厚的背影，心想，这些菜，按斤论价，怎么也得卖个百八十块的，不知道这个憨家伙能不能卖到钱。

老马钻进了菜园子门口的帐篷里，他要等扎西回来。

一觉醒来，老马看了看表，已经是下午六点半了。现在是九月下旬，在内地，这个时间天已经擦黑了，而在这里，太阳还有几十层楼那么高，远处的雪山在阳光下烁烁生辉。

老马走下山，远远的，就看到扎西赶着两头牦牛回来了。

看到老马，扎西忽然兴奋起来，他不管那两头牦牛了，打马快跑着赶到老马面前，身姿矫健地跃下马背，有些激动地说，马顾问，钱，我卖到钱了。

说着话，他从怀里掏出了一把纸币，炫耀般用双手捧到老马面前。

老马一看，这些钱有五十元的、二十元的、十元的、五元的……大约得三百多块。

老马迟疑地问，这都是今天卖的钱？这么多？

扎西拍拍胸脯说，是的，都是今天卖的！

老马禁不住好奇，小心翼翼地问，扎西，你没有秤，怎么收钱呀？

扎西说，菜就放在地上，谁喜欢哪样菜就拿走，拿多少都行，钱也是随便给，给多少随心……

老马心里一动，茫然地看着扎西问，这就是你说的，藏民的良心秤？

扎西重重地点了点头说，对！良心！

老马看着这一脸汗水和灰尘的藏族兄弟，耳际忽然飘过一句他无意中听过的藏族民歌："……布达拉宫顶上的白云，是扎西哥哥纯洁的心……"

老马的眼睛湿润了。

（原载《小说月刊》2015 年第 2 期）

芒　种

聂兰锋

退休后的芒种爱上了雕刻，专雕葫芦。

雕葫芦？那是细活儿，芒种哪干得了？脾气躁得像头驴。八小集巷，芒种的街坊们七嘴八舌的话里带着轻蔑。

待芒种雕的葫芦被当做稀罕物挂在别人腰上了，街坊们又说，芒种那活儿，顶多算刻，跟雕不沾边儿。

雕也好刻也罢，你说你的，芒种忙自己的。一个巷子住着，议论两句那是不见外，当咱是自己人，芒种丁点儿没把议论他的话放在心上。

瞧，芒种这脾气，也像他刻的葫芦，圆润了。八小集有个九旬赵大爷，一拍芒种的脑袋，呦呵，你个芒种，还上境界了呀，给我也雕一个，大的，跟铁拐李那个似的，我带着进棺材。赵大爷把"雕"字使劲往重里说。

芒种嘿嘿笑着，大爷，您等着，二十年，保证给您"雕"出来。芒种也把个"雕"字往重里说。

赵大爷又拍芒种的脑袋说，你个芒种，二十年，我早到阿尔巴尼亚去了。芒种说，那就发一快递，给您老寄过去。赵大爷哈哈哈直把眼泪笑出来，说，好个芒种……

芒种雕的葫芦，大的比铁拐李的还大，小的跟大米粒一般，用的木材也是桃木紫檀花梨鸡翅不等。别管大小，一律不卖。芒种家的日子不宽裕也不困难，过得去。登门拜访者，谈不来的，芒种对葫芦只字不提；谈得来的，芒种以葫芦相赠，受者如获至宝。多数时候，受者临走都留下三张两张的钱，芒种跟打仗似的硬塞回人家口袋里，说，刻着玩儿的，收钱俗气。芒种连推带搡将来人拥走，嘴里说着再来再来。

巷口修车老刘，家有独子，八小集的人叫他瘦儿。瘦儿长身体的年龄母亲改嫁，他没长开身儿，像个小扭瓜。少年时的瘦儿，母亲带着他学过钢琴，全身只手指长开了，修长，有力。芒种看上的正是瘦儿的手指。

破天荒的，芒种收了徒弟。芒种说，瘦儿，叔看你闲着，教你个营生解闷儿。瘦儿扑通跪下叫着师傅要磕头，芒种说如今不兴这个，起来吧，叫叔。

　　瘦儿就围着芒种，叔长叔短地学起了雕葫芦。

　　芒种说，瘦儿，雕葫芦要的是神韵，其次是外形，无神韵的东西不要示人。玩葫芦讲究个玩字，玩的高雅，玩的有品。

　　芒种的媳妇是八小集最贤惠温柔的，她不喜欢芒种刻葫芦，更不喜欢他教瘦儿。她对芒种最生气最狠的语言也是软声的：芒种，别瞎耽误工夫了，刻那些死东西干啥，把眼都使毁了，还不如钓鱼呢。瘦儿这小年纪得干工作，跟糟老头混一堆儿，我说，你俩不是一路的呀。

　　妇人之见。芒种轻声说。搁以前，芒种会大嚷，死老娘们儿瞎秃噜。退休前芒种脾气躁，太多事情他看不惯，烦。

　　芒种依旧雕他的葫芦，瘦儿围着他叔长叔短地学手艺，芒种戴上眼镜口罩，腿上铺帆布围裙，口罩后边喊一声刻刀，瘦儿就麻利地递上刻刀；小号的，瘦儿就颠颠儿地递上小号的；砂纸，瘦儿轻车熟路递上砂纸。

　　日子久了，芒种不用喊，瘦儿就知道递啥，师徒默契得很。

　　后来，芒种就让瘦儿刻。瘦儿刻的时候芒种是不给递工具的，这时候，芒种的左手握一款朱泥小品紫砂，动动嘴，给瘦儿指点江山，看着瘦儿舞动细长的手指；再动嘴，一股淡黄溢香的温润茶汤涓涓流进喉管滋养全身；右手套了白纱布手套，手里是刻好的葫芦，芒种用的是手盘佛珠的工夫来盘他的葫芦，何时形成包浆以及包浆的火候只有芒种懂得了。

　　芒种对媳妇说，这才叫退休，老罗返聘，老田返不成急得哭。呵，我才不过那退而不休的日子，拿着退休金跟年轻人抢饭吃。自古功遂身退天之道也。媳妇说吃不到葡萄说葡萄酸。

　　一天，一位老友急火火地告诉芒种，说瘦儿在古玩市场卖葫芦呢，一个卖到上千元。芒种说瘦儿奶奶死了，跟他爸回老家处理事儿去了。老友说我亲眼所见呢，城北古玩市场，不信带你看看去。芒种停了一会儿说，算了。老伙计，来尝尝我新烤的茶。

　　老友边喝茶边与芒种聊起来，你这大枣茶随你的葫芦越来越讲究火候了。又说，老罗板凳还没凉就被调查了，老田睡不着觉得了忧郁症。芒种与老友唏嘘感慨一番说，老伙计喝完茶咱看赵大爷去，你看赵老也是一届领导，论官职比咱大多了，九十岁的人还那样好的精气神儿，此中有秘诀啊，咱讨教讨教去，刚好我刻了一大个葫芦，小叶紫檀的，给他押寿。

　　（原载《天池小小说》2015 年第 1 期）

乡　村　兔　事

李伶伶

清明喜欢打野兔。

打野兔最好的时候是下雪后。不管雪大雪小，只要有雪，野兔出来活动时，就会在地上留下脚印，有了脚印指引，一打一个准儿。所以每次雪停之后，清明都会去山上打野兔，运气好的时候一次能打到三四只，运气不好也能打到一两只。后来国家管制猎枪了，清明就改打为撵。撵野兔最好两个人以上，几个人一围堵，野兔就跑不了了。近两年不知什么原因，野兔越来越少，运气好的话能撵到一只，运气不好的话，白搭工夫。

这天下完雪，清明叫上两个朋友一起去山上撵野兔。不知是雪太厚了还是野兔真要绝迹了，清明他们在山上找了半天，也没发现野兔的影子。就在他们想打道回府的时候，忽然看见有只野兔探头探脑地从一个小山洞里钻出来。清明一阵惊喜，悄悄示意两位朋友赶紧上。三个人一个掐断后路，一个堵在前面，一个去捉逮，结果兔子却逃了。

三个人赶紧追。积雪没过脚踝，这么厚的雪，野兔应该跑不了多远。没想到它像打了兴奋剂似的，越跑越快，左弯右绕，拐过一个坡又一个坡，从南山跑到西山，从西山跑到北山，又翻过北山，跑进了山后面的村庄。清明他们一路追赶，追到了杨村。眼看就要逮住它了，野兔一个闪身，又跑掉了。三个人累得气喘吁吁，都不想再追了，这时却看见野兔正穿过小河，往清明家所在的村庄跑去。三个人都笑了，又打起精神继续追。进村后，野兔一路东冲西撞，最后跑进了大寒家院子。清明三人追进院子，看见野兔正靠在东墙边一动不动地喘气呢。

看见有人进院，大寒从屋里走出来，见清明，问他啥事。清明说没事，撵兔子呢，兔子跑你院来了。清明边说边走到墙边，把兔子拎了起来。大寒很奇怪，说，它怎么不跑呢？清明说，还跑？再跑就累死了！从山上一直跑到这儿，你说它跑了多远？二十里也不止！大寒说，它可真能跑！清明说，把我们都要累趴下了。清明边说边走出了院子。大寒说，不进屋坐会儿了？清明说，不了。

回到家，清明和两个朋友一起把兔子宰了，炖了一锅肉。大家美美地吃了一顿。晚上睡觉时，清明给媳妇讲了他们撵兔子的经过。听到是从大寒家院子里把兔子逮到的，媳妇问：你没让大寒一起来家吃兔肉？清明说，我干吗要让他来吃？他又没帮我一起撵。媳妇说，可是兔子跑到了他家呀！清明说，跑到他家就该让他吃啊？为撵兔子，我跑了多少路，流了多少汗，他知道吗？媳妇说，那你也该让一让他呀！清明说，我凭什么让他呀？媳妇说，清明你这样是要得罪人的。清明说，你别小题大做。

后来又有好几次，清明把野兔从山上撵到了村里，跑到别人家院子里，清明都是拿上兔子就走，没有邀请人家一起吃兔肉。清明不觉得这有什么，可是村里人都觉得清明这人有点问题。

两个多月没下雨，庄稼旱得不行，家家户户都在地里浇水。清明也想浇，可是他家地里没有井，附近地里也没有井。跟他的地挨着的大寒家却在浇地。清明问他的水是从哪儿引来的。大寒说，家里。清明说，这么远啊？有三里地吧？大寒说，三里多地呢！中间又加了个水泵，要不然水过不来。清明说，一会儿你浇完，把我那地也浇一下吧。大寒看了清明一眼，说，一会儿要给小寒浇。清明说，那等给小寒浇完，再给我浇。大寒说，小寒浇完芒种浇，芒种浇完立秋浇，立秋浇完冬至浇。清明说，那，我再问问别人吧。

清明又去找别人帮忙，可都说帮不了，不是说水泵坏了，就是说水管坏了。清明跟媳妇说，现在的人没人情。媳妇发现不肯帮忙的都是清明没请吃兔子肉的。媳妇说，你连块兔子肉都舍不得让人家吃，谁还肯帮你？清明说，就因为这个不帮我，太小气了吧！

后来是村里的福爷帮清明浇了地。清明跟福爷唠叨那些不肯帮他忙的人小气无情。福爷说，有福同享，有难才能同当。清明听后，沉默了半天。

后来清明再把野兔撵到谁家的院里时，都会叫上那家人一起吃兔肉，大家在一起，说说笑笑的很开心。有一次，兔子走这家窜那家的，前后进了六家院子。本着见者有份的原则，清明把六家人都叫来吃兔肉。六家人，加上清明一家，再加上跟清明一起撵兔子的朋友，一共十多个人，分吃一只兔子。那天兔子肉炖好后，清明又炒了两个菜，等他上桌时，兔子肉已经没有了。头一次，清明打了野兔，一块肉没吃着。

后来清明再没去山上撵野兔，雪下得再大，也不去了。

（原载《天池小小说》2015 年第 4 期）

项　链

符浩勇

　　清晨，李梅照例五点四十分就到了瑞海苑小区。这时候业主们都还在酣睡着，小区显得很安静。她是小区的清洁工，朦胧的路灯光下，她的身影显得孤单而寂寞。丈夫去世了，女儿上大学全靠她，她每天的工作就是把 H 区绿化带打扫得干干净净。

　　瑞海苑是这座城市品位最高的小区，是白领集中居住的地方。在一条两边开满杜鹃花的甬道上，李梅仔细捡着晚上掉落的叶子，她觉得这么漂亮的小区不应该有一点垃圾。突然，地上一样东西让她的心抖了一下！——那是一条金光闪闪的项链！还有一个海蓝色心形链坠！

　　"这是谁掉的呢？"她想四下没有一个人影，便将项链捡起，揣进衣服口袋里。

　　八点前，李梅早晨的工作也结束了，周末睡懒觉的业主们还未起床，她便回家里去，打算晌午再去小区寻找项链的主人。

　　吃过早饭，她快要出门的时候，一种欲望的本能像调皮的孩子一样从她心里蹿了出来！她试图让那调皮的孩子规矩一点，可没用。于是，她从衣服口袋里拿出了那条项链。

　　她其实骨子里很妩媚，只是，她的秀气被埋没了。那条项链使她的心潮起伏，穿衣镜前，她红着脸将项链挂在了自己脖子上！她顿然觉得自己从未像今天这样风韵迷人：白皙的脖子，光闪闪的项链，海蓝色链坠，做工异常精巧，戴上它简直妙不可言！……

　　她在镜子前沉醉了片刻，终于管住了心里那个调皮的孩子。"我戴过金项链了！"这样想着的时候，她将项链小心地取下来，放进衣服口袋里。

　　瑞海苑小区里，有一个"事务公示栏"，有时也有业主张贴些温馨提示之类的启事。李梅就先到那儿，想看看有什么线索。果然公示栏有一则寻物启事："本人近日在小区丢了一条金项链，欧式工艺，有海蓝色链坠。有捡到送还者，必有重酬！"后面，落款人是 H 区 22 楼紫竹座杨女士，还有联系电话。

李梅敲开紫竹座漂亮的大门，进了那套富丽堂皇的厅堂，拿出那条项链的时候，杨女士一看就惊喜地叫着："是它！就是它！"她把项链紧紧抓过手里。她很激动地说，这条项链对她来说很重要，那个海蓝色链坠里，有她最难忘的一段感情。杨女士没忘酬谢的承诺：递给李梅一万元！

李梅连连摇手，她觉得自己仅仅把别人的东西还给别人，这是任何人都会做的，怎么能要别人的钱呢？见她很坚决，杨女士只好收起了钱。

李梅起身要出门时，杨女士从卧室拿出一条很粗的金项链来，说："大姐，这条项链送给你，你戴上一定很漂亮。"李梅急了，说："你这是干什么？我不能要！"杨女士笑了，说："大姐您别误会！这是条仿冒的，就值三十块钱。"

"仿冒的？"

"虽是仿冒的，可看上去很漂亮，没人看得出来。"

李梅想想，就有点羞涩地收下了。

此后，李梅天天在小区绿化带清扫卫生时，脖子上就戴着那条仿冒的项链。她心里舒坦，觉得自己又长出妩媚秀气。

暑假，上大学的女儿回来了，惊喜地发现妈妈脖子上戴着一条漂亮的金项链，说："妈妈，您真美！"第二天，女儿要和姐妹好友聚会，要借妈妈的项链，她就给女儿讲了项链的来历，最后说："项链是仿冒的，只值三十块钱。"

"反正别人看不出来！"女儿高兴地戴上了项链。

晚上，女儿回来了。她一进门就对妈妈说："妈妈您骗人！我去金店找师傅鉴定过，这金项链不是仿冒的，是真的！"

"真的？"

"已鉴定了，绝对是真的！"

李梅终于明白了什么！同时决计将项链还给人家！

她在瑞海苑小区当了十二年清洁工，捡到过钥匙、手机、钱包、金戒指，都交到物业管理处，寻找失主，物归原主，她没有将一样东西据为己有！她唯一捡了没还的，是她十八年前在街边一个破旧的垃圾桶边捡了一个被遗弃的女婴。现在，女婴长大了，成了一名漂亮的女大学生。

她没有迟疑，毅然出门向 H 区 22 楼紫竹座走去。

（原载《当代小说》2015 年第 4 期）

缘 分 哪

崔 立

那一年，张山 32 岁。32 岁不小了，也该到结婚生孩子的岁数了。张山不急，倒是张山爸妈真的急了，说，你咋还不谈，你想我们走时闭不上眼啊。

无奈，通过介绍，张山认识了一个女孩儿。张山先是看到女孩儿的照片，看了几眼，不是很好看。爸妈说，去吧，兴许你去了，就看中了呢。张山真去了。

在公园门口，张山见到了女孩儿，女孩儿 30 岁。比张山小两岁。也是老大不小了。张山说，你叫什么？女孩儿说，我叫刘诗。张山想，好诗意的名字。张山说，你的名字真好听。刘诗说，还好。张山说，你是做什么工作的？刘诗说，会计。你呢？张山说，我在一国企上班。心底里，张山是看不中女孩儿的。女孩儿的谈吐还行，不急不缓，井井有条，就是丑了点。张山想，我是讨媳妇的，娶太丑的老婆会被同学朋友们笑的，要不，还是再看看吧。话聊了有一个多小时，张山说，再见。刘诗说，再见。然后，两人各自删了对方的电话号。

过了三年。张山走马观花，还在单着。张山挂了一家婚姻中介所，中介所老太太给了他一张相片，说，这个女孩子，漂亮不？张山看了，还真漂亮。老太太说，想见不？张山说，想。

张山在一家咖啡吧见到了照片上的女孩儿。张山来得早，坐在座位上，看着女孩儿推开门缓缓走来。张山的心里不住点头，漂亮，真是很漂亮。女孩儿走近了，并且坐了下来。女孩儿看了张山很久，说，我好像见过你？张山笑笑，说，是吗？女孩儿拍拍脑袋想了好久，说，你叫张山，对不？张山一愣，说，是啊，你认识我？女孩儿说，你忘记啦，我是刘诗，三年前……张山想到了那个刘诗，又摇摇头，说，刘诗可并不长你这样啊。刘诗笑了，说，忘了跟你说了，我改行了，做了化妆师，你看到的我这张脸，就是化妆出来的。张山点着头，说了声哦。话聊了有一个多小时，张山说，再见。刘诗说，再见。然后，两人各自删了对方的电话号。

又是三年。张山走过路过，孑然一人。张山在网上认识了一个女人，张山偷偷看了女人 QQ 空间里的照片，完全是惊为天人哪。

张山软磨硬泡了好久，女人终于答应了见面。张山想着，看来我寻寻觅觅，蹉跎着岁月，这个女人不会就是我命中注定的女神了吧。为了体现自己的诚意，张山特地将约会地点定在了一家高档会所。

在会所幽静的环境中，张山静静等待女人的到来。一会儿，女人完美的脸，踩着完美的脚步徐徐走来。女人在张山面前坐定后，突然惊叫了一声，呀！张山说，怎么了？女人想了想，说，你是张山？张山很惊讶，说，是啊。女人说，我是刘诗啊，你还记得吗？张山拍了拍自己脑袋，说，你是刘诗，不会不会，你蒙我的吧？张山使劲看着女人的脸，说，你再怎么化妆也不能化成这样？我记得，你这里这里是有颗痣的，还有，那里那里……再有，我今年 38 了，你比我小两岁，就是 36 了，36 岁的脸怎么可能是这样的呢。女人轻轻笑着，说，是这样的，我去韩国做了个全套的整容手术，去掉了痣，还有，其他其他……你别看我现在 36 岁是这样的脸，就是到了 46 岁、56 岁还会是这样的脸……

张山静静地听着，从一开始的错愕一直到慢慢地明白，并且理解。到最后，张山已经是在不住地点头了。张山不得不佩服这整容的高超，竟然能击败这岁月年华的侵蚀。

不过，能连续这么多年，都能遇到不同的刘诗。这是什么？这也太少见了吧。张山至今未娶，刘诗至今未嫁。想想，一个 38 岁，一个 36 岁。真的也是不小的年纪了。

不知怎么地，张山脑子里突然跳出了缘分那两个字。看着对面的刘诗，张山深情地说，喂。说巧也巧，几乎是在同时，刘诗也在说那两个字。

后来，张山和刘诗处了半个月，就急急忙忙结婚了。

（原载《芒种》2014 年第 10 期）

星 月 菩 提

周海亮

第二次与他见面，他送她一串星月菩提。是他亲自打磨的，用了两年时间。两年时间打磨出一串菩提，却在第二次见面就送给了她，爱情来得突然并且果断。

他说，佛教徒需要历练，爱情也是。他不信佛，可是他信缘分，信爱情，信地久天长。

星月菩提从此成为她的随身之物。戴上脖子，或缠上手腕，她显出一种与别的女孩不同的秀美与安静。时间久了，菩提珠开始变色、包浆和挂瓷，碰撞之时，清脆有声。她迷恋那种声音。

相恋一年后，他回老家过春节。之前因一点儿小事，两个人闹了别扭，临行前，她没有去送他。她很快后悔了。后悔了，却使着性子，既没有给他打电话，也没有给他发短信。整个春节她过得惴惴不安，心里总感觉有什么堵着，有时候，正盘着菩提，虎口会突然蹦跳起来，越来越快，不能控制。然后，她突然接到他的短信。他在短信里说：我不能再回去了，分手吧！

她被这句话击倒，病床上躺了整整半个月。半个月以后，她感觉到事情的蹊跷。她给他发短信，问：为什么？他答：我去了远方。她问：哪里？他不答。再问：哪里？仍不答。他的态度又让她病了一场，这次，整整一个月。

一个月以后，她鼓足勇气拨他的电话，他却不接。几分钟以后，再拨，仍不接。两小时以后，还拨，还不接。第二天，继续拨，继续不接。之后的半年，她不停地拨他的电话，然而那边的他，从未接起。只是，她给他发短信，他偶尔会回。只有一句话：对不起，我不再回去了。

她哭。夜里，冲着墙，手指轻轻摩挲着那串星月菩提。菩提珠颜色更深，更统一，每一颗珠子全都明亮似玉。他曾告诉她，星月菩提需要日久天长才能有玉般的感觉，而她，不过用了两年时间。

两年时间，她似乎走完一生。

她还年轻，可是她竟有了老人的模样和心境。她的人生开始加速，不见他的日子里，度日如年。有两个菩提珠开始开片，裂纹完美，温润逼人——那是别人需要一辈子甚至几辈子才能做到的事情。

有人劝她去找他。他们说，就算找不到他，也能找到他的老家。去他的老家问问，总该给个说法。她笑笑，不语。

也有人劝她忘记。他们说，你那么漂亮，那么聪明，又弹得一手好琴，不值得为一个负心人去等待。她笑笑，仍不语。

她开始读佛经。她读：菩提心是菩萨净土。她读：发菩提心深信因果。她读：菩萨初发心，缘无上道。我做作佛，是名菩提心。她读：菩提心，即是白净信心义也。她读：菩提心，名为一向志求一切智智……

她想忘掉他，她想变得刀枪不入，然而她知道，这不可能。

她终日以泪洗面。但她拒绝去找他。

又一年过去，某天，她突然寻一庵堂，削发为尼。除了那串星月菩提，她什么也没有带。

她终日诵经，手持星月菩提，二日沉静并且远。她断了他的音讯，断了她的尘缘，可是夜里，有时候，很多时候，当她轻轻摩挲那串星月菩提，当玉石般的菩提珠发出清脆的声响，她的心会痛，然后，越来越痛，越来越痛……

日久天长，菩提珠会变成玉，变成石。她的心呢？她希望她的心，也能变成玉，变成石。

如此，她便不会痛苦。

她不知道，三年以前，在遥远的大山里，他被一块滚落山坡的巨石砸中，不幸身亡。临死前，他对姐姐说，别告诉她。

别告诉她。他不知道他做对了，还是做错了。他即将死去，世间没有给他留下过多的思考时间。

姐姐也不知道，她这样做，是对还是错。她开着他的手机，却不敢接她的电话，只是偶尔，她会回她的短信。好几次，她想将弟弟去世的消息告诉她，她一次次写好短信，又一次次删掉。她不敢，不忍。她想她终会来。她来，她就将一切告诉她。

可是，她终没有来。她守着庵堂，诵经，种田，熬尽一生。

她不知道这些。她想知道，又不敢知道。她的心里，一万种可能，唯没有他已负心。她相信他，却不敢去找他。她怕在世间，找不到他。

她宁愿守着自己，盘着化为玉石的菩提，每一天，在胆战心惊中等待。

（原载《百花园》2014 年第 10 期）

你不知道的事

赵悠燕

海生原先是一艘船上的轮机长,有一年,他们的船行驶在海洋上,看见前而浮过来一个东西,海生用竹篙撩近一看,是具泡涨的死尸。船长说,那是宝贝,是遇难的兄弟,我们把他带回家葬了吧。

于是,船员们把死尸绑了拖在船后,上岸后,把他葬在山坡上。因为是无名死尸,竖的牌子上没有名字,只刻着捞上来的年月日。

也不知道是不是报恩的关系,那以后,海生那艘原先收成平平的渔船突然每汛都捞上大网头,没几年,成了村里的带头船。

海生老了,不再下海捕鱼,儿子在城里工作,孙子也上了初中,似乎一下子没他的什么事了。空下来的海生每天在村里转悠来转悠去,不知道自己该干什么。

那天,海生背着手逛到了村头的山上,从山上望下去,渺茫的大海无边无际。突然,海生看见海滩边飘过来一个黑乎乎的东西,凭感觉,海生知道是什么了,他在山上折了根竹篙子,快步走下山去。

果然是一具死尸,身子肿胀得变了形,半边脑壳大概被海浪撞掉了,可怕得瘆人。海生找了个麻袋,铺在肩上,背上死尸朝山上爬去。

那原先葬无名死尸的山上已密密麻麻葬了十几具死尸,村里人管这里叫"义冢地",有胆小的不敢朝这儿走,说野鬼欺生,也有人说他们全靠了村里人才不至于死无葬身之地,感恩还来不及呢,怎么会捉弄村里人。

海生找来铁铲和旧被单,在山上挖了个坑,把裹了被单的死尸放入坑内,双手合十,说了些安息之类的话,然后把坑填上土,踩结实了,又从附近折了些树枝,采了野花,做成一个花圈安放在坟头上。

老婆子女看海生一有空就去海边转悠,说他不会享清福,偏去干这种没人干的活。海生说一个人死于海难已经蛮可怜了,连葬身之地都没有更加不幸，我就算做些好事积点阴德吧。

这以后，海生又捞上来过几具尸体，都葬在了义冢地。清明节，他买了酒和水果去墓地，点上香和蜡烛，祈祷他们早日超生投胎去。

这天，村里来了一男一女两个外地人，说是找海生。原来他们听说前几天有个叫海生的人捞上来一个年龄六十岁左右的男人，他们想是不是自己失踪多日的父亲？

海生就带他们去了墓地，打开来确认后，帮着把死尸装入棺材运上船只，那一男一女拿出钱要谢海生，海生无论如何都不肯收，直到看着那艘船开出老远，海生才怏怏地回了家。

那以后，也不知咋回事，海生再也没了捞尸的劲头，人一下子蔫了许多，不久生了病，卧床不起。

子女把他送入医院，医生检查来检查去，也查不出什么毛病，说大概是心病吧。

但海生啥也不肯说，只是经常做噩梦，半夜惊叫着醒来，怎么也睡不着了，一直坐到天亮，白天则昏昏沉沉地睡着，夜半又是如此。这样晨昏颠倒，不久人瘦得脱了形，奄奄一息了。

临死前，海生把老婆一个人叫到床前，说出了心中秘密：那天他捞上来死尸后，在埋葬途中发现死尸腰上绑着一个油纸包，打开来竟然是一沓崭新的人民币，总共一万元。因为油布包着一点也没被海水浸湿，一念之差，海生竟把钱留下了。

可是，悔不该啊，海生说，那两子女来的时候自己还可以把钱交还，可他犹豫了，就这样眼睁睁地看着他们离去，永远失去了机会。

这病是惩罚我来着，我太贪心了啊。你说，我们家不愁吃不愁穿，我贪这一万块钱干什么。虽然这事你们都不知道，可我的良心知道哇。

海生在痛悔中离了世。

后来，海生老婆拿这一万块钱给那些葬在义冢地的无主尸做法事超度，每年清明节，她总是一个人拎着供品和香烛到墓前去祭奠。

（原载《文学港》2015 年第 4 期）

满族风情图之上三旗

田洪波

　　大画家张子恒画室的木椅坐坏了，准备换套新的。有人给张子恒推荐城西的乔木匠，说乔木匠的产业虽然做得不大，手工也慢，却比较讲究信誉和质量。之前，张子恒从报纸上看过他的报道，二话没说，亲自登门预定。

　　乔木匠五十开外的年纪，剃着板寸头，头茬泛着丝丝青白，慢条斯理听张子恒讲他的要求。

　　张子恒的画室三十多平方米，平时常有三五好友造访，喝茶品画聊天。因此，张子恒有意定制六把上好材料的木椅，一款式样讲究的茶桌。乔木匠用铅笔认真记张子恒的话，两道粗黑的眉毛拧着，在一个本子上不断勾画。一应手续办妥，乔木匠让张子恒回家等着量尺寸，言明时间上他会尽量往前排。张子恒这才醒悟，敢情预定家具的人不少，需要按号排队。

　　张子恒问能否提速？画室没有木椅可坐，好友不便上门交流，时间长了，甚至可能影响他作画的状态。他提了几个建议，乔木匠均摇头，到最后可能觉得张子恒的心态有点儿问题，兀自干笑出声。您安心等着就是了，该急时我自然会急。我们讲究产品的质量和信誉，交货时保证让你满意。张子恒尽管心有不甘，可也没办法，只好离开。

　　张子恒琢磨，这也可能是有意吊他的胃口，似乎不这样，不足以显示自家的活儿好。把这心思说给好友听，好友表示赞同，好友说可能真的这样。俗话不是说得好嘛，无奸不商！不过这样也好，我们可以一探他的手艺。但愿奇人有奇处，家具做出来，妙手回春，相得益彰，让你的画室从此增光添色。

　　谈不上望眼欲穿，时间却似乎过了很久，张子恒才等到有人上门量尺寸。乔木匠带着徒弟，亲自前来。张子恒客气地把两人让进客厅，吩咐家人沏茶，微笑说，你那么忙，区区一个尺寸，打发徒弟来就是了，何必要亲劳大驾？

乔木匠羞赧,哪里谈得上什么大驾呀?我得看看您家壁纸是什么颜色的,用什么样的木料配才合适。

张子恒心里嘀咕,别是又要给自己贴什么标签吧?嘴上应着,又忙着给两人递烟。两人摆手表示不吸。

乔木匠拿着尺,一丝不苟地丈量尺寸,徒弟小心翼翼配合。乔木匠问徒弟一个数字,徒弟答得有些含混,乔木匠的额头上暴起青筋,让徒弟睁大眼睛看仔细了,看清楚了。徒弟的脸涨得通红,欲言又止。张子恒解围,差不多差不多。乔木匠瞪起眼睛,差一点儿也不行!一是一二是二,看准就要叫准,关键时刻不能犯一点儿糊涂!

张子恒佩服乔木匠的认真,和他见缝插针聊起来,才知他是满族人,祖上曾是满族八旗兵中维护王朝风銮的镶黄守卫,在八旗中属于上三旗。张子恒大为惊讶,是护卫皇子的?乔木匠看一眼张子恒,一看就知您是知书通礼之人。正黄旗、镶黄旗、正蓝旗由皇太极亲自统领,称为"上三旗"。其余正红旗、镶红旗、镶白旗、正白旗、镶蓝旗,称为下五旗,由亲王、贝勒和贝子掌管,驻守各地。张子恒问,现在还有家谱吗?乔木匠说,听说老家有,没见过。满族后代,不多了啊……张子恒听罢笑着点头。

乔木匠说起准备采用的木料,以及用此木料的道理,张子恒连连称是。其实他心里还画着魂儿,生意人精明,没准儿是设什么套让人往里钻吧?

尺寸量完,乔木匠意犹未尽,绕着画室踱起步,谈起摆放木椅和茶桌的设想。张子恒暗忖现今这世道,能有如此认真之人,倒也属凤毛麟角了。但愿他有真本事。

接下来的日子又是等,等到张子恒差不多忘了这件事,乔木匠开车带着徒弟,上门送家具来了。乔木匠脸上喜气洋洋的,额头上不断有汗水流出。两人小心翼翼搬家具,放得也轻,似乎手里擎着的是易碎品,一不小心就会打破了。张子恒唏嘘不已。

乔木匠离远眯眼打量家具,又近距离探巡一番,才满意地在脸上堆起一丝笑。张子恒觉得他未免夸张,计上心来,提出一个把家具和画案对换位置的想法,乔木匠急了,眼睛瞪得很大,千万不可啊!这是最佳摆设了,跟您这画室的品性完全匹配。椅子背靠南北两个方向,茶桌居中,相互映衬,相得益彰。说完看向张子恒,您不会认为我多嘴吧?

张子恒笑乔木匠的紧张,彻底打消了心里的顾虑,满意地端详起家具来。

乔木匠用手一遍遍抚摸着光滑的木头,满眼爱意。那眼光不似看家具,倒像是面对可爱的亲生孩子,怎么看怎么喜欢。张子恒心里温暖,谢谢您的倾心劳作。在我看来,您不是一个普通木匠,可以堪称大师了。

乔木匠朗笑，您太抬举我了，我本就是个普通木匠。不过我们这个行当，讲究恪守木匠之道。虽然这在当今可能是稀缺资源，但我要求自己做到。

张子恒连连点头，拿出多一些的钱给乔木匠，乔木匠坚决不收。张子恒只好把两人送下楼，送出小区很远很远。

回屋面对光亮的家具，想着上三旗的茬儿，张子恒笑出了声。

（原载《东风文艺》2015 年第 1 期）

辑六

羊

刘荣书

马灯的玻璃罩能拿下来擦拭。由于总是擦不干净，灯光便显得更加朦胧。灯油是从灯的底部添加的。纱线浸油做成的灯捻被螺旋状的螺丝卡紧，旋转螺丝，可调整火苗的大小……此时马灯悬挂在一棵桃树的枝杈上。灯光将细长的树叶无限放大，使之虚幻地投映在对面的羊圈里。父亲在羊圈里跪伏着身子。黑色夹袄像蝙蝠巨大的翅膀。男孩抵在父亲身后，试图将身子挤到前面去。但羊圈内空间狭小，青草的香味以及羊粪的腥臊充斥了整个羊圈。

替我把袄收着。父亲说，抖了抖肩膀。他向前扎撒着两手，手上沾满脏污的血水。由于男孩老是朝前挤，致使父亲整个身子跪伏在地，头险些跌在母羊屁股上。

净添乱，也不长个眼色！父亲呵斥着他。

男孩揽过父亲背上的衣服。先是抱在怀里，等他再次蹲伏在父亲身后时，那宽大的衣襟整个拖坠到地面。便只好站起来，将夹袄搭在肩上。袄襟老是遮住他的眼睛。父亲恰在此时说，去，到屋里把烟荷包给我拿来。

男孩"嗯"一声，仿佛得了急令，闪身向屋子里跑去。

从春天开始，男孩便得知母羊揣了羊羔的消息。家里的这只母羊，是从外婆家牵来的。男孩喜欢羔羊，而外婆则像男孩喜欢羔羊般喜欢他。外婆家的任何东西，男孩都可以无条件得到……母羊成了男孩寂寞时最好的玩伴。每当他牵了它，去池塘边吃草时，总觉得形单影只。一只羔羊，一个男孩，未免落寞了些。男孩的眼前会出现一只羔羊、两只羔羊、三只羔羊或一群羔羊的影子。耳边也会响起羊群此起彼伏的叫声……为此他便特别地注意了母羊的肚子。那肚子日渐丰隆，即使饿着，也圆滚滚坠向地面。男孩用手触之，感觉里面暗潮涌动，仿佛藏了不知名的神仙。他掰着手指掐算母羊生产的日子。那日子是母亲告诉他的——猫三狗四，牛九羊六。母亲说，羊要怀胎六个月，才会一朝分娩。

男孩从屋里拿了烟荷包，递给了他的父亲。

父亲抬手去接，又摊开手掌，无奈地看着他最小的儿子。父亲手掌脏污，又怎么来卷烟呢？男孩眼疾手快，手指去唇上蘸了点儿唾沫，捻了一张指幅宽的烟纸。一手抵紧烟纸一端，另一只手灵巧地将烟纸呈螺旋状缠绕，使烟纸卷成喇叭筒形状。拉开烟荷包封口，将焦黄的烟末摊在掌中，手掌倾斜，将烟末倒进喇叭筒里。捻动指头，将卷烟的上端旋紧。又伸出舌尖，用唾液将烟筒的末端粘牢，这才将卷烟调头，用牙尖"咯嘣"一声将烟蒂咬断，随手把整支烟栽在父亲的嘴巴上。

母羊不安地在羊圈里转着身子，不时将屁股调过来，却又很快扭过身去。不时将嘴巴凑到父亲脸上，求助般低叫一声。

男孩轻声对他的父亲说，羊哭了。它是不是很疼啊？

它疼。但怎么会哭呢！

父亲坐在草堆上。吸一口烟，两手搭在膝头。

羊又不是你娘，你娘生你，倒是哭爹喊娘哭得厉害。

你先看着，羊水还没破呢，我看还要再等上半个时辰——我去撒泡尿。

于是男孩便单独地面对了这分娩前的母羊。母羊泪眼晶莹，用湿润的鼻唇触碰他的额头。男孩心疼地抚摸它，抓一把青草，递到羊的唇边。

羊嗅了嗅。叫了一声。身体更加激烈地颤抖。

一阵风吹过，马灯在桃树枝头乱晃，黑暗也便在漆黑的墙壁上如蜉蝣般逸动。男孩看见，从母羊胯下流出的血水越发汹涌。给男孩的感觉，就像春天的河水泛滥，似要冲溃堤岸；又像被薄云裹住的太阳，在云层里颤动、弹跳……而最让男孩心动的，却是生命破茧而出的瞬间——随着生命体液的喷薄而出，羊羔的头先是露了出来，男孩耳边响起了鸟叫，大群的鸟叫，掠过青翠的芦苇荡；雨声，细润甜蜜的雨声，充斥了整个雨季的雨声。寂寞使男孩在晨昏里熟睡，做了一个又一个梦……

他一声尖叫，声音里充斥了欣喜与惊愕。那喊叫的尾音里竟拖拽了一丝呜咽。

父母被他的叫喊惊动，纷纷从屋子里跑出来。他们手忙脚乱地帮母羊分娩。似是忘记了男孩的存在。直到他们洗干净手脸，疲惫地返回屋子里时，夜此时已经很深了。

男孩蜷缩在炕角，大睁着眼睛，仍没有睡去。

生了几只？男孩问。语音里掺杂了一丝莫名的干涩与惊恐。

母亲用毛巾揩着手，伸出两个指头。

马灯仍在夜的深处亮着。男孩从窗口望出去，什么也看不到。等男孩睡着时，外面的风似乎刮得更紧，响着瓦棱上青草倒伏的声音。灯油慢慢耗尽，那消失的光亮，好似热风浇熄了五月里的灯盏。

（原载 2015 年 6 月 1 日《贵州都市报》）

百 羊 川

赵文辉

在豫北乡下走一走，要不就是黄土丘，要不就是尖山洼，平原总是被村庄阻隔，辽阔不起来。黄土丘趟过，除了绕脚的灰土和地头几棵狗尾巴花，再没有什么让你注目的地方。"呸，亏你还是吃小米饭长大的！茄庄百羊川知道不知道？长贡米的，皇帝，皇帝老儿吃的！"弓身如虾，眼角挂着眵目糊的老人很不满，把轻视豫北乡下的后生训得一溜跟头："大碾萝卜香菜葱，茄庄小米进北京！知道不知道？"

百羊川坐落在茄庄屁股后面的山坡上，别以为真能容得百只羊撒欢，豫北不好找策马扬鞭的场地，更别说在山上。百羊川才一亩几分地，居然平平坦坦，就像山水画上摁下一枚印章。这可是块好印章：茄庄的坡地靠天收，没有机井，山又是个旱山，一秋不下雨，坡上还真的收不了几把米。惟有百羊川旱涝保收，越旱小米还越香！老辈人迷信说，百羊川是神田，其实是这块田占对了山脉，下面一定是一根水脉。因水质特别，加上土是黑红熏红的胶土，长出的谷穗又肥又实，碾出的小米喷香喷香，黏度好。明朝年间潞王落魄于此，一尝便不再相忘，居然餐餐不离茄庄小米。并且年年上贡茄庄小米，又修了一座望京楼天天眺望，以表忠心。这不过是一段野史，无从考证，倒是当年从豫北走出去的那个副部长，因为爱吃茄庄小米，要把百羊川的主人提拔成公社书记，却是千真万确。

这主人就是水伯。水伯的祖上就有过要被提拔的经历，说是提一个县令，祖上没去，依然布衣老农，守了下来，就一直守到了水伯这一辈。水伯不稀罕什么公社书记，他只稀罕百羊川的秋天，风吹嫩绿一片，最后变成满坡金黄。农闲的水伯在屋前屋后堆积草粪，坑是上辈人挖好的，水伯只管把青草、树叶、秸秆一古脑填下去，再压上土浇上大粪，沤成肥壮肥壮的松软的草粪，一担一担挑上百羊川。要不就是去拾粪，跟在牲口后面，牲口一撅屁股，便抢宝一样撅上去。水伯从祖上接下这个活，一直干到了现在。茄庄的大人小孩都知道，百羊川的小米一直到今天还这么好吃，都是沾了草粪的光。

　　水伯家的小米每年秋后都有人开着小车来买，买的人多，米少，买主常常为此吵嘴。后来干脆提前下订金，再后来就比价，比来比去，一斤小米比别人家的竟高出几倍。水伯的儿子受人指点把"茄庄小米"注了册，进城升起了门市部，兼卖一些土特产。几年之后在城里置了房，又要接水伯去。水伯确实老了，锄头也不听使唤了，好几次把谷苗当成稗子锄起来。儿子要留下来照看百羊川，水伯不放心，进城前一再关照："山后的草肥，多割点沤粪。这几年村里掀房的多，给人家拿盒烟说点好话，老屋土咱都要了，秋后翻地撒进去，'老屋的土，地里的虎，'百羊川离不开这些！"千叮咛万嘱咐，水伯才离开了茄庄。

　　儿子却不老老实实在茄庄侍弄谷子，三天两头往城里来。水伯很不放心，问："你来了，谁看着百羊川？"儿子说："雇了村里的光棍老面，老面多老实，叫地上十车粪保证不会差一锨，老面又是种地的老把式，爹你还有啥不放心的？"水伯信了儿子的话，不再追问。再说水伯腿脚也真不中用了，下个楼都要人搀着。有时想回去看看百羊川，又一想自己的腿脚，也就罢了。

　　这一天，楼下忽然响起一声吆喝："茄庄小米！谁要？"

　　水伯的心一阵痒痒，他知道又是一个冒牌货。但他知道这冒充的一定是茄庄一带的，他想去揭穿他，又不忍让他太难堪。家里没有其他人，水伯就强撑着下了楼，问卖小米的："哪的小米？"

　　"哪的？还用问？百羊川的！"

　　水伯笑了，说："别说瞎话了，我是百羊川的水伯！"几个正买小米的妇女一听，扔下装好的小米走了。卖小米的很恼火，瞪水伯："你百羊川的咋了？还不跟我的小米一个样，都是化肥喂出来的？"水伯还是笑着说："你可不能瞎说，百羊川的小米，没喂过一粒化肥。"卖小米的收拾好东西推着车往外走："哼，百羊川才一亩几分地能产多少小米，撑死不过一千多斤！你儿子一年卖十几万斤茄庄小米，莫非你百羊川人能屙小米？把陈小米用碱搓搓，又上色又出味，哄死人不赔命。哼！"

　　想再问，卖小米的已走远，水伯愣在那里。

　　……水伯一人搭乘中巴回到茄庄，见人就问："我儿子真的在卖假小米？"被问的人都摇头。水伯明白了，踉踉跄跄爬上百羊川。正是初冬，翻耕过的百羊川蒙了一层细霜，一小撮一小撮麦苗拱出来。麦垄上横着几只白色化肥包，阳光一照，泛出刺眼的光，直逼水伯。水伯嗓子里一阵发腥，哇的一口，一片鲜红喷向了初冬的百羊川。水伯扑通一下倒了下去。这时，除了一只山兔远远地窥视着水伯，初冬的山坡再无半个人影。

　　百羊川静极了。

（原载《天池》2014 年第 11 期）

习　惯

李香淑

老金站在乱哄哄的上海浦东机场的大厅里，有些无奈，有些气急败坏。他妈的，头一回乘坐春秋航空的飞机，头一回出国，头一回去日本，头一次图便宜网上购票，竟然这么憋气！行李限重15公斤！光行李箱就有5公斤了，还能装啥啊？白瞎老金买这么大个的拉杆箱了。还加钱，还300多块，去你的！不就超了4公斤吗?！没听说哪个航空公司除身上穿的衣服以外都算重量的。

老金闪到托运行李窗口附近的一个立柱边上，哗的一声，打开拉杆箱，拽出装有自己衣物的塑料袋，刷刷两声，拉开上衣拉链，裤子拉链，下身露出裤衩，上身露出背心。众目睽睽下，老婆特意买的韩国花裤衩、白背心套了3套，百货大楼买的线衣、线裤套了3套，定做的西服一套，淘宝淘的狼爪户外服一套。好在老金超级瘦，虽然行动不便，但终于是过关了！哼，反正也没有熟人。

春秋航班上没有免费的午餐，没有免费的饮料。老金忍了3个小时，即将见到儿子的喜悦让他有了无穷的抗饥饿能力和抗口干舌燥能力。当然，期间去卫生间一次，待了15分钟，脱了身上多余的衣裳。出来一看，门口排了一长队，每个人身上都是鼓鼓的。老金好生安慰，都是同道中人啊。

下了飞机，老金终于踏上了日本大阪的土地。

儿子高了，壮了。见了老金上来就是一个大熊抱，还狠狠地，勒得老金有些喘不过气来。这让老金很是不习惯。

从前，儿子很混蛋。让他妈惯得天天鸡飞狗跳，不是老师找就是家长找，从上了初中就开始谈恋爱。高中毕业，好的大学肯定没戏，三流的还不想去，只好留学日本。讲好了，日本可以去，出国的费用老金可以出，但出去以后的学费，住宿啊，吃喝啊就不管了，自己想辙吧。儿子也争气，端盘子、站超市、扛大活都干过，后来和同学往国内倒腾尿布湿发了。这不，在他大学毕业前，非让老金两口子来日本玩玩。老金老丈人突然得了肝癌，要不那败家媳妇能不和老金一起来逛吗！

儿子领着老金天天就是玩啊，玩了大阪玩京都，逛了商场逛寺庙。日本给老金的印象就是：确实干净，确实安静，确实有序。这让老金很不习惯。

老金和儿子去商场的卫生间，看到卫生间里好多成捆的手纸，排得整整齐齐的，就顺手拿了一卷。儿子拉下脸说，爸，你别丢人，这不是国内，到哪都不缺手纸。老金的脸红了一下。

老金和儿子去坐电车，人很多，便要往前挤，儿子拉开他说，爸，排队。老金的脸红了一下。

老金在儿子家把用过的手纸扔进垃圾袋里，儿子告诉他说，爸，垃圾不能这么扔，这里是垃圾分类的，这个扔进白口袋里。老金的脸红了一下。

去富士山玩的那天，老金和儿子坐大巴，大巴里有好多中国游客，老金很兴奋，听着乡音这个亲切啊，老金就和中国游客兴奋地交流。到了服务区上了卫生间，车开了接着交流。就是兴奋！这几天语言不通，只能和儿子说话，可把老金憋屈坏了。车行三十多分钟，老金突然发现包不见了。包里有刚在免税店给老婆买的一套日本 SK II 化妆品，五六千块呢。老金回忆起来，应该是在服务区卫生间里纠结是不是拿一卷手纸时，把包放在卫生间水箱上面了，中国导游安慰他，没事儿，丢不了。后来，包还真找到了。一个日本老头把包送到了服务区管理部门。

回国的时刻到了。老金鉴于在上海浦东机场的教训，在托运行李前指示儿子，我这行李肯定是超重了，这个手包你拿着，挺沉的，就说是你的，不登机的，春秋航空窗口中一个半老的、脸白白的日本女人，用比较流利的中国话指着儿子手中的包问儿子，请问先生，这个包也要登机吗？儿子回答，是。

得，超重！三万日元！折合人民币 1700 块！老金儿子二话不说立马掏钱。把老金这个气啊！横了儿子一眼，头也不回地走向安检。

后来，儿子发来微信说，爸，不好意思，我知道你生气了。可是，我已经不会撒谎了。

老金无语。回国后，老金发现他出名了。网上盛传一个"穿衣哥"在机场脱衣服、穿衣服的视频，主角正是老金。

后来，老金时常登帽儿山。登山时，老金吸着烟，溜着狗。狗很随便，跑几步尿一下，跑几步尿一下，偶尔还大便一下。

老金就叼着烟，抚摸着狗脑袋，很习惯地说，拉吧，拉吧，反正也不是在日本。

（原载《天池》2015 年第 5 期）

官　瓷

曹洪蔚

在琳琅满目的瓷品中，北宋官窑青瓷出类拔萃、精美绝伦、古气盎然，被视为瓷品中的瑰宝。

据传，官瓷由宋徽宗亲创。宋徽宗赵佶是失败的政治家，却是成功的艺术家。他在艺术上造诣颇深，追求精美、雅致，崇尚古色古香。他的书法技艺更是一绝，被世人称为"瘦金体"。被宋徽宗招到东京汴梁的官瓷工艺大师们，秉承汝窑之精华，将登峰造极的汝瓷制作艺术与高洁完美的"徽宗艺术"熔为一炉，使官瓷脱颖而出。宋官瓷造型古朴，釉色润美，无图案、少纹饰，疏淡典雅。釉面纹片因受冷热差异形成，窑变有冰裂似的纹路，微黄如金丝，暗红似鳝血。是精美艺术与精湛工艺的完美结合，是宫廷艺术与大众文化的巧妙融会。

言归正传。汴梁城有一处"鬼市"，"鬼市"有一个古玩旧货市场，逢周六周日开市。赵乾运家住娘娘庙街，离"鬼市"不远。打退休开始，他每周都去那里转悠、淘宝，收藏了一些古董，有真的也有假的。为这，老赵没少挨老婆的骂，说他是要饭的念诗——装高雅，把家里的那点儿积蓄全倒腾光了。老赵说："存钱啥用啊，老贬值，收藏点儿东西多好啊，保值增值，遇到急难险事，一出手，大钱就来了。"他还背地里骂老婆，鸡蛋壳里发面——没有个大开头儿。

喜欢收藏古董的人往往爱交友，曰藏友。他们聚在一起，互赏藏品，分享乐趣，很多人成了挚友。赵乾运最铁的藏友叫杜芝勋，年龄比老赵大一岁，也爱逛"鬼市"。每每逛完"鬼市"，两人一个打酒一个买菜，聚到一块喝一壶。喝到"小驾云"，各自回家睡觉。

这天又是周末，老赵在"鬼市"上没有看到杜芝勋的影子，怀疑他家里是不是出了什么事。一路打听，老赵来到杜芝勋住的酱醋胡同，找对门牌号，却是大门紧闭。邻居告诉他，杜芝勋前些日子病了，病得很重，好像是脑溢血，让救护车给接走了。老赵听了，急忙赶到医院，一问，杜芝勋还在重症监护室住着，他的老伴儿正蹲在门口掉眼泪呢。杜芝勋的老伴儿说："这重症监护室简直是喝钱呢，一天一万多，这都交了十几万，还没把老杜看醒呢。眼看交不上钱，人家要把他转出来，要那样是死是活就不好说了。大兄弟，你说可咋办呢？"杜芝勋的老伴儿最后说，"大兄弟，你也是搞收藏的，懂行，我领你到家瞅瞅，看他存的那些东西有值钱的没，有的话，你帮忙卖了，给他交医疗费吧。"老赵点点头，说："救人要紧，如今也只能这样了。"

杜芝勋的收藏架上摆了不少东西，值钱的不多，有一件吸引了赵乾运的目光，是一个青瓶官瓷。老赵说："有它，就够给勋哥看病了。"

第二天，赵乾运赶到医院，给杜芝勋交了三十万医疗费。一周后，又交了二十万。钱跟得上，病好得也快，一个月后，杜芝勋便康复出院。

病好后，杜芝勋还是爱去逛"鬼市"，只是不能陪老赵喝酒了，就看着老赵自斟自饮。赵乾运喝到"小驾云"后，杜芝勋就嗔骂他："没见过你这样做兄弟的，趁火打劫，夺人之爱，把我的青瓶官瓷给骗走了。走着瞧吧，我这辈子拼尽余生，也要把这宝贝给赎回来。"赵乾运说："能得到你这宝贝容易吗，我把房子都卖了，到现在，老婆还对我爱答不理的呢。"杜芝勋说："该，谁让你爱宝如命呢。"

又是个周末。杜芝勋在"鬼市"逛了有一个来回还是没等到老赵，正纳闷，忽听人说宋门里出了车祸，一个老头子被人给撞了，挺厉害的。杜芝勋一听，拔腿就往宋门里赶，一看，果然是老赵。随着救护车，杜芝勋陪老赵去了医院。老赵伤得很重，直接就进了重症病房。他老婆赶来，一听这情况，当时就瘫了下去，说："家里刚刚卖了房子，存折上也就剩有几千块钱，还要交房租。老赵这是作死呢，没人救得了他。"杜芝勋听完，对她说："嫂子您放心，我能救老赵。您家不是收藏有一件青瓶官瓷吗，卖了它，就够了。"

杜芝勋把那件官瓷拿走了。第二天，杜芝勋赶到医院，给赵乾运交了三十万医疗费。一周后，又交了二十万。钱跟得上，伤好得也快，一个月后，赵乾运便康复出院了。

出院后，赵乾运还是爱去逛"鬼市"，还能碰到杜芝勋，只是两人都不再喝酒了，就聚在一起抽烟，闲喷。赵乾运说："真是造化弄人，你的官瓷宝贝在我手里还没暖热呢，就又被你夺了回去。"杜芝勋说："兄弟，夺回这宝可不易呀。我也卖了房子。"

说着说着，老哥儿俩都哭了。他们从一开始就知道：那个青瓶官瓷是假的，也就值三五百块。老哥俩儿流泪，是被一些真的东西感动着。

医　心

明晓东

街上喧闹声传来时，王仁甫正在医心堂和白忠孝对坐品茗。

听着外面日本兵叽里咕噜的叫喊声和皮靴重重敲击青石板街道的声音，白忠孝的手一阵颤抖，绿莹莹的茶汤淋湿了面前摊开的医书。白忠孝长叹一声，这群蛮夷又在抢掠了，这日子啥时才是个头呢？

王仁甫侧了身子仔细听了听，依旧低头无语。

二更天时，急促的拍门声响起，王仁甫轻轻拉开门，闪进两个人影，其中一个受伤者被另一个人拖了进来。王仁甫扶伤者躺下，端起油灯仔细查看，只见来人腿上已被鲜血浸透，一条腿几乎被子弹穿成蓑衣，几处白森森的骨茬明晃晃地露了出来。

白忠孝拉过王仁甫，悄悄地伏在耳边说，师兄，怕是青龙山游击队的吧，日本人追究起来，咱俩可就没命了。

王仁甫看了师弟一眼说，伤者必救，这是师父的规矩，你不记得了？白忠孝就嗫嚅着退到一边，心惊胆战地听听窗外的动静，不再说话了。

王仁甫先是取下墙上的皮囊，捻起一枚银针，在麻油灯上燎过，然后扎进伤者的穴位。片刻，汩汩流血的伤口便止住了血。王仁甫伸出一只手一点一点地捏着，把碎裂的骨头复位，再敷上草药，揩掉头上的细汗，牵出后院的骡子，套上车，扶伤者躺了上去，目送两人在黑暗中离去。

翌日，门外飘起了膏药旗，日本兵长驱直入，把医心堂翻了个底朝天，然后抓走了一旁瑟瑟发抖的白忠孝。

不几日，人们看到白忠孝点头哈腰地围着日本鬼子大队长宫本一郎转来转去，才知道白忠孝医好了宫本的头痛病，成了日本人的军医。

白忠孝带着宫本走进医心堂的时候，王仁甫正捻着他的宝贝银针，一枚一枚地仔细看着。宫本一郎进门就喝退了身边的随从，双手抱拳说，久闻王先生神针大名，今日总算有幸目睹了。王仁甫随意一笑，点点头，算是打招呼了。

宫本也不客气，单刀直入地说，听贵师弟白先生说，令师曾传针灸秘术于你，可否让在下看看？

王仁甫正色道，中华医术博大精深，乃我民族之瑰宝，岂容异族觊觎？先生死了这条心吧！

宫本也不恼，笑笑说，贵国气数已尽，冥顽不化是没有好下场的，劝仁甫君学学令师弟吧，识时务者为俊杰。王仁甫拱了拱手，算是送客。宫本一郎沉下脸来说，仁甫君再好好想想吧。说完，带着手下走了。

过几日，白忠孝独自一人来了，劝王仁甫投靠日本人。白忠孝告诉王仁甫，宫本怀疑青龙山游击队长刘一飞当日受伤是他救的，就这一条足以杀了王仁甫全家。白忠孝还说，宫本有头痛病，一高兴或是一发怒就头痛得满地打滚，要不是念在王仁甫的神针可以救他，早就抓了王仁甫进日本人的大牢了。

王仁甫笑了笑说，咱俩师出同门，你就可以治他，而且可以凭着手艺尽享日本人的荣华呀。

白忠孝拉着王仁甫的手说，师兄你明知我的针灸术不如你，我只能治得了宫本一时呀。

王仁甫拍拍白忠孝的手说，好吧，你坐下，我把师父的针灸术教给你，你就可以治好宫本一郎的病了。

白忠孝坐在椅子上，王仁甫捻起一排银针，悉数刺入白忠孝头上，片刻后取下，对白忠孝说，这神针之妙就在于针的深浅不一，深一毫则当场毙命，浅一毫则治不了根本，师弟切记啊。

七日后，宫本头痛病再犯，白忠孝依着师兄传授之术，将银针一一刺入宫本的胖脑袋，片刻间宫本只觉得神清气爽，而扎完针后白忠孝却颓然倒地，再无气息。宫本哈哈大笑，心说这小子真是胆小，知道治好我的病我就会杀掉他，却自己先吓死了，有意思。宫本挥挥手，让手下将白忠孝拖到荒野弃尸。自此，宫本的头痛病不再犯了。再去医心堂时，却见人去楼空，王仁甫已不见了踪影。

再说白忠孝被扔在荒野，被青龙山游击队发现竟是当日救过队长的先生的师弟，就抬上了山准备找个地方掩埋，岂料一锨土下去，白忠孝却长出了一口气，醒了过来。活过来的白忠孝不敢说自己帮过日本人，就留在了游击队给伤员治病。

几个月后，宫本一郎指挥手下围攻青龙山，游击队已经弹尽粮绝，眼看着青龙山就要被攻下。宫本手舞军刀大笑，正指挥着日本兵最后冲锋的时候，突然觉得头皮一麻，头痛病又犯了。宫本丢了军刀，捂着脑袋直挺挺地倒下去，一蹬腿死了。游击队趁机反攻，全歼了日本鬼子。游击队员不解，没人击中宫本，宫本却自己死了，只有白忠孝不语，他心里比谁都清楚。

医心堂再次开张的时候，日本人已经投降。王仁甫端坐在草药味弥漫的大堂里，白忠孝也进来了。白忠孝进门就跪在王仁甫面前说，师兄，我没能遵从师父教诲，帮了日本人，害了别人也差点害了自己呀，要不是师兄扎我几针，恐怕我已是罪人了呢。见王仁甫不语，白忠孝又说，你扎我我再扎宫本，一样的针法，咋就治死了宫本呢？

王仁甫哈哈一笑说，宫本病在身上，一针刺进神经止住疼痛，再一针刺出脑血管微疵，欣喜若狂自会出血而死；而你身虽无病却病在心神，一针刺你灵魂出窍，再一针刺你回归正道，是为医心啊。

白忠孝跪地不起，王仁甫双手搀起白忠孝说，心已归正，就忘记过去，我教你师父的神针绝技吧。

自此，医心堂名震省内外。解放后，王仁甫和白忠孝被双双聘为省医学院教授。

（原载《百花园》2015 年第 7 期）

放　生

梁小萍

　　方奶奶是紫云镇钢子家的老邻居，老邻居到底有多老，反正方奶奶是看着钢子长大的，又看着钢子做了爸爸，还当上了居委会主任。

　　钢子说方奶奶是个善人。钢子小时候那叫一个猴淘，上树掏鸟蛋，下田摸泥鳅，没有不干的。大夏天太阳底下也不闲着，带着自制的弹弓穿行在竹林里寻找目标。钢子的弹弓是选用荔枝树杈做的，荔枝木属硬木，做弹弓架子尤其耐用。弹弓子弹也是钢子自制的，用黄泥和水揉搓成小圆球，放在阴凉地晾干即可。钢子说泥巴子弹打小鸟最好，一般不会重创小鸟，也许这就是传说的杀戮中的仁慈吧。

　　你瞧，那不是钢子拎着一只小家雀走来了。小家雀似乎伤得不重，使劲扑棱翅膀嘶叫。小家雀现拔毛，开肠破肚，洗净放进油锅一炸，再撒点盐，别提有多香，钢子想想都流口水了。

　　钢子还没走进家门，就听见方奶奶站在自家门外喊他。钢子跑过去，方奶奶递过来一把大白兔奶糖要换下钢子手里的家雀。20世纪70年代，一毛钱能买五块水果糖，要卖给收破烂的两个铝牙膏皮才能换到一毛钱。刚学会算数的钢子不用掰小指头，就明白这个交换绝对合算。钢子嚼着奶糖，看着方奶奶握着小家雀，小翅膀伸展瞧瞧，小爪子活动活动，看来小家雀没有受伤，只不过是被钢子的泥巴子弹打晕了才被俘的。方奶奶随手放了小家雀，小家雀迅速飞逃，一副慌不择路的仓皇状。

　　在那些年少的日子，钢子时不时就会拎着青蛙啊家雀啊，大摇大摆经过方奶奶面前，要是没见到方奶奶，他就会特意在方奶奶家屋前多逗留一会，要是再没有动静，钢子就会使劲捏捏小动物，让它们的呼救声更惨烈一点，保证方奶奶就是睡着了也能听见，赶紧跑出来用大白兔奶糖营救它们。有时候，钢子会想，要是捉条毒蛇，方奶奶会不会也放了呢？毒蛇，钢子不是不敢捉，半大的孩子傻大胆，什么不敢啊！不过钢子这孩子还是很懂事的，他怕毒蛇伤了方奶奶。不过，好奇心还是促使钢子捉了一条没有毒性的水蛇，他要试验方奶奶到底是真善人还是假善人。事实证明，方奶奶是真善人，同时也让年少的钢子觉得方奶奶善恶不分。

不管方奶奶是不是善恶不分，反正方奶奶一辈子就是这么过的：吃斋、放生。至少钢子看到的后半辈子都是如此，方奶奶每天都在平淡中摆渡着她的虔诚。许是善缘结善果，方奶奶八十四岁无疾而终。方奶奶没儿没女，只有一个老哥哥在老家。钢子记忆中这个老哥哥也不常来，且和方奶奶不同姓，兴许是表亲吧。钢子通知了方奶奶老家的老哥哥，方奶奶的后事是居委会帮忙办理的。那天方奶奶的老哥哥来了，说方奶奶生前有遗愿，要把骨灰安放在紫云山。

钢子陪着老人一起来到附近的紫云山，紫云山中紫云庵，紫云庵外放生湖，这里经常有善男信女不畏山路、不辞辛苦来此放生。老人走到放生湖边，坐在湖边的青石上，把方奶奶的骨灰慢慢悉数倒入湖中，湖水顿时泛起淡淡的浑浊。

湖水涟漪，回到了一九四三年，那年方奶奶家乡跑鬼子，跑鬼子就是闻讯小日本要来村里扫荡，提前转移到安全地点。那天，十五岁的方奶奶和邻家小伙儿一起去赶集，回村途中遇到了扫荡的鬼子，小伙儿也是为了保全方奶奶给鬼子带了路，后话就不说了，当年村子的血洗惨烈可想而知。侥幸活下来的方奶奶从此离开了家乡，来到紫云庵修行。后来，文化大革命，紫云庵的尼姑被遣散还俗，方奶奶没回家乡，就在紫云山下的紫云镇住了下来，一直靠帮佣为生。再后来，紫云庵重修，方奶奶也没再回去，自言修行有心即可，无心到哪都是俗念丛生。

钢子还是第一次听说方奶奶的故事，无言述说的往事就这么成了方奶奶的一生。

老人默然看着放生湖的湖水渐渐清澈如初，欲言又止，唯有一声长叹。

放生湖边一石刻：同生今世亦前缘，同尽沧桑一梦间。往事不堪回首论，放生池畔忆前衍。

钢子望着眼前这位岁月风刀雕刻的沧桑老人，再望着放生湖一池清水微澜，禁不住一丝苍凉涌上心头。

（原载《百花园》2014 年第 12 期）

名　字

杨海林

　　我小的时候万文海就在一个磅秤的柱子上刻自己的名字，那时我已经上了三年级，当然是认识字的。我刚想读出来，队长王大成就板下了脸："老万，你刻个球，看把绿漆都弄掉了。"

　　万文海脸上讪讪的："队长，我就教小孩认个字。"

　　王大成走了，万文海又悄悄地附在我耳边说："记住了哦，我叫万文海。"

　　但没人喊他万文海，在我们村里他是独姓，记工员的本子上写他的出勤都是老万。只有到选举时贴出的红榜上才有万文海三个字，却又没有多少村民知道这名字相对应的人是谁。

　　万文海就急红了脸跟人说他就是万文海。

　　"日，你叫个老万多好，万文海，太费事儿了。"琢磨这名字的人没了兴趣。

　　我上小学的时候他叫老万，我高中毕业的时候他还叫老万。

　　我姐夫那时是个刚起步的老板，做一些小的建筑工程，他让我跟着他手下的师傅学一门建筑的手艺。

　　后来，看我学得并不精，干脆，让我做了个比他更小一点的老板。让我拉几个人跟着，他接到工程，忙不过来时就让给我的人做。

　　没学好砌墙抹灰的手艺，现在倒做砌墙抹灰人的老板，想一想，也真够好玩的。

　　老万就是在这个时候被我召进队伍的，那时他可能有五十多岁或者六十多岁，反正，身子骨还算硬朗，而且他只会小工，和和灰搬搬砖还是能对付的。

　　就算慢一点，也比那些躲懒搭奸的人做得多。

　　我说过我们做的都是些小工程，一般安全帽是没人戴的——我和姐夫能挣到的利润很有限，肯定不会花这个冤枉钱去置办这些安全措施。跟我一起做的工人更不愿意花这个冤枉钱，他们嫌戴在头上碍事。

以前老万跟大的工程队干，人家发过安全帽，老万就把它带来了。

白塑料的，很厚实，脑门上方工工整整地用红漆写了他的名字"万文海"。

吃饭的时候工地上的人会随便找个空地对付一下，老万的安全帽就成了抢手的板凳，总有人趁他不注意塞到屁股底下。老万只是个小工，年纪又大，不敢跟人家动粗。每次，都乐呵呵地搬了砖跟人家换回他的帽子。

有砖坐，也没人道他的好，整个工地就他一个人戴安全帽，好吧，大家都来作践他了。

脚手架上的大工故意把灰桶里的水泥撒在他的帽子上，小工故意把灰浆溅到他的帽子上。

老万干活手脚本来就慢，现在，更慢了，帽子上一有污垢就会站下来擦拭。

一擦就半天，一擦，又半天。

有时大工们要滑头，水泥撒得更多。

拎灰桶的老万跟不上，他们就可以在脚手架上名正言顺地多休息一会儿。

大工是个技术活，不是太好找，所以我姐夫不会朝他们发脾气。老万和我是一个村的，算起来还是个长辈，他也不会朝老万发脾气。

只是劝我辞退了他。

我是老万的老板，我姐夫是我的老板，我的话老万得听，我姐夫的话我得听。

但是老万不听我的话，每天，还是把那个安全帽戴着，落上污垢，还会老半天老半天地擦拭。

好歹等这个工程结束了的吧，那个时候，再让这个老万走。

工程结束了，我给大家发工钱，每个人都笑嘻嘻的。轮到老万了，他也笑嘻嘻的，却并不急着接我手里的钱，而是盯着我手里的账本瞧。

他在工地上做了大半辈子，可能也知道账本里的精明，是怕我少记他的工克扣他的钱吧。

我把账本摊给他看。

老万把脑袋伸过来，看到账本上"老万"两个字，立刻像被火烫了似的缩回去。

"怎么，账有问题？"我问。

"没有。"老万接过钱数一数，在贴身的衣服里塞好，脸色，明显灰暗了好多。

因为老万和我一个村，有些建筑工具，我麻烦他帮我带回去——晚上，我和姐夫得请包工程给我们做的甲方吃个饭表示感谢。

我的建筑工具放在一辆三轮车里，我告诉老万千万不要走淮海路——那里，交警不让三轮车通行。

可老万偏偏走了淮海路。

好在拦住他的交警是我的同学，同学给我打电话："一个戴安全帽的人骑你的三轮车行驶在淮海路上，改天你得请我吃饭呀。"

我正陪甲方吃饭，我说谢谢老同学，让那个戴安全帽的人回家吧。

我以为这件事就这么算了，可是十分钟后我的同学又给我打电话，说那个戴安全帽的人趁他不注意把三轮车骑到他们交警队了。

这个老万，莫不是疯了？

我赶了过去，我同学悄悄地跟我耳语："这本是个小事，可是你别怪我不关照你——现在，得罚款啦。"

也就五十块钱的事。

罚了钱，老万还不走，非要看罚款单。

那有什么好看的呀？

罚款单上我同学写的是我的名字，老万不让了，用粗糙的手指伸向自己的鼻尖："是我骑车的，怎么写我们老板的名字？"

同学理亏，只好重新填罚单："你叫什么名字？"

"我叫万文海，瞧，就是安全帽上这三个字，可不要写错了。"

从交警队出来，我看见万文海捧着那张罚单哗哗地流眼泪："这是我这辈子第五次使用自己的名字呀。"

（原载《小说月刊》2015 年第 4 期）

捐　　赠

原上秋

李国顺做了二十多年房地产公司的老板，开发了无数个楼盘和政府投资项目，赚得盆满钵溢。该吃的都吃过了，该穿的都穿过了，该玩的都玩过了。他实在想不出还有什么应该去享受一下的了。

这一天，他突发奇想，要体验一下穷人的生活。

他脱掉几千元一件的西服，换上一身褴褛的装扮，手里拽个化肥袋子，在大街上捡起了破烂。

他的头发凌乱，发髻间还挂着几片干黄的叶片。他的脸被自己很脏的手抹了几把，显得灰暗而又邋遢。这个样子，不是特别亲近的人，是不会认出他的。

他要的就是这样的效果。

因为要寻找垃圾桶，他就必须要从马路这边走到马路那边，再从马路那边走到马路这边。在穿越马路的时候，有的开车人朝着他大声叫骂，有的人朝他身上吐痰。

他根本不去理会。

他知道，他现在的身份不是李总，自己就是一个捡破烂儿的。这个社会别指望有人会对一个形象猥琐的人给予尊重。

在走过几条街之后，肩上的化肥袋子就有些重量了。不知不觉，他已经沉迷于捡破烂儿的角色了。

见到碎纸片烂塑料和饮料瓶子，他从不放过。好几次，他遭到另外一些捡破烂儿人的愤怒驱赶。他侵犯了人家的地盘，必须立刻离开。

临近中午的时候，他肩上的化肥袋子将要满了。他感到了饥饿。他找到了一家收破烂儿的，卖了 13 元钱。他知道，这里的老板黑了他的钱，一袋子的废品至少应该值 20 多元钱。

他怀揣 13 块钱，想去买桶饮料。这时候，他听到一阵喧嚣。在一个商场的门前，搭着一个舞台。舞台上方写着：

"为失学儿童献出一份爱心。"

主席台中央坐着一排领导，一个领导模样的人正对着话筒做宣传："捐出你的零花钱，会改变一个人的命运。你的一份爱心，会让这个冬季不再寒冷……"主席台前面，几个面色呆滞，明显营养不良的孩子站成一排，时不时地向大家弯腰鞠躬。

他提溜着空化肥袋子走了过去，他说，他刚卖了废品，挣了 13 块钱，他捐了。

台上的领导马上换了口气，领导的话透过扩音器放大出来，有一种激励人心的效果。领导说："朋友们，朋友们，就在刚才，一个捡破烂儿的，把自己刚刚卖破烂儿挣到的 13 元钱，捐了出来。这是一种什么境界？也许他身上的衣服是脏的，但他的心灵是纯洁的，洁净无比……"

所有的人都把目光对准了他，他的身上微微发热。

不知道台下的人有没有受到鼓舞，反正，他心动了。他还从没有体会到一个卑微的人，也能受到如此尊重。他在众人的目光里，走近领导。他说，我想再捐 10 万。

领导把话筒拿离嘴边，一时语塞。领导上下打量了他一番，不再理会他。少顷，领导对着话筒说："对不起，刚才出点小差错，下面继续。捐出你的零花钱，就能改变一个人的命运……"

我捐 100 万！他生气了，他认为领导不应该对一个做出善举的人如此怠慢。

领导对自己的讲话被打断似乎很在意，他以平静的口气喊来了保安。他说，上来把这位先生请走。

两个身材剽悍的保安上来，几乎是拖着把他拉了下来。他努力挣脱，但无济于事。

他说，我要捐款，我捐 100 万。没有谁理会他，他就像一只待宰的羔羊，在两个保安的手里拼命挣扎。

许多给过他尊崇眼光的人也开始对他不屑起来，原来是个不正常的人啊。人们的目光纷纷从他身上抽离开，他们继续被领导的话语感动着，同时为孩子们的遭遇流出了同情的泪。

李国顺从保安的手中挣扎出来，走到角落里偷偷打了一个电话。不一会儿，戏剧性的一幕开始了。

一辆豪车鸣着笛穿过人群，停在主席台前。从车上下来三男一女，手里提着四个保险箱。

只见他们拨开人群，走上舞台，把四个保险箱齐齐放下。

其中一人径直走下来，从角落里找到他，搀扶着他一步一步走上舞台。

他看了看整齐排列的四只保险箱，头也不抬，顺手一个个打开。一箱箱崭新的钱币立刻展现在大家面前。

人群一阵骚动，舞台上端坐的人也都站了起来。

他对领导说，点一下吧，100万。说完，拿着他的空化肥袋子扬长而去。

人群自动为他让出一条道路，整个台上台下变得鸦雀无声。待他走出很远，掌声喝彩声轰然响起。

台上的领导目瞪口呆。

（原载《小说月刊》2015 年第 2 期）

我和草原有个约定

梁　爽

女孩爱上了诗人，一个草原上的诗人。

女孩没见过诗人，诗人的诗集让她爱上了他。

诗人的诗写得很美。每晚读着诗人的诗入睡，是女孩一天中最大的期待，最惬意的享受。久了，女孩便会做关于诗人的梦，开始向往有诗人的远方。

终于有一天女孩给诗人写了第一封信，而且很快收到了诗人的回信。于是，女孩就经常给诗人写信，也经常收到诗人的回信。在信里，他们谈诗歌、谈文学、谈人生，唯独没有谈过爱情。

那天，女孩听到电视里播放一首歌——《我和草原有个约定》。听着听着，女孩做出一个决定，去见诗人。约定了见面日期，女孩起程了。

一个江南女孩就这样千里迢迢奔往苍茫的大草原。月台上，一袭波西米亚长裙的女孩四处张望；不远处，一个麦色皮肤的高大男子，定定地看着她笑。

两个人的目光相遇了，女孩跑上前去，心头掠过万般惊喜。彼此从未向对方描述过自己的模样，信里也不曾有过特殊的约定，就这样不费周折地见面了。

诗人说："你来了？"

女孩说："来了。"

诗人说："我们走吧？"

女孩说："走吧。"

诗人一只手接过女孩的背包扛在自己肩头，另一只手自然地把她拥在怀里。女孩就这样被诗人拥着跌跌撞撞地离开了站台。偶尔，诗人会低下头，女孩迎着他的目光，两人相视而笑。

诗人白天带女孩在草原上看云，还有和云一样的马群羊群；晚上带女孩在蒙古包外看星星，听远处牧民家里传来的悠扬的马头琴声和天籁般委婉铿锵的长调。

女孩把手表藏在背包深处，希望时光永远停滞。

有一天，在一匹麦色的马跟前，女孩驻足不肯走。她对诗人说："我喜欢这匹马，你看它长得多像你，湿漉漉的眼睛，像是会说话。"

诗人笑了，说："那我就给你一个惊喜。"

女孩还没明白怎么回事儿，已经被诗人扛到了马背上。女孩吓得尖叫，诗人没听见一样，翻身上马，一手搂紧她，一手牵动缰绳。郁郁葱葱的草原开始向身后飞奔，女孩不再尖叫，长发在风中舞动，慢慢地，眼泪也开始舞动。这是怎样的一种幸福，这是多少女人心底的梦幻：被骑着骏马的心上人"掳走"，奔驰在一望无际的草原上……

从马背上下来，女孩的屁股又麻又痛，双腿软得不会走路。诗人蹲下身子把女孩背起的时候，口袋里的手机响了起来，美妙的铃声竟是那首《我和草原有个约定》：总想看看你的笑脸/总想听听你的声音/总想住住你的毡房……诗人的身子停了一下，还是背着女孩往前走。女孩和诗人都没有说话，任悦耳的铃声响个不停。

没走出几步，铃声又一次响起。诗人停下了脚步，女孩的双臂紧紧地箍着他的肩头，示意他继续往前走。熟悉的铃声第三次响起的时候，诗人把女孩放到了草地上，走出几米开外去接电话。

再趴到诗人宽厚的背上，女孩的眼泪滚了出来，一颗一颗地落到诗人麦色的脖颈上。

几次，诗人想开口说点什么，都被女孩用小手盖住了嘴唇。

当晚，女孩收拾行装踏上了回家的火车。

再回到熟悉的烟雨江南，女孩病了。起初是发烧说胡话，后来是盗汗，时常在梦中惊醒，梦里会有草原。守在身边的好友，握着女孩纤瘦的手，说："原本以为你这一去，再也不会回来。"

女孩说："那份默契和懂得，此生不再有。"

好友看着女孩，怜惜地说："看看你现在的样子，真让人心疼，回去吧，勇敢地留下。"

女孩叹了口气："留下了，就什么都没有了。"

好友说："还没有得到，你甘心就这样放弃吗？"

女孩说："想要的，都得到了。"

好友仿佛懂了女孩的心事，拥抱住女孩。女孩依在好友怀里，哭了起来……

（原载《大观》2014 年第 11 期）

唤　醒

王生文

　　第一次走进家政公司的腊梅，对能否找到一份钟点工的工作，并不抱太大的希望。

　　公司工作人员接待了她，一番交谈后，工作人员给了她一个电话号码，让她与一个叫春芬的女人联系。

　　然而，与春芬见面后，事情就大大出乎腊梅的预料。春芬与腊梅年龄相仿，尽管衣着光鲜，高贵脱俗，但淡淡的脂粉分明盖不住脸上的忧愁。她上上下下看了一会腊梅，然后，礼节性地递给她一杯水，说，我要的钟点工不是做体力活的。

　　腊梅的眼睛就在这时睁得有些大了，自己可是只有做体力活的本事啊。

　　钱也不是问题的，只要你能做。春芬接着又说。

　　腊梅的眼睛里差不多挤满了疑惑，同时也夹杂着一丝希望，因为，她最大的问题就是钱，否则她是不会去做钟点工的。

　　房间里又静了一会，春芬抬起头问，梅姐，每天上午八点到十一点，你能陪我丈夫说话吗？

　　不……不能……腊梅一惊，旋即站起身，春芬一笑，不动声色，示意腊梅坐下，说，看你紧张的，我丈夫是一个……植物人……

　　啊……腊梅浑身一颤，杯中的水溅出来，从指缝间一点点往下滴，像泪水一样。

　　你怎么啦，梅姐？这回吃惊的是春芬，她睁大眼睛，望着眼前的腊梅，说，要是不想做，我也不勉强。

　　腊梅放下手中的杯子，很快恢复了镇定，对春芬说，不，我想试试看！

　　春芬眉眼一亮，轻轻呼出一口气，有些感激地对腊梅说，你是第一个答应试试看的人，谢谢你！说着，春芬起身从抽屉里拿出几页纸递给腊梅，我把平日里陪我丈夫说的话，都写在纸上，你就照着上面的说，当然，能带点感情是最好的，等说熟了，你想怎么说都可以，只要是那个意思——其实，对唤醒他，我已经不抱什么希望了……

腊梅跟着春芬走进一间明亮洁净的房间，房间里散发着一缕缕的香味，应该是从桌上的那盆兰花里飘出来的，床前放着一双皮鞋，光亮亮的，像刚脱下不久似的卧在那里，等着主人去穿它。春芬走近床，拉开尼龙蚊帐，对着深睡的男人说，明，我又来陪你说话了……

春芬侧过头，用眼睛暗示腊梅可以接着她的话试试看了。

腊梅的双眼从纸上移开，有些模糊地落在男人昏睡无光的脸上，她慢慢松开抿着的嘴唇，接着春芬的话往下说，明，你知道吗，今天是你熟睡的第……

第多少天？腊梅竟说不上来，她略带歉意地望了一眼春芬，随即看了看手上的纸，接着说，今天是你熟睡的第三百七十一天，你不能再睡了，你的母亲病了在住院，你的芬要去公司打理，你的孩子夏苗还等着你带她去郊游。明，你还记得？那天是三月十日，星期日，惊蛰节后的第五天，我们的孩子夏苗要你带她去郊外踏青，听虫子唱歌。明，你是个好爸爸，把公司重要的应酬都推掉了，和我一起手牵手带着夏苗去郊外。一路上，你和苗苗唱着歌，先唱《拔萝卜》，再唱《采蘑菇的小姑娘》。眼看就要到郊外了，这时，一辆摩托车迎面向我和夏苗冲过来，情急之下，明，是你奋力推开了我们娘儿俩。你知道吗，明，你的芬只是擦破了点皮，你的宝贝女儿夏苗倒在我身上，毫发未损，你真是个好丈夫，是个好父亲，我们一家日夜都在盼着你早日醒来……

春芬听着，不觉双眼湿润了，她抹了下眼睛去看腊梅，腊梅的脸上竟然流淌着两行晶莹的泪水。她想说什么，却说不出，掏出手帕塞到腊梅的手里，头一低走出了房间。

十一点，春芬再次走进房间，递给腊梅一杯糖水，并塞给她一个沉甸甸的红包，腊梅想推辞，可是，那双温润如玉的手已经将她满是裂口的手握住了。

腊梅换了两程公交，然后匆匆步行，走进一片棚户区。

腊梅到家了。家里有两个人，一个老爷爷在低矮的厨房里做饭，还有一个八九岁的女孩，正在伏案做作业，看见她进来，抬头叫她妈，她只应了声，没有看女孩，顺手从墙边提起一个暖水瓶，一转身进了房间。房间里有些昏暗，她随手拉了下开关绳，灯泡亮了，照着房间里简陋无光的陈设，还有木床上躺着的一动不动的男人……

（原载《天池小小说》2015 年第 1 期）

别推那扇门

刘怀远

苗小稳真是乖乖女，我们无所事事上网游戏之时，却是她趴在床上写信的时刻。林玲问她写给谁，她说写给爸妈。

现在谁还写信啊？整个寝室，不，估计整个大学校园，没谁会给父母写信。即使朝家里要钱，也只打个电话回去。不止这些，有时写着写着，她还眼泪婆娑。我们就逗她，快念念，让我们也感动一下。开始时小稳一脸的不高兴，仿佛我们真的会分享这一份感动。日久天长，她也无所谓了，就高一声低一句地念给我们听："亲爱的爸爸妈妈……"我们都捂住腮帮子喊牙倒了。听了几次后，都要求停止，因为每封信都是老词旧调毫无新意。她却不理，好像读上了瘾，反倒更大声地朗读，直至我们捂着耳朵都跑出去。当我们重新回来时，有时会发现她还在偷着抹眼泪，看到我们，又灿烂地微笑起来。

小稳写了多少信不知道，但她的父母在她的思念中一次都没来看过她。当我们父母来学校探望，带来的土特小吃分到她手上时，芦苇般瘦弱的小稳都是双手捧住，放在鼻尖下，狗般贪婪凝视，心神恍若游离。大家问，你父母为啥不来？小稳说，大概是心疼钱吧，来一趟又坐火车又坐汽车的。林玲说，也不知道你妈妈长什么样子，快把照片拿出来。小稳说，我给你们画一下吧。她有绘画天赋，三笔两笔就画出来：一个妈妈牵着一个头扎小辫左肩头有块铜钱胎记的熊孩子，那孩子是童年小稳，她笔下长发披肩的妈妈绝对漂亮，酷似张曼玉。那段时间，正热播一部张曼玉主演的香港电影。过了段时间，又火张艺谋导演的大片，她再画出来的妈妈又有几分像巩俐。唉，这个小稳，哪儿都好，就是在这儿不靠谱。

时光忽悠过去，我们大学毕业了，我们寝室的都留在了这个城市。但好像只有小稳最幸运，找到了一份薪水很高的工作。当我们羡慕她时，她耸耸肩说，这要感谢我爸妈保佑，是他们的朋友帮了忙。唬得几个人都崇敬地望着她。我知道事情本身绝不是她说得那样轻松，每个周末她都马不停蹄地到处投放简历，她才买的一双新鞋的鞋跟已磨去一半儿。

又是几年过去，我们都成了大龄剩女，且都在外租住。这时，惊爆眼球的事情发生了，小稳喊我们去她的新房子聚会。

小稳买房子了？千真万确！

更加瘦弱的小稳站在客厅迎接我们，房子里残留着淡淡樟香，她说都是用生态环保的材料装修的。我们里外转着，客厅小了点，卧室也不大，厨房卫生间也秀气，勉强能转开身。林玲看见客厅的墙上还有一扇紧闭的门，就去开，却怎么也开不了。小稳发现了，忙拦住：别推那扇门！林玲说，为什么？小稳说，我专门留给父母的，只有他们才有权打开。

月光族的我们说，你可真行啊！这些年你攒了这么多钱啊。

小稳笑着摇头，我能攒多少，首付都是我爸妈给的，其他就分期贷款呗。

林玲说，你爸妈真行啊。

那天，我们几个喝醉了，或许是很久没有见面的激动和兴奋，或许是我们都没有自己的房子而她有。醉了的我们横七竖八地躺倒在客厅和卧室，林玲让小稳打开那扇门，这样能休息好。小稳也喝多了，眼睛直直地傻笑，但还是再次坚决地摇摇头：爸妈来了，才能打开！

于是，那扇门在我们眼里就充满神秘。小稳给父母怎么装修的，里面摆放了什么样的家具，里面是不是还放着小稳写给他们的信件和妈妈的画像呢？

两个月后，还没有从对小稳的羡慕嫉妒中挣脱出来，就接到林玲风风火火的电话：小稳出车祸了！

我赶到医院，小稳已经停止了呼吸。我一下傻了，平时安安稳稳的小稳怎么会突然莽撞地翻越护栏？林玲说，小稳最后发的微博是：迎接"妈妈"到来！她倒下的路段，距离火车站不远。

一周后，我们大致弄清了事情的经过：小稳准备到火车站接妈妈，而公司临时来的客户耽误了她的时间，随后她急匆匆地往火车站赶，边走边看时间，妈妈的火车应该进站了；她急急地走，又看手表，妈妈该出站了，可能正四处张望。小稳着急了，望望要走五六分钟才能到达的过街天桥，瘦小的她突然越过将近一米高的护栏，像一只飞翔的鸟，轻盈地落下，她的米黄色手机同时跌落在马路中间，摔成两半。她弯腰去捡，一辆超速的悍马向她冲来……

那小稳的妈妈去哪里了？而小稳微博里的妈妈还带着双引号？

几个同学来到小稳空荡荡的房子，心情沉重地整理她的遗物。林玲推她留给父母的那扇门，推不开，也找不到钥匙。我们对望着，怎么办？

最后一致决定，用锤子强行打开。

猛烈的击门声惊扰了邻居，他走来大声说，干什么？拆墙啊？

我们解释说是开房门，他进来看了，说，哪还有房间，这是一室一厅的房子，那边是我们家。

这时门被扭开了，门开处，一面洁白的墙。

后来，民警解开谜团：小稳是弃婴，从小连生母的一口奶水都没吃过。她不知自己来自哪里，父母是谁。她一直寻找，关注网上找寻遗弃女孩的各种消息。她凭着胎记终于找到一位疑似亲生母亲的人，约好相见并去亲子鉴定。民警说，小稳出事的那天起，有个灰黑头发提着大包的女人在火车站前徘徊张望了两天，当民警从回放的监视录像中注意到这一情况时，老人已经消失了。

什么样的母亲会遗弃健全的孩子？什么样的原因才遗弃自己至亲的骨肉？

小稳走了，今后会有人来推她那扇镶在墙上的门吗？

（原载《北方文学》2015 年第 6 期）

操　心

于心亮

马丁走在路上，不时会有人跟他打招呼，有喊马老师，也有喊马丁的。马丁就微笑，点头回应……马丁说这是教过的学生，那是学生家长。能感觉出马丁很开心。

我羡慕马丁。马丁说没啥好羡慕的，其实做老师，很操心。

马丁说的操心，一半来自学生，另一半来自家长。

举个例子说，学生家长请他吃饭，马丁拒绝，家长就改送礼物。礼物再不收，就干脆给马丁手机上充话费，之后发短信：马老师，往后咱们电话常联系啊……

有个学生叫赵阳，他的家长就这样。马丁很纠结，一概拒绝。

如此过了几天，赵阳家长来找马丁，说，马老师你不打算管赵阳了是吗？

马丁莫名其妙，说，你误会了，我对待赵阳一视同仁啊。赵阳家长说，用不着解释，你这样的老师少见，我觉得你对孩子太不负责任了……于是，赵阳就转到别的班级去了。

马丁就有了一个心结，偶尔想起，心里就悄悄难受一下。

作为马丁的好朋友，我很理解他。我说这样的家长毕竟还是少数。

马丁摇头，做苦笑状，问我，你当医生，收患者的红包不？我很直白地说，首先拒绝，拒绝不了就暂且收下，患者放了心，病就好得快，等患者要出院时再还回去。

马丁坏笑着说，倘若患者病情加重，你怎么处理红包？

我就语塞，说，马丁，你别较真好不好？

马丁就哈哈笑着走了。看着马丁的背影，我真想揍他几下。

马丁果真让人给揍了。揍他的人，是一个叫张帅的学生。起因很简单：张帅逃学去网吧，马丁进行制止，张帅抄起板凳就打在马丁的头上。张帅家长来道歉，马丁很难过，说应该道歉的是我，学生管不好，是我的失败……我说马丁傻帽。

说马丁傻帽的时候，我正给他处理伤口。

张帅的家长塞给我一个红包，让我手下留情，别开太多的检查和药品。

我听了，严肃地批评了他，并把红包扔了回去。

后来，我看到这个红包在马丁的手里。

我朝他笑。马丁不让我笑。

马丁说，不知这一顿揍，我挨的究竟值不值。

马丁坚持不住院，说不想给张帅和家长带来心理负担，拿点药回去吃就行了。

马丁找到张帅谈心，把嘴都磨破了。末了，马丁取出那个红包，语重心长递到张帅的手中，说可怜天下父母心，希望你能够明了这番苦心。

马丁没想到的是，张帅拿着红包里的钱，重新走进了网吧。

第二次马丁来医院，伤得很重，是张帅的家长打的。

被孩子气昏头的张帅家长找到马丁，说我孩子不好，完全是被你给教唆坏的，谁让你给他钱了，有你这样做老师的吗？……家长越说越气愤，捡起路边的一块石头打在马丁旧伤未愈的脑袋上。

苏醒后的马丁有些恍惚，他望着窗外的天空沉默不语。

我去宽慰马丁，他也不理睬。后来，有一个少年来看他，喊他马老师。马丁迷惑地望着对方，说我认识你吗？少年说，您可能不记得我，但您肯定记得我妈，我妈给我转过班级。

马丁想起来了，说你是赵阳？

赵阳点点头，说马老师，你是唯一不吃请的老师，因此我永远记得您。马丁听了，眼里就有了泪。此时，又有个少年伸进头来。

赵阳看见，就挽起袖子说，马老师，是这个家伙害您住的院吧？你先躺着别动，看我今天怎么替您教训他……

……

马丁闹着要出院。我不同意。马丁就朝我叫嚣，引得许多人来看，以为又有了医闹。

我只好答应马丁出院。

马丁满脸歉意地对我说，对不起了，当老师就是操心的命，没办法！

（原载《天池小小说》2014 年第 11 期）

绒　家　变

练建安

　　欢快的锣鼓声过后，是长串鞭炮炸响，声震四邻。

　　偶染风寒的阿贵，挣扎着从床上爬起，趴在窗沿上，瞧着房长叔公率族人肩扛"乐善好施"金字牌匾，热热闹闹地往隔壁邻居院子里去了。

　　"昌哥真是威风哟！"阿贵咂咂嘴，伸长了脖子。

　　"躺下，躺下，喝药啦。"八妹，阿贵的生媚，端来了大碗头浓黑的"狗咬草"药汤，侍候他喝了下去。

　　八妹扯过棉被，蒙住了他的头脸。这叫"发汗"。

　　昌哥，也就是一个挑担的。船到汀江河头城，下行粤东石市，有十里险滩，水流湍急咆哮，浪花飞溅似棉花，遂得名棉花滩。此处为行船禁区，上下游货物全靠挑夫的铁肩膀铁脚板驳转。汀江流域"盐山米下"。盐包是牛头包，每包司马老秤计三十斤。一般人挑四包，阿昌挑六包，长年如此。

　　阿贵也是挑夫，和阿昌同伙。他们还一块习练南拳朱家教，敲门师傅就是闽粤赣边江湖上大名鼎鼎的老关刀。他们也学南狮，阿昌舞狮头，阿贵牵狮尾。他们的打狮功夫，也有了些名气。年初五，均庆寺庙会，他们的青狮，缩上了三张层叠的八仙桌。

　　客家地区重冈复岭，山路弯弯十里八里则有亭翼然，形似廊桥。中置茶桶，常年有人施茶。茶桶里一柄小竹筒，千人万人用过，却无肚疼病患者。故里相传，大唐罗隐秀才说过："路亭茶，驱病邪。"这是"圣旨口"，一说就灵。

　　阿昌得"乐善好施"牌匾，源于一家三代为"甘露亭"长年施茶，风雨无阻。众乡绅联名上书。曾知县大为感动，亲笔题字，鼓乐送来，期在淳厚民风。

　　五月初九日，芒种。老皇历说："一候螳螂生；二候鵙始鸣；三候反舌无声。"客家民谚说："芒种雨涟涟，行路要人牵。"这个时节挑担辛苦，异于平常。山间石砌路光滑，不能稍有闪失。

阿昌和阿贵他们趁大雨停歇的间隙，一路奔走如风，将盐包从石市挑到了河头城。盐行检货的，是一个洋派后生，见到阿昌，就说："你就系昌哥？"阿昌点头称是。洋派后生就让他挑来的牛头包先过秤了，还破例递给了他一根香烟。

天晚收工，阿昌和阿贵分享了那根洋烟。阿贵猛吸了三五口，说："呸！怪味，跟俺村金丝烟比，差远啦。"

阿昌再忙再累，次日一大早，总要挑担热茶上甘露亭。甘露亭在村外的半山腰处。路人上岭下坡困倦了，多在此地歇脚。

来到甘露亭，阿昌惊讶地发现，茶缸不见了。哪只死贼牯啊。上百年的大茶缸，也算是古董了。怪就怪自家粗心大意哦。这一天，阿昌没有出工，买来了新茶缸补上。第三天，他挑茶上山，更为吃惊，新茶缸被砸烂了。当第三口茶缸被砸烂时，阿昌忍无可忍了。施茶行善积德，与人无冤无仇，恶人是谁呢？阿昌发誓要抓住他，游街示众。

就在阿昌频繁而痛苦地更换茶缸的同时，村子里风传来了绒家。绒家半夜闯入村庄，咬死了三头肥猪、两条看家狗和数十只鸡鸭。张三哥生媚的花衣裳晾在屋外，也被偷走啦。甘露亭打烂茶缸的，不是绒家又会是谁呢？

旧时，闽粤赣边崇山峻岭之间，活跃着一种大型的类人猿动物，浑身长毛，体格强壮且奔走如飞。传说，绒家神出鬼没，喜欢掳掠上山砍柴的妇女交媾。好些年头了，过山的乡民双手都套有竹筒。绒家突然出现，则紧紧抓住行人的双手仰天哈哈大笑。乡民趁机抽出双手逃逸。绒家，或说为野人，或说是山魈，是一个恐怖的传说。提及绒家，哇哇哭闹的孩童，立即吓得乖乖收声。

这天早上，阿昌又扛着一口新茶缸上山了。茶缸里，藏有两把八斩刀。多年前，阿昌在三河坝救助了一位落难的咏春拳师。临别，咏春拳师赠送了这对八斩刀。八斩刀便于隐藏携带，威猛，锋利，削铁如泥。

阿昌放置好茶缸，藏匿了兵刃，又挑担去了。傍晚，伙伴们都回去了。阿昌破例在河头城吃了两大盘"肉甲哩"和三海碗牛筋丸，一抹嘴角，径奔甘露亭。

"十七十八，岭背剿鸭。"五月十七日夜晚，月亮在太阳落山后，花费了剿一头鸭的时辰，露出了东山。月光如水，群山朦胧，汀江隐隐约约，蜿蜒南去。

阿昌潜伏在茶亭西侧的草丛里，双手握刀，随时准备和传说中的绒家决一死战。

月过中天，西移，绒家始终无影无踪。阿昌悄悄返回，就在他猫着腰走出百来步的时候，他听到了茶亭里传来哗啦一声巨响。阿昌义愤填膺，提刀狂奔。不远处，他看到一个庞大的黑影从茶亭窜出，隐没山林深处。

茶缸又破了。阿昌再次扛来一口新的。白天，他还是和阿贵他们一起挑担。晚上，继续潜伏在荒山野岭。这次，他更换了方位。月出，移动，西落。就在月亮阴暗的一阵子，阿昌抽身下山。

噗哒哒，茶亭的瓦屋上爆起一阵奇怪的响声。

风吹树梢，野虫唧唧。

一团黑影闪入了茶亭，举起大石块，砸向茶缸。

一把刀，砍杀在石块上，迸射出一溜亮光。另一把刀直抵黑影胸膛。

"俺就晓得是你。为什么？"

黑影掀落野兽皮，扯下面罩，跺脚哭喊："为什么？你都有，俺都没有。力气，你大；好名声，你的；舞狮子，你当头，俺当尾巴。连洋奴的一根臭烟，都要送给你吃。从小一块光屁股长大，凭什么好事都是你的？老天爷啊，你偏心眼哪！"

阿昌收刀，说："俺看到的是绒家变身，你不是俺阿贵兄弟。"

（原载《福建文学》2014 年第 12 期）

父亲的梦

蓝　月

父亲在不经意间就老了，老去的父亲，越来越爱做梦。

父亲的梦清晰而生动，到后来，父亲自己都分不清究竟是梦着还是醒着。

儿子忙，但是他惦记着父亲，时不时会打电话问候。

父亲说，今天老六又想占我家地头，我气得和他吵架了，把他锄头都扔了。

儿子忙劝慰说，爸，别和他一般见识。气坏了自己，不值得。

父亲说，咱家的地肯定不能让他占了去。

儿子说，说得对，我回来就找他。

过几天，儿子又打来电话。

父亲说，咱家的麦子长得真好，绿汪汪一片，连风里面都有咱小麦的香气。

儿子说，可不是，种庄稼没人比得过您。

父亲说，今天老六又想占我家地头，我气得和他吵架了，把他锄头都扔了。

儿子说，爸，别和他一般见识。气坏了自己，不值得。

父亲说，咱家的地肯定不能让他占了去。

儿子说，说得对，我回来就找他。

又过了几天，父亲在电话里告诉儿子，麦子黄了，我得赶紧收麦子去，你也回来啊！

儿子说，您千万别去，您身体不好，麦子我会找人收的。

父亲说，你可抓紧了，今天老六又想占我家地头，我气得和他吵架了，把他锄头都扔了。

儿子说，知道了，我一定抓紧。

儿子说这话，忍不住掉下了眼泪。父亲哪里还有地，父亲分厘必争，拼命维护的地，早在十年前就被征用了。

在被征用的时候，父亲红着眼睛，却丝毫没有为难，第一个签下了字。

他打心眼里感激父亲，当时他正在拆迁办，父亲无疑给他开好了第一炮。

让他没有料到的是，不到十年，父亲明显老去。

起初，他认定让父亲快速衰老的罪魁祸首就是那些缠人的梦，梦多了影响睡眠，睡眠不好，会加快衰老，这是恶性循环，说啥也要治好父亲的病。父亲却很不配合，死活不去。儿子生气了，说，你不去看病我就不上班，在家守着你。

这招果然灵验，父亲怕影响儿子工作，只好乖乖就范。但是后来儿子发现，父亲根本没有吃药，那些药都被父亲偷偷扔掉了。

儿子痛心疾首，说，爸，你存心不让我安心呀！老做梦伤身体，难道你还不懂？

父亲说，我懂。

儿子说，你懂？那你干啥不吃药？

父亲说，吃了药，会怎样？

儿子说，吃了药，就不会做梦了呀！

父亲黯然道，没有了这些梦，我还有什么呢？

儿子愣住了，他这才知道，父亲当年为了成全他，强忍住了失去土地的锥心之痛。这痛非但没有随着岁月的流逝而减退，相反一天更比一天深入骨髓。

那片被父亲深深眷恋，曾经被父亲侍弄得生机盎然的土地，早已成了一幢幢繁华的商业楼，也正因为这不菲的政绩，他一步步荣升。

但是，纵有千般能耐，如今他上哪去找回父亲魂牵梦萦的土地呢？

他不再逼迫父亲，他耐心地倾听父亲说有关土地的梦，每一次聆听，他都忍不住泪湿眼眶……

（原载《短小说》2014 年第 12 期）

莲 花 布 鞋

马 犇

落了一场雨，便平添了几分凉意，尤其是近几日。更准确地说，此时用"凉"已不妥帖，应改为"寒"，是平添了几分寒意。

正打理着窗台上的秋菊，暗想，晚上弄几盅老酒，边饮边赏，忝为雅事。正思忖间，一阵电话铃声把我从遐想中拖拽出来。

尾号：9654。

是老友徐东南。

东南是苏北人，用他们当地的方言念这几个数字，谐音是"酒足误事"。

东南自打认识我，就没换过号，他总说"小酒怡情，大酒伤身，酒足误事"。从某种程度上讲，"9654"是一种善意的提醒与告诫。另外，他还和我约定，见了这个号码就意味着想和兄弟小酌一杯。

事实如此，每次东南来电，都是约我去小饭馆喝酒，而这次不同，他让我去他家，我觉得又奇怪又新鲜。

不容多想，端了一盆秋菊直奔徐家。

东南的娘在他十几岁时就病逝了，而东南的妻子在怀孕 6 个月的时候遭遇了车祸，两条命都没有保住。细细算来，东南和他那耳朵有点背的爹相依为命也有 20 年了。

说白了，这是一个由两个光棍组成的家。这也是他让我来家里吃饭，我感到惊诧的原因。

路途不远，转瞬就到了。一踏入家门，我的注意力就被鞋架最上层规规矩矩摆放的一双手工女式布鞋吸引住了——鞋面绣有粉色的莲花，针法细密。

这个家里有了新的女人！

我情不自禁地向几个房间环视。

"贤弟，快来，昨天一个同乡带来了无肠公子，所以特邀你来寒舍品尝。"东南故意文绉绉的，以此彰显他来自南方的"公子才情"。

我没多说话，只是举了举手里的秋菊。

卧室的门半掩着，借着客厅里的灯光，恰好能看到东南的老父亲。老爷子坐在床边，腿上摊放着一本旧相册，他静静地翻着，偶尔凑近眼神儿，小心地轻轻地抚摸着。

我刚想打招呼，东南却向我摆摆手，示意我在客厅里坐下。

东南折身进了厨房，打开蒲包，里面有十只蟹，公母各半。他在水池里放了些水，把蟹倒出来，那些螃蟹立刻张牙舞爪来回横行。

"重阳过后，螃蟹无论公母，无不肥大，味道一个赛一个。"

东南话音未落，出来方便的老爷子一眼看见了螃蟹，抬手指点着说："你娘从来不吃螃蟹，你忘了？咱们吃蟹，你娘她吃什么？"

东南赶紧大声说："知道，知道。"停顿一下，又说："她爱吃阳春面，一会儿单做。"

老爷子抬起的手顺意地放下了。

我的猜测是对的，这个家有新女人了。也就是说，东南有继母了。

从卫生间出来，老爷子突然一拍脑门，讪笑着自嘲："瞧我这记性，你娘不是去哈尔滨旅游了吗？"他歉意地看了我一眼，说："咱们吃蟹，咱们吃蟹。"

老爷子回卧室了，不一会儿，卧室里传出了他可以撼动楼板的声音："喂，老伴啊，昨天的电话撂下也没多久，但还是忍不住想打一个。今天都去哪儿了？快给我讲讲。"

话音刚刚落，老爷子就从卧室出来，抬腿又进隔壁的另一个房间。

"啊，老头子，"竟然是细细的女声："今天去了中央大街，你当年邮过中央大街的风光明信片给我，所以我瞅着这里什么都眼熟。"

我听出来了，是老爷子在装老太太的声音。

老爷子从隔壁的房间出来，复又进入卧室："老伴啊，秋天了，那边早晚凉啊，穿上那年我送你的毛衫，就是右下边有朵莲花的那件。对，对，对了，你走时忘了拿上莲花布鞋，带上它多好啊，走路轻便，和毛衫又配套……"

我完全可以想象老爷子在卧室说这番话时的表情。我的眼睛不自觉地向鞋架上望了望。

老爷子还在说着什么，东南已经端起泡好的普洱踱过来。他一脸庄重地苦笑。

本来不想解释，略略沉吟，还是语气稍稍有些沉重地开了口："老弟，弄糊涂了吧？家里仍然只有我和我爹。"

我更为惊诧，直指那双莲花布鞋。

东南说："过去，我爹天天写信，写上我家的地址和我娘的名字，邮出去。待收到信，他会放进一个专门放我娘东西的柜子。自打我给我爹买了这部旧手机，他每天都会像刚才那样和我死去多年的娘'通电话'……"

那天的蟹、酒以及屋里的空气都有点苦涩。

（原载《天池小小说》2015 年第 4 期）

如　芽

游　睿

接连几天，都有人来买树。无一例外，都是冲着那一株金桂来的。经过他这些年的精心培育，眼前这棵金桂树早已郁郁葱葱，每到 8 月花香四溢，十分醒目。

他很纳闷。树已经栽了多年，之前从无人问津，为何这段时间频频有人来买？他思考再三，想起了给儿子通个电话。树由儿子当年所栽，卖与不卖，还应该征求儿子的意见。

电话接通，却瞬间被挂掉。他习以为常，儿子身居要职，经常开会、接待，接不了电话，正常。半小时后，儿子回了电话，说刚才正在大会上讲话。他便说起有人买树的事情，儿子在电话里哈哈一笑，说有人愿意买你就卖吧，只要价格合适，一棵树也卖不了几个钱。说完，儿子又要去开会，就挂了。

他回到自己的院子，再次打量这棵树。那是儿子在林场上班的时候栽的，那年儿子刚参加工作。有天儿子匆匆忙忙拿回了这棵树，当时这棵树还算不上树，连苗都不算，只能算芽，仅有两片嫩嫩的叶子，趴在一个塑料花钵里，并看不出品种来。儿子说是林场落下不要的，觉得扔了可惜就拿了回来。然后儿子就和他一道将那株芽小心移出，栽在了院子里。不想十多年过去了，当初弱不禁风的嫩芽已经长成今天枝繁叶茂的大树。儿子也和这棵树一样，不断变换岗位，一直走到今天。很多时候，他甚至觉得这棵树是和儿子的命运紧紧捆在一起的。

尽管买树的人不断前来，但他都一一拒绝。眼下，他并不需要卖这棵树，这些年，儿子对他孝顺有加，物质生活早已经超出村里人许多倍，所以他根本就不想卖。偏偏来买树的人就是穷追不舍，价格也不断诱人。从最初的 5 万，现在有人竟然出到了 15 万，如果再这样一路高上去，他难免会心动。

这天，又有一个人来找他。来人四十多岁，短寸头，戴眼镜，自我介绍说姓方，是专程来拜访他的。他想，可能又是来买树的。

果然，方先生开门见山，问起了这株金桂的具体种植时间。他也没避讳，就把当年种植的时间说了，然后问，你打算出多少钱？

方先生淡淡一笑说，别急于说价格，你不想知道我为什么会来这里吗？

他说正想问这个问题，这些天为什么老是有人来买这棵金桂树，而自己并没有对人说要卖。

我知道这棵树是你儿子种的。方先生说。

你怎么知道？

你儿子在一个会上谈到了这棵树，虽然是个小型的座谈会，还是有很多人知道了。你想想，在他的岗位上，谁不想离他近点，所以来买这棵树的人自然多。方先生说。

他沉吟片刻，看了看方先生说，这么说来，你不是来买树的？

我是你儿子以前在林场工作时的同事。我就是想来看看。方先生用手摸了摸树干，感叹道，当初那么小，长得真快！

当年他告诉过你栽这棵树的事情？他问。

没有。方先生说，我是最近才知道他栽了这棵树。不过，方先生说到这里看了他一眼。

你请讲。他感觉到方先生还有话。

好吧。方先生说，当年我是林场苗圃的保管员，那年我们培植了100株金桂，可是后来发芽之后，却只剩了99株。这事儿领导们都没发现，只有我知道，但当时我也不知道这一株金桂去了哪里。

他顿时觉得额头冒汗。板下脸说，你的意思是我儿子偷回来的？可他告诉我说是林场不要的。

林场怎么会不要？你不知道当时培养一株金桂是多么不容易，跟宝贝似的，哪里舍得丢？方先生叹了口气说，如果不是最近听到有人到你们家来买金桂的事情，我怎么也不会联想到是你儿子拿了一株回来。而这棵树栽种的时间，正好吻合。

他顿时脸色惨白。他中年得子，尽管家境贫困，但他拼尽全力才把儿子送到大学毕业。儿子工作后，一直是家庭的顶梁柱，更是他时时刻刻的骄傲。却不想，儿子的背后却有如此不为人知的故事。他狠狠跺了跺脚说，早知道是这样，当年我肯定不会让他栽！

方先生淡淡一笑说，要是你当年阻止了，就好了。有些东西一旦种下了，就会疯狂生长，枝繁叶茂。现在，这棵树已经不是你的了。

是谁的？他奇怪了，还能是谁的？

有人已经给了 30 万将树买下，你儿子已经收了钱。方先生说，现在只不过没来移栽而已。

他从没告诉我已经卖了，难道你今天就是来移栽的？他问。

不，方先生说，我是来取证的。方先生亮出一个工作证说，我现在在检察院工作。你儿子涉案金额巨大，半个小时前已经被我的同事带走。

他惊恐不已，赶紧拨打儿子的电话，却被告知关机。再打，依旧是关机。

这哪里是金桂树，这分明就是他种下的罪孽！他顿时瘫坐在地上。

（原载《芒种》2015 年第 5 期）

冠　军

李　雪

彼时，我刚到电台工作一年多，负责体育类节目。全国乒乓球锦标赛决赛那天，台里第一次给我单独派了任务，让我去小 A 家蹲点采访，争取拿到一些别家媒体没有的"爆料"。

"爆料"这个词是主任说的。说这话时，他还对我竖竖大拇哥，表示信任和支持。

小 A 是我省运动员，是乒乓球队的佼佼者，这几年头角崭露，很有初生牛犊的猛劲。这次锦标赛上，他一路过关斩将，愈战愈勇，竟然出人意料地杀入了决赛。

全国为之震动。

主任说："这次派你去，主要是想给年轻人一个锻炼的机会，你要好好把握呀！省里很重视的，你可别给台里丢脸。"

我连连点头。

心里不由得有点紧张。

来到小 A 家楼下，让我吃惊的是眼前的情景——窄小的柏油路两侧停满了各色名车，知道的是有大领导光临，不知道的还以为是豪华车展呢！再看楼道，影影绰绰站满了人，透过被砖头支撑着敞开的防盗门，略带兴奋的交谈声缓缓入耳。

我怕自己来晚了，赶紧夹紧采访包往楼上跑。

一层和二层缓台上，分别站着几个衣着整齐的中年人，一边抽烟一边寒暄，像是许久不见的样子。位于三层的小 A 家里，更让我有种来参加婚礼的错觉——门厅里一侧站满了人，另一侧地上则横七竖八地摆满了大小不一的箱子，除了箱子，还有花篮、果篮。一面紧卷的锦旗横在花篮和果篮中间，状如勇挑重担的玲珑扁担。

客厅更加热闹，几个大腹便便的名牌男正在激昂地交流。

"我一直看好小 A。这次如果他拿了冠军，我立马送他一套三居室！"

"你送楼，我送车，奔驰宝马任他挑！"

"你们又送楼，又送车，看来我只有送现金喽！"

他们的谈话声让我耳根直痒痒。

客厅里边的老式沙发上，坐着几个着休闲服的中年人，虽然各个满脸喜气，但举止依然庄重。毕竟从业一年多了，我一眼便认出来，这几位是主管体育的省、市领导和体委主任及各个处的干部。

随行的工作人员，均靠窗站着，一边看表，一边关注着领导的动向。

有其他媒体的同行在向我招手，我赶紧点点头，挤过去。

中国人就是这样，任何场合都喜欢"物以类聚"。

小 A 的父母显然没见过这样的阵势，除了一趟又一趟地忙碌，就是尴尬地站在那里搓手，至于领导的问候，都不知道如何回答才好。

他们希望比赛快点开始，比赛一开始，大家的关注点就会转移到电视上，他们也可以借此轻松一会儿。

上午十点，比赛如期鸣锣。

小 A 的家里，连同楼道，一下子变得鸦雀无声。

开局顺利，小 A 连得五分。

人群出现了兴奋和躁动。

两位老人也面露喜色。

领导们互望着点点头，好像他们已经笃定见到了胜利的曙光。

然而第一局输了。

领导们很镇定，大家觉得无所谓。毕竟才一局嘛，说明不了什么问题。先让对手尝到点甜头，后面他就知道小 A 的厉害了。

小 A 夺冠那是板上钉钉的事！

果然第二局小 A 争气，主动进攻加上对手失误，一举将比分打到九比三。

人群又一次兴奋了。

"回旋球起手利落，漂亮！"领导给出评价。

"抽杀更痛快，干净，没犹豫。"众人附和。

"我就说嘛，这才是小 A 真水平！"老板们也跃跃欲试。

掌声一次又一次地响起来。

然而由于小 A 莫名的失误，第二局又输了。

气氛骤然又紧张了。

我尽量屏住呼吸，生怕自己弄出一点响动惹得周边的人焦灼不安。

第三局。

又输了。

电视台的解说员正在做着这样或那样的分析，领导群里有人——最主要的领导，缓缓地站起来，歉意地对着小A的父母躬躬身，解释说："我临时有点急事，需要回去处理一下。"说完，迈步向门口走去。

他走了，剩下的人面面相觑。相觑只是一会儿的事，很快，他们临时的"急事"都来了，一个相随着一个，都撤了。紧接着，退潮一般，企业家、记者、随行的工作人员，纷沓而去，剩下屋里屋外一片狼藉。

有一个毛头小子已经下楼了，转身又跑回来——他带来的一个礼品箱子因为走得急，险些落下了。

由热闹转清净，只是一眨眼的工夫。

我也想走，可脸上总觉得挂不住，扎煞着双手好半天，才想起来应该帮老人扫扫地。小A的父母坐在那里，似乎还没有从梦中转醒。他们忘了跟我客气，互相傍依着，盯着屏幕上儿子左突右跳的身影。

我有点想哭的感觉。

那天的事情实在太奇特了，是我记者生涯中仅遇的一例。因为这件事，我们主任夸赞自己是料事如神的圣人，说会有"爆料"，果真就拿到了"爆料"。

那场比赛的后四场，小A苦熬苦战，竟然连扳四局，转败为胜，成了乒乓史上的佳话，至今仍被认为是传奇。而我因为从第四场开始就对听众进行了"现场直播"，我们台里体育频道的收听率一路飙升，我也从一个名不见经传的小记者，华丽转身，变成了"新闻达人"。

主任夸奖我说："不负众望！"

可我自己明白，担着这样四个字，心里的忐忑有多少。

（原载《天池》2015年第5期）

无 极 刀

官旭峰

鬼子是外号。农村人不缺外号，而且都有出处，如七斤半，一定是生时的斤两。鬼子为啥叫鬼子，一说是他鬼心眼多，一说他就是日本人，是他爹闯关东带回来的。

鬼子却说他当过兵。我们这些孩子才不信呢。当过兵的哪有怕刀的。

有一年，大队宣传队演样板戏，演的啥忘了。演打斗时，一把木头刀飞到了台下，鬼子被吓死在那儿了。还是赤脚医生将他救了过来。后来，凡有舞大刀的电影和样板戏，鬼子都不到场。这是后话。

鬼子能给我们讲故事。他讲的比电影《地道战》《地雷战》的还好。

我们二十九军大刀那叫厉害。这是他每次的开头，但每次开讲他目光都要黯淡一小会儿，而且左顾右盼有没有大人在听。也许因为讲的是国民党抗日，那个年代犯忌——我猜——鬼子说，二十九军武器非常落后，枪上连刺刀都没有。

为了抗击倭寇，长官托人去天津精心设计了一种刀。那刀长短与宝剑相仿，长约一米。刀面不像演样板戏的刀那么宽，但比剑略宽，两面开刃，接近刀把才一面开刃。刀把长八寸至一尺，两手握着砍向敌人很得劲。

第一次砍出军威是在喜峰口。日本兵扫射的子弹像雨点，当冲锋号一吹，我们拔出背上的大刀，吼叫着冲入敌阵。特别是日本的指挥旗被一刀砍倒后，日本兵老鼠一样地窜。当然，我们付出的代价也很惨重。后来，大刀队扬长避短搞夜袭，真把日本人砍怕了。他们就想了个办法——太阳快落山了，先干活儿，以后再说。

日本兵想的啥办法不让大刀砍去头，鬼子以种种理由不继续讲，直到放秋假了我们还没听上。恰好那半年电影一场没看上，靠得我们不行。这期间，有人偷了家里老旱烟贿赂鬼子，可跟鬼子捡了四五天花生，歇息时，他复杂着表情尽抽烟了，眼瞅着他一袋接一袋地抽，干吧嗒嘴就是不讲。隔了一天，外号叫嘎子的想了个法子，在鬼子面前胡抡乱耍演样板戏用的木头刀。哈哈，鬼子脸都吓白了，大喝一声，别比画了，听我讲。

大刀吓破了日本兵的胆，人人和衣持枪睡觉，有的甚至戴着钢盔睡。就这样，还常被砍去脑袋成了无头尸。你们不知道，日本有个风俗，一个人死不能身首分离，天照大神不收无头之鬼。日本兵想的办法是用一块铁片子折成半圆，在上沿两头打个窟窿，铆到钢盔上，就像你戴的这围脖。鬼子一指嘎子说，日本兵再上阵就都戴着铁围脖。

那怎么办？

我们中国人为保卫国土是不怕豁出命的。

1937年7月27日丰台一战，戴着铁围脖的日本兵在战车、装甲车掩护下冲了过来。不过，厚重的铁围脖大大削弱了他们的战斗灵活性。在距阵地前三四十米的时候，长官一声令下，换大刀片，上！当时心里这个痛快啊！可赶上了！大刀队员甩掉帽子，挥刀冲向敌阵。日本兵被中国人的气势吓得低头抱脑，大刀则砍捅并用，如切菜砍瓜。一名19岁的大刀队员一连砍死13个日本兵。集合号响，大刀队员仍不集合，举着大刀追赶着一个个日本兵血人。有个叫野田的日本兵的脑袋，被砍掉啪地飞到了我脚下。还有一个日本兵被迫到一条死胡同，跪地求饶，边比画着自己了断，边从身上拔出刀朝自己捅去。

这些你咋知道的。鬼子被嘎子冷不丁地问蒙了。别打岔，听我往下说。想知道那么厉害的刀叫啥吗？太阳落山了，鬼子刚要以后再说，看了一眼嘎子手里的木头刀，目光瞬间暗淡下来，随手一指，它叫无极刀。

鬼子承认自己是日本人是后来的事了。他叫山田敬二。当年，血气方刚的山田敬二和同村伙伴山田敬一响应政府到中国帮助建立和平大东亚的号召，背着家人加入到侵略中国的队伍中。在中国目睹的"三光"事实让他悔恨至极。被大刀砍掉飞到他脚下的头颅正是他同村伙伴的。那个跪地要求自杀的是他本人，所幸的是，他没有成功，被处理尸体的老百姓发现抬回家养好了伤。更让他愧疚的是，收留他养伤的夫妻的儿子是被日本兵杀死的。日本投降后，鬼子不想再回日本，他要为救他命的人养老送终，自东北随老人回到了关里。

（原载《金山》2015年第2期）

风 吹 麦 浪

红 孩

　　菊子终于回到家乡了。她当下要做的，就是扑进一望无际的麦田，帮助父母去割麦子，去割那金黄色的像波浪一样的麦子。她会在田野里大喊：麦子啊，我那清风吹过的金黄色的麦子！她现在什么也不怕，什么也不需要怕，她觉得这时的菊子才真正的叫菊子。

　　3 年前，菊子从河南驻马店跑到北京来。一起来的还有两个初中同学。他们说好了一起去做护工，村里的一个姐姐先前已经在北京干了快 5 年。每月能挣 4000 多呢。菊子本来是想上高中的，可她父亲得了椎间盘突出的毛病，不能再出去打工了。她还有个上初二的弟弟，全家的希望全放在他身上了。

　　菊子想，不上学就不上学，到北京城里闯闯也挺好。临出门，娘给了她2000 块钱，说你到北京好好干，挣多挣少搁一边，别把身手累出毛病。这女人啊，一辈子受累的日子长着呢，你得慢慢地受。菊子抱着娘的头哭了，说娘你放心，我会照顾好自己的，你们就好好过吧，我会按月给你们寄钱来的。

　　可是，菊子没想到，她到医院找村上的姐姐联系工作时，姐姐说最近找工作的人很多，都排着队呢，再等等看吧。菊子问，要等多长时间呢？姐姐说，不好说，估计等你兜里的钱花完了就差不多了。菊子没有告诉姐姐她带了多少钱出来。本来娘给了她 2000 块钱，临出门，她又拿出 1000 块钱悄悄塞给了弟弟，说家里光景不好，说不定急时用得着。看着姐姐一步步离开家门，弟弟跑着送到车站，他冲着远去的姐姐喊道：姐姐，过年一定要回来啊。

　　医院的地下一层有三间房，一间是护工管理中心，一间是男宿舍，一间是女宿舍。宿舍有三十几平方米，分两排支着四张床，几件破铺盖有一搭无一搭地在那堆着。这是供那些闲下来等活的人休息用的，菊子刚来，还没有资格睡这样的床。她和另外两个姐妹只能拿一些医用的纸盒子压平铺在楼道里睡，白天还要把那些纸盒子叠起来放在一个没人注意的角落里。菊子想到，自己在别人的眼里或许就是一块说有用也无用的纸板子，她要在这个城市里生存下去，她只能把自己压平，或者被别人压平。

大约过去 20 天了，村里的姐姐找到菊子，说你手里还有多少钱，菊子说还有 500 元。姐姐说这样吧菊子，你拿出 200 元，给护工管理中心的经理送点礼，东西不在多少，主要是一份心意，菊子问，买点啥好呢？姐姐说，经理小姨子的孩子刚出生，你买点奶粉吧。菊子听了姐姐的话，在去商场买奶粉的同时，还顺便给姐姐买了一条羊毛围巾。姐姐见菊子实诚挺会办事，就去找经理替菊子要工作。经理说你来巧了，刚好有一个脑中风的住院，正缺人手。

毕竟来医院一段时间了，对医院的科室、食堂、卫生间；小卖部甚至是太平间，菊子都很熟悉。按照协议，做一天护工工资 150 元，其中要拿出 50 元交给公司。等半年后如果各方面都熟练了，就可以涨到 170 元。菊子算过，如果自己省吃俭用，一个月可以挣到 3000 多元，一年就是 3 万多，这样即使爹不出去打工，家里的日子也能过得去。这样想着，菊子的心里顿时阳光灿烂。

脑中风患者叫大力。四十多岁，比菊子的父亲小不了几岁。这样的病人脑子明白，但不能行动，每天除了输液就是在床上躺着。按说这是一个不太复杂的病人。可菊子遇到了大问题。她要给大力接大小便。大便虽然脏，但忍忍也就过去了。可小便怎么办？她必须把便壶放到男人的裆下，为了不尿湿床单，她只能用手去按住男人的生殖器。这让菊子很难为情。虽然小的时候，她和弟弟玩耍，不小心也碰到过弟弟的小鸡鸡，可那毕竟是弟弟啊。菊子羞红了脸，她到四楼找村里的姐姐，说她想换一个病人。姐姐问，病人家属欺负你了？菊子紧闭着嘴唇不说话。姐姐又问，你不会伺候病人？菊子还是紧闭着嘴唇。姐姐急了，说你再死鱼不张嘴我就不管你了。菊子没办法，只好说了实话。姐姐一听，扑哧笑了，说我以为多大的事呢！干咱们这工作的，谁也回避不了这个问题。你看那些年轻的小护士，不同样得给病人光着屁股打针，有的病人尿不出来，他们就用导尿管从男人的鸡鸡里穿进去。你就把他们当成是你自己的亲人，你是要面子还是要亲人的死活啊！

姐姐的话让菊子确实开窍了很多。她回到病房，想都没想就把便壶塞到了大力的裆下。大力尿得很顺利。菊子抽出便壶，用湿纸巾在大力的鸡鸡上还蘸了蘸。她看了一眼大力，大力没有说话，但从眼角流下感动的泪水。菊子也哭了，她为自己的勇敢哭了，她仿佛觉得从今天起她已经不是从前的菊子了，她已经是长大的菊子了。

护工的日子是难熬的。医院的一天像一年，一年像一个世纪，那怎么办？

熬着呗。菊子唯一的乐趣就是在打饭时，可以跟其他护工，包括与她同来的两个姐妹搭讪几句。有时病人家属来探视的间歇，她们可以到外边透透气，到路边报摊买张报纸，到医院小卖部买点零食。她们从不到医院的食堂吃饭，那里的饭菜又贵又没滋味，菊子学着老乡的样子，找两个罐头瓶子，一个装腌萝卜，一个装辣椒酱。每天早中晚，她们就在馒头、米饭、腌萝卜、辣椒酱的混搭中度过，偶尔有病人定的饭菜吃不了，她们就搭着吃。说来也怪了，干了一个多月的菊子本以为自己要瘦了，可到秤上一称，还胖了两斤。

菊子领工资了，3000多元。她拿出2500元邮寄给家里。她还打电话告诉爹妈，自己在北京挺好的，睡得好，吃得好，体重增加了两斤多。国庆节长假，病人大都回家过节去了，几个护工商量互相照看，其余的人分批去遛公园逛商场。菊子和同来的两个姐妹，首先想到的是去天安门、人民大会堂，然后去鸟巢，不过他们没有去长城，也没有吃烤鸭。去长城时间太长，去吃烤鸭太贵。去天安门和人民大会堂最好，不用门票，广场上的花也多，好看，可着劲儿地照相。菊子从手机上发照片给弟弟，说北京就是好，过几年你考大学，哪都不要去，就来北京，姐供你。弟弟回信，也发来一组照片，他和妈妈正在玉米地里掰玉米，那玉米吐着红红的须子真诱人啊。这让菊子有点想家了。

过了元旦，菊子就该20了。在北京的半年护工生活，使她的脸色白净了许多，她也学着城里人的样子，多少打扮起来。和她同来的一个姐妹，已经和一个男护工有点意思了。这让菊子多少有点春心萌动。想到自己才20，家里还需要多挣钱，这个念头马上就打消了。大力住了两个多月院，已经能说话了，只是有些结巴，走路当然还是困难的。医生说，中风病人能好到这个程度已经很不错了。要想好起来，关键是回家后要加强锻炼，这需要耐心和耐力，也许一年，也许两年。大力一家很感谢医院的大夫护士，也很感谢菊子。大力的家人在结护工费时，特意多加了500元。经理对菊子说，你这小姑娘表现不错，本来按公司规定，这多余的奖励给你百分之七十，公司留三十，现在我决定，500块钱全都奖给你。菊子说谢谢经理，等有时间我请您吃饭。

经理不是河南驻马店人，但也不是北京人，据说是院长的一个亲属。时间长了，护工们跟经理经常开玩笑，有些女护工甚至开比较荤的玩笑。在护工管理中心，人们听到最多的话就是"一天多少钱？"这要是病人家属问，没人敢胡说八道。要是病人家属不在，就是护工们在一起闲聊，他们就会学着病人家属问，这一天多少钱啊？这话如果男人之间或女人之间说说没关系，可是如果男女之间说就成了问题了。即使菊子这种单纯的女孩子也是明白的。

在医院的 100 多名护工中，夫妻护工能有二十几对。他们跟单身的护工不一样，他们除了在工作上互相照顾外，也需要适时的夫妻团聚。经理考虑到这个问题，曾经提出每周六周日晚上把男女宿舍腾出来供夫妻团圆用。可经过一两次，其他的护工不干了。说床和床铺经过男女折腾后，再睡怎么想都不对劲。无奈，经理只好取消了自己善意的决定。至于这些护工是到小旅馆开房还是到公园的坐椅上去解决，那只好随他们的便了。

菊子本想做一个安分的人，可她的这点想法还是被经理打破了。那天，菊子抽空到地下一层和几个护工商量去商场的事，正好碰上经理的小舅子来找他姐夫借钱。经理说，你整天在外边闲逛，也不正儿八经弄个营生，没事就到我这来借钱，说是借其实跟抢差不多。要不你也到医院来当护工算了。小舅子一听姐夫在挤兑他，脸上有点挂不住，就把姐夫给骂了。姐夫大小是个经理，当着十几个护工的面不肯示弱，结果就跟小舅子打了起来。谁料，小舅子手狠，抄起板凳就给姐夫开了瓢。这事多亏发生在医院，要是在别处，经理不知要多流多少血。

打架的时候，菊子被吓坏了，她不知该怎么办，呆呆地看着经理倒下去。等经理的脑袋血流出来了，菊子一下被惊醒了，她不知道哪里来的力气，不顾一切地冲过去，拦腰抱住了小舅子，她大声叫喊着，来人啊，出人命了！这时，所有的护工都如梦惊醒了，大家一起动手把小舅子捆了起来。然后，他们又架着经理向急救室跑去。

经理的头部被缝了 8 针，本来保卫科要把经理的小舅子送到派出所的。可是，小舅子的一句你们院长是我表姐夫又让人们退却了。保卫科长给院长打电话，把详细的情况讲给院长听，院长听后说纯属瞎咧咧，我哪有这样的亲戚，你们不要考虑我的面子，该送到哪里就送到哪里。院长虽然很生气，可保卫科长还是多了一个心眼，他跑到急救室问已经缠好绷带的经理，你小舅子跟院长到底有没有关系。经理说，有，肯定有，只不过绕的弯比较大，考虑到我老婆的泼劲儿，你们还是放了他吧。保卫科长说，放了他？那你的医药费、误工费谁出？经理连声说，我自己出，我自己出。

人们都说经理活得窝囊。其实经理不是非要窝囊，他这个小舅子蹲过监狱，心狠手辣，前几年经理因和女护工搞不正当关系被媳妇知道了，结果让弟弟来把他揍了一通。既然在人家手里有短，腰自然就直不起来。今天经理对小舅子突然来了脾气，主要是莫名看到了菊子，他内心才油然说出压抑很久的话。这些事情，菊子自然无法知道，但有的护工隐隐约约听到一些，碍于人家是经理，也不好多议论。

经理住进了病房。毕竟是本院的，医护人员都熟悉，护工们更是争先恐后地要负责陪护经理。经理说，我现在只是有些头晕，过几天就会好的。他看了看菊子，说就你留下吧，过三天就没事了。菊子这是第一次近距离跟领导在一起，她说话做事处处留着小心。经理留住菊子，其实并不是要菊子帮他做多少事，他就是想找个人陪他聊聊天。这么多年了，他虽然承包了医院护工管理中心，钱也挣得不少，可他仍感觉不到一丝幸福。

一天后，经理头部疼痛好些了，菊子给他喂完粥，他对菊子说："你来医院也快一年了，难得能休息几天。我专门让你照顾我，就是想让你休息休息，你放心，我给你的护工费一天200。"

菊子一听200，赶忙说："经理，我咋能要你的钱嘛。你平常对我好，我都不知道咋报答呢！"

经理说："你这个妮子就是会说话。说，想吃点啥，我让食堂多送几个菜。"

"吃啥都行。我柜子里有腌萝卜，还有辣酱，榨菜。"

"不吃那个没营养的，哥请你吃带肉的。"经理说着，用笔在病号饭卡上画上：红烧鸡块、糖醋排骨，还特别写上"2"，也就是双份的意思。

菊子本来想说，我吃腌萝卜、辣酱已经习惯了，可经理的一声哥让她心里暖暖的。如果拒绝经理的好意，就会让经理没面子，经理没面子，脸色就不好看，在接下来的日子，他们将无法面对。

肉菜准时送来了，经理和菊子互相推让着吃。经理也是苦出身，他对菊子说，他是60年代出生，家里很穷，只有在春节时家里才能吃上一顿肉菜。在很小的时候，他就发誓，长大一定要挣很多的钱，一旦有钱了，第一件事就是买一缸的肉，让全家人天天有肉吃。

听到这里，菊子哭了。经理说，你为什么哭呢？菊子说，我也想挣很多的钱，让我爸妈天天有肉吃。经理说，现在日子都好过了，谁家也不在乎天天吃肉了。菊子说，我在乎，我上中学时，有个同学他爸爸是乡长，他们家天天有肉吃。经理听菊子这么一说，不由得叹了一口气，说你还是个气娃呢。

这个夜晚，菊子没有梦到她给家里买了多少肉。她梦到了5月底，村后的麦地一片金黄，她和父亲、母亲推着一辆装满麦秸的牛车，怎么走也走不出麦田。最后，她只好坐在麦田里无助地哭起来。等她醒来的时候，她发现她的头正枕在经理的胳膊上呢。她下意识地看了一下自己的上衣，发现整齐如初，她不知道经理什么时候把她弄到他的床上的。经理说，刚才他上厕所时，发现她正在做梦哭着呢，他就把她抱到床上。不过，他没有一点邪念，他只是出于一种怜爱。菊子相信经理说这话是真的，可她要对自己负责，她要对自己的清白负责，假如这事被长舌妇看到了，她在这个医院将永远没有栖身的地方。也就在这一瞬间,菊子突然觉得,她要尽快离开医院;如果她跟经理再这么处下去,一定会出什么乱子。她毕竟是个情窦已经绽开的姑娘了。

天亮了。菊子给经理打好了饭,她借故到外边打了一个电话,然后她神色慌张地走回病房,她对经理说:"对……不起……经理,我得……得马上回家,我爸的病犯了!"

经理说:"别急,告诉我什么病,或许咱们院能治!"

菊子说,不麻烦您了,我必须今天走,就现在走,晚上就能到家。说完,菊子几下就把铺盖卷好,义无反顾地冲出病房,好像她家里真的发生了什么大事。看着菊子远去的背影,经理很想喊一声:你的账还没结呢。可他终于没有喊出声,他知道,即使喊了,菊子也不会听到。

（原载《文艺报》2015 年 6 月 26 日）

父 亲 醉 酒

肖曙光

父亲不喝酒。但他却醉过一次酒，这让何福伯到现在都唏嘘不已。

何福伯那时有五个孩子。七张嘴指望队里分的那点粮食，常常吃了上顿没下顿。

那年，队里刚分完粮食，何福伯家分得三十斤米。他提着那袋米，脸苦得就像霜打的茄子，这袋米再精打细算着吃，也吃不了多久，往后的日子一家人又要挨饿了。他提着米，无精打采回家去了。

父亲是生产队的仓库保管员。分完粮食后，仓库一片狼藉。他把仓库里里外外收拾干净，已经是傍晚了。

正要锁门离开，就看见何福伯走了过来。他手里拿着一个瓶子，一股酒香扑面而来。

何福伯看见父亲要离开，连忙说，春根，莫走啰。

父亲说，我要把米送回家去，家里等米下锅呢。

那个时候，家家都在挨饿。小妹饿晕了好几次，脾气火爆的母亲几次让父亲想办法。

何福伯说，着什么急，我们扯扯闲篇。就硬拉着父亲坐在仓库的台阶上，从口袋里掏出一小把豆子。何福伯把酒瓶推到父亲面前，这酒刚从供销社买的，度数低，不上头。来，抿一口吧。

父亲皱了皱眉头，一副难为情的样子。

粮食分完了，你也该松口气了。来吧，抿一口。何福伯又把酒瓶推到父亲面前。

父亲摇摇头，无奈地接过酒瓶，瓶口轻轻地往嘴唇上碰了一下。

何福伯接过酒瓶往自己嘴里灌了一口，很舒坦地吁了一口气，还是喝酒好，醉了就什么都忘了。

他又把酒瓶推给父亲，父亲接过来，嘴唇又轻轻碰了一下瓶口。

就这样，你来我往，一瓶酒喝了一大半。喝着喝着，何福伯突然哭了。

父亲连忙说，福兄弟，你喝醉了，别喝了。

春根，我要真醉了就好了，永远就没有烦恼了。何福伯流着泪望着父亲。

你怎么了？有什么烦心事？

哎！何福伯长长地叹了口气，我把米提回家，老婆就骂开了，这哪里让人活，分明要把人饿死。她早就有把老六和老七送人的想法，这次她又提出来了，一家人哭得昏天黑地。我心里实在是烦躁，才找你唠叨唠叨。

父亲听了，心情沉重地唔叹了声。

何福伯又往自己嘴里灌了一口酒，自言自语道，要是能多几斤粮食就好了，顶过这一阵子，就有红薯分了。我也不想把两孩子送人啊。

父亲看了眼何福伯，他眼里满是哀愁。父亲一阵心酸。仓库里还有一些余粮。何福伯的意思很明显，希望父亲通融，借些余粮给他。

何福伯又喝了口酒，一声低低的抽泣声传进父亲耳朵。

良久，父亲一把从何福伯手中夺过酒瓶，往自己嘴里猛灌了一大口酒。之后，摇摇晃晃站起来，打开了仓库门。一会儿，父亲从仓库里提着一个袋子出来。他把袋子塞给何福伯：快回家吧。

听说后来你醉了？那天，何福伯来我的新屋——新屋是村里统一规划修建的农民新居，一幢幢房子就像城里的别墅一样气派——和父亲闲聊时，又提起当年那件事。

可不是，母亲接过话茬，一回家就吐了，睡了一整天。

呵呵，父亲笑了，那次我还真喝醉了。

春根，你真够意思，不是你帮忙给我那些粮食，我真要把孩子送人了。何福伯感慨道。

乡里乡亲能不帮衬一把？父亲说，不就是几斤米嘛。

哎呀，你是冒了风险的。毕竟你偷偷把生产队的粮食给了我。何福伯说。

什么生产队的粮食，父亲说，我从自己家里分的米里，匀了几斤给你。

那，你为什么要喝酒呢？何福伯问道。

我不喝醉，老太婆问起来粮食少了，我该怎么回答？

难怪啊，我就觉得粮食不够，但你醉醺醺地回来，我也不好问。母亲嗔怪道，害得我们吃了一个月的野菜糊糊。

野菜糊糊？一定很好吃吧？六岁的女儿插话道。

大家一听都哈哈笑了。

乖孙女，现在生活好了，你想吃恐怕都吃不到了。父亲慈爱地对女儿说，满是沧桑的脸上盛开了一朵灿烂的菊花。

（原载《潍坊日报》2014 年 11 月 28 日）

额尔齐斯河畔

刘斌立

额尔齐斯，一条流向北冰洋的河。

源自阿尔泰山的融雪，冰冷着额尔齐斯河。她一路向北，湍急的地方可以击碎岩石，而舒缓的地方柔美的像图瓦人里最美的姑娘。

鄂尔德西静静地坐在河畔，对于一个生于额尔齐斯河畔的图瓦人来说，那不过是又一个残血落红的黄昏。一群游客惊呼着日落的美景跑过他的身旁，带起的风掠动了鄂尔德西老人的衣衫。老人的嘴角微微有些上翘，那是黄昏最后的一刻阳光批到了他的身上。20年了，他知道每天最后的一刻霞光收拢在河畔的位置，他从没有坐错过。

鄂尔德西深深地吸了一口带有河水潮气的空气，无比幸福地托起了一直依靠在他身边的草笛。那根叫做"楚尔"的乐器，是鄂尔德西一生的珍爱。于是在落霞过后，在天色渐暗时，在额尔齐斯河平缓的流淌声中，楚尔响起了她振颤的和声。这是图瓦人独有的乐器，用"芒达勒西"草的茎秆制成。楚尔只有三个孔，但能吹出五个声、六个音。她的声音深沉舒缓、悠扬婉转，全靠舌尖控制着的气息。在鄂尔德西老人的嘴里，楚尔更是美妙而又神奇地可以同时吹奏出两个声部。

那个黄昏，鄂尔德西又在额尔齐斯河畔吹起了《美丽的喀纳斯姑娘》……

远远的，那悠扬的乐符，穿过河畔的西伯利亚落叶松林，在鄂尔德西的木屋后面萦绕着久久不舍得散去。

一阵缓慢但异常沉重的咳嗽声，突然打断了那美丽的乐曲。鄂尔德西脸上的幸福被肺部剧烈的疼痛所替代，他只能放下楚尔，紧紧用双手捂住自己的胸膛和嘴……

鄂尔德西终于给我打了一个电话，我告诉老人，这个电话我已经等了他两年。

十天以后，仍旧在一个日落额尔齐斯河的时分，我和五个图瓦少年围坐在鄂尔德西的周围，眺望着远方的群山，听额尔齐斯河倾诉着她的衷肠。而鄂尔德西的楚尔正轻柔地哼唱，弥漫四周的音符滋润着我们。65 岁的鄂尔德西，已经是一名 IIIB 期肺癌病人，不能再完整地吹奏哪怕一首乐曲。他只能断断续续地给我和孩子们讲解吹奏楚尔的技巧。

半年后，鄂尔德西卧床。在他那间独自住了 20 年的小木屋里，听我们用粗劣的技巧吹起楚尔。每每这时，他总是看着窗外，那里有一个他深深爱着的姑娘，已经在那沉睡了 20 年。

那样的日子只延续了三个月，我和那 5 个少年一起将鄂尔德西以及他的楚尔埋葬在那个她的身旁。我听说，鄂尔德西和那个叫做艾琳娜的图瓦女孩，相识相爱于额尔齐斯河畔。那根楚尔，曾经是他们相爱相伴多年的见证。两人在一起的每一天鄂尔德西都要在额尔齐斯河畔吹起楚尔，他的艾琳娜就坐在夕阳最后的霞光下面，沐浴着爱和那些美妙的旋律。《美丽的喀纳斯姑娘》就是鄂尔德西为她写的曲子。

我终于决定离开阿尔泰，离开额尔齐斯河畔。我最终也没有真正学会楚尔的吹奏。我只不过是一个采风的流浪乐手。两年前，在额尔齐斯河畔听到了鄂尔德西老人天籁一般的旋律，我想留下跟随这最后一位会吹楚尔的图瓦老人学习。我整整等了两年，一直等到他即将离世的时候才给我打了电话。

"我觉得现在的时间可以了。"鄂尔德西在电话接通后，讲了第一句话。

"你的意思是，你同意传授我了。"我不知道我为何如此平静，其实我在美丽的额尔齐斯河畔整整等了他两年。

"我想我的时间不多了，我曾经答应过艾琳娜，我的楚尔今生只给她吹响，我做到了。"老人有点激动，又引起了一阵猛烈的深咳。

"这两年我走遍了图瓦人的村子，几乎没有人会吹了，更别说吹得像您这样好的。"我在为这么好听的乐器而惋惜，楚尔简直就是一件艺术孤品了。

"哦，哦。"老人想起了什么，在电话那头应答了两声又沉默了。

"你帮我选五个图瓦少年吧，你会吹奏乐器，你应该知道什么样的孩子适合学习楚尔。"老人平静地告诉我越快越好。

在挂上电话前，老人对我说，楚尔不仅是他和艾琳娜的，也是图瓦人的。

我那时并不知道，我无意中促成了老人收下了 5 位图瓦少年教授这民族最后的传承。

我背着行囊沿着额尔齐斯河离开的时候，听到了五位少年为我吹奏的曲子，那曲子一直弥漫在那漫山遍野的落叶松林中，在那山林溪涧，我仿佛看到鄂尔德西与艾琳娜又幸福地徜徉在永恒的岁月里。

多年后，我在一本文献中读到，楚尔是汉朝时期在西域流行的"胡笳十八拍"乐器中的一种，目前仅有现存的 2000 图瓦人中，尚有少数人会吹奏。

我再也没有回到过额尔齐斯河畔，但我知道，远山落红时，那空灵悠远的美丽旋律一定会在图瓦村落中响起，她也会随着额尔齐斯河的波涛，一路向北，流向北冰洋。

（原载《文艺报》2015 年 3 月 4 日）

你离开了南京

桂晓波

去年秋天，我的朋友要离开南京，走之前她买了五只阳澄湖大闸蟹，让我过去吃。下班之后，我提着两盒寿司，坐地铁到云锦路。我站在电梯上，看见她在地铁口冲我招手，身材单薄小巧，穿着连衣短裙，披一件牛仔衣。我从下往上看，她的腿就显得修长苗条，也或许是穿着高跟鞋的原因。电梯把我缓缓送到她面前，她的笑容越来越灿烂，我忍不住想给她一个拥抱。

她带着我在居民区小巷子里穿插，脚步轻快，像一头小鹿。天色已经暗了下来，我紧紧跟着，生怕一不注意就把她丢失。走到福园街上，马路两旁是各种小饭馆和商店，灯光也亮了起来，充满了人间烟火色的气息。她说："我们买半只烤鸭吧。"我说："好。"跟着她进了茶南菜市场。她又说："买瓶红酒吧。"我说："好。"任由她挑了一瓶，或许以后再也没有机会了。

我左手提着寿司，右手是烤鸭，她抱着红酒在前面，带我到了福园小区。她住在四楼，和另一个女孩合租。进去后，合租女孩跟我打了个招呼，就把房门关上了。我们把手上的东西放下，进入厨房，准备蒸大闸蟹。大闸蟹是捆好的，装在袋子里，吐着泡沫，奄奄一息。我把它们拿出来，放进洗菜池子里，按下水龙头冲洗，它们就像久旱逢甘霖的庄稼一样扭动起来。

我拨弄着大闸蟹，她在一旁看着，一言不发，我们的沉默，像秋天一样暗自神伤。突然她轻叫一声，一只螃蟹挣扎开绳子，横行乱爬。我小时候抓过螃蟹，只需握住壳子就不会被夹到，所以很顺利地抓起了它。可我从来没绑过大闸蟹，折腾十几分钟，笨拙地绑住了几只螃蟹脚和一只钳子。也管不了那么多，一股脑儿塞进电饭煲的蒸格里，下面加了水。

插上电，开始还能听见螃蟹的抓刮声，慢慢就停了。我看见她禁不住打了一个激灵。

我们在房间里等着，我摊开寿司和烤鸭，她倒出了红酒。先碰了一下，抿一口。她夹起了一块烤鸭肉，我往嘴里塞进一块寿司，相视一笑。她早就告诉我了，已经接到两个面试通知，明天早上就要坐飞机去北京。该祝福的我也讲了，离别的话我不想再多讲。笑着说："以后再也吃不到南京烤鸭了。"她听懂了，也笑着说："是呀，还有咸水鸭。"我们又碰了一下杯。

时间差不多到了。我们一起走进厨房，揭开锅盖，香气扑鼻而来。我一个个拿出来，放在盘子里。她敲了敲同屋姑娘的门，问她要不要一起吃，"不用了，你们俩好好吃吧。"

她脱了鞋盘着腿坐在床上，像个调皮的小姑娘，把螃蟹的爪子和钳子都掐断，放在一边。她让我等会吃爪钳，说凉了容易吃，又教我把螃蟹肚子上的盖子去掉（我说"这个盖子三角形是公的，圆的是母螃蟹，里面会有蟹卵和小螃蟹"），揭开蟹背，就可以看见蟹黄。吃掉蟹黄，开始吃蟹肉，她告诉我螃蟹身体内哪些可以吃，哪些不能吃。我看着她，学着吃，不时碰一下酒杯，头脑晕晕乎乎的。

吃完一只，我将第二只的爪子和钳子掐断放在一边，照她教我的方法又吃完了第二只。她比我先吃完，看着我吃，问我："你会去北京看我吗？"我低着头，说："不知道。"没有更多的话语。她将最后一只大闸蟹的背盖打开，递给我，说："你吃吧，我吃饱了。"我说："我也饱了。"她看着我，没有放下手，停顿了一、二、三秒，我避开了她的眼神，拿了过来。

她先拿起螃蟹的爪子，蘸了蘸醋，掰断，然后一挤，就把里面的肉出来了。她边吃边说："五只螃蟹四十条腿，十条钳子。"蟹钳的肉也很多，她一丝不苟地吃着，不想浪费一爪一钳，仿佛是赴死前的最后一顿。我吃完最后一只螃蟹，也跟着她吃起来，仿佛明天不会存在，仿佛人类就此灭亡。四十条腿、十条钳子是我们最后的联系，从此天各一方。

红酒分完了，倒进了杯子。烤鸭大部分被她吃了，我很吃惊一个身材这么娇小的女子居然能吃这么多食物，美酒也大部分流进了她的肚子，她的两眼已经有些迷离，莫测地看着我。我真希望最后一丁点儿酒永远也喝不完，我们就这样对视着，时间永远停止下来。

最后，我接到了女朋友的电话，她问我在哪？我说在朋友家，一会就回去。我对她说："我该走了，明天不能送你……"她从床上跳下来，说："我送你去地铁站。"我要拒绝，但她已经披上外套，穿好鞋，是无法拒绝的。

一路无言，秋风吹着有些凉，几片树叶晃晃悠悠地飘落在地上。她抱了抱身子，我不知是该搂着她，还是应该把身上的衣服脱下来。一直走到地铁口，站住了，我说："回去吧，小心着凉了。"她扭头往一边看去，我知道她哭了，语调哽咽地说："那边就是南京大屠杀纪念馆，我还没去过。"

（原载《青春》2015 年第 4 期）

地 雷 先 生

纪洪平

地雷先生的真实姓名恐怕再也无人知晓了。

他或许真的像一颗地雷在某一天悄悄爆炸了,粉身碎骨之后连一丝魂魄也没留下;也可能永远不会爆炸,而是被埋在一个角落慢慢锈蚀,归于泥土之中,被草木的根茎包裹着,化作带金属味道的一种物质继续存在,永远不为任何人所知!

其实地雷先生这个名字,是我们这帮调皮捣蛋鬼给起的!那年他约摸有四十多岁,也可能五六十岁,因为他的模样实在不好猜出准确的年龄,整个后背弯成了几乎九十度,仿佛时时刻刻都在那儿鞠躬呢,这样的驼背不说,腿脚还不太利索,平常谁都很难见到他的真容,他紧盯着地面,像一头犁地的牛艰难前行,可当我们挡住他的去路,他就不得不痛苦地抬起头,这时,我才看清了他的模样,今天想来那是一个地地道道变了形的知识分子的面孔!

白皙的皮肤,一点血色也没有,而且已经开始大面积泛黄,那双躲在眼镜片后面的眼睛除了万分惶恐毫无神采,他不敢质问我们,像个孩子呆呆地等待发落。我们这帮半大孩子,就高声喊:"地雷,前面有地雷……"然后呼啦一下闪开道路。

他浑身颤抖了一下,略微停顿就抖擞精神用力向前跳跃起来,落地时晃了几晃,险些摔倒。我们的笑声,从他开始奋力往上蹿跳时就已经开始了,一直到我们连续地大喊:"地雷,前方有地雷!"他就不停地跳,我们不停地笑,后来他实在跳不动了,用非常难看的大步跨越来代替,我们就兴趣索然了。

这是我们童年时非常奢侈的一个娱乐活动,因为地雷先生每天只出门一次,还因为厂区有太多像我们这样调皮捣蛋的汽车工人子弟了。不知不觉,地雷先生的背，驼得更厉害了，不知不觉，我们发现他开始拄拐棍，也是不知不觉，那些平时看我们逗他上蹿下跳的大人，不再站一旁也跟着哈哈大笑了，反而阻止我们继续拿他开心。

有一天放学，我和班里几个同学一起往家走，恰巧碰上地雷先生了，我下意识站住，指着他大喊大叫起来："是地雷先生……只要我们任何一个人喊一声'地雷'，我保证他会跳起来的！"

这时，一个瘦弱的外班男孩儿脸色苍白地看着我，旁边的同学就拉着我小声说："别喊了，那个男孩就是这个人的儿子，他天天来接自己的儿子，可这个男孩装作不认识他……"

大概我们这帮孩子都上高中以后，就再也见不到他了，很快社会巨变，能吸引我们这帮孩子的东西越来越多了，我们渐渐把他遗忘了。直到我大学毕业回到工厂，在宣传部门工作，才有机会重新打量自己从小生活过的这个地方。一次关于建厂初期如何培养人才的深度采访，知道了当年许多热血青年从祖国四面八方奔赴冰天雪地的东北，建设年轻共和国第一座汽车厂，这其中包括大量爱国华侨和家庭条件非常优越的青年才俊……

然而，一场始料不及的运动降临了，平常就对地雷先生白皙的皮肤、挺直的腰杆以及高傲的气质嫉妒反感的人，趁机给他的皮肤涂上油污，抽冷子踢断他的脊骨，还不知用了什么可怕的手段，竟然让他如此惧怕"地雷"这两个字，每当听到就会不自觉地跳跃……

接受我采访的老人曾经是厂组织部最早的干部，从他模糊的记忆中得知，地雷先生来自上海一个大资本家的家庭，自幼喜爱汽车，在发动机分厂当工程师，一个准备全身心给汽车输入动力的人，不幸被历史安排成了一个炸毁汽车的"地雷"！多年之后，每每想起，他那每一跳，都踩得我良心疼痛，真希望那个瘦弱的男孩，能在地雷先生的最后一刻，替我喊出"爸爸"这两个字！

（原载《天池小小说》2015 年第 7 期）

阿　太

蔡崇达

　　我那个活到九十九岁的阿太——我外婆的母亲，是个很牛的人。外婆五十多岁突然撒手，阿太白发人送黑发人。亲戚怕她想不开，轮流看着。她却不知道哪里来的一股愤怒，嘴里骂骂咧咧，一个人跑来跑去。一会儿掀开棺材看看外婆的样子，一会儿到厨房看看祭祀的供品做得如何，走到大厅听见有人杀一只鸡没割断动脉，那只鸡洒着血到处跳，阿太小跑出来，一把抓住那只鸡，狠狠往地上一摔。

　　鸡的脚挣扎了一下，终于停歇了。"这不结了——别让这肉体再折腾它的魂灵。"阿太不是文化人，但是个神婆，讲话偶尔文绉绉。

　　众人皆喑哑。

　　那场葬礼，阿太一声都没哭。即使看着外婆的躯体即将进入焚化炉，她也只是乜斜着眼，像是对其他号哭人的不屑，又似乎是老人平静地打盹儿。

　　那年我刚上小学一年级，很不理解阿太冰冷的无情。几次走过去问她，阿太你怎么不难过？阿太满是寿斑的脸，竟轻微舒展开，那是笑——"因为我很舍得。"

　　这句话在后来的生活中经常听到。外婆去世后，阿太经常到我家来住，她说，外婆临死前交代，黑狗达没爷爷奶奶，父母都在忙，你要帮着照顾。我因而更能感受她所谓的"舍得"。

　　阿太是个很狠的人，连切菜都要切排骨那样用力。有次她在厨房很冷静地喊"哎呀"，在厅里的我大声问："阿太怎么了？""没事，就是把手指头切断了。"接下来，慌乱的是我们一家人，她自始至终，都一副事不关己的样子。

　　病房里正在帮阿太缝合手指头，母亲在病房外的长椅上和我讲阿太的故事。她曾经把不会游泳，还年幼的舅公扔到海里，让他学游泳，舅公差点儿溺死，邻居看不过去跳到水里把他救起来。没过几天邻居看她把舅公再次扔到水里。所有邻居都骂她没良心，她冷冷地说："肉体不就是拿来用的？又不是拿来伺候的。"

等阿太出院，我终于还是没忍住问她故事的真假。她淡淡地说："是真的啊，如果你整天伺候你这个皮囊，不会有出息的，只有会用肉体的人才能成材。"说实话，我当时没听懂。

我因此总觉得阿太像块石头，坚硬到什么都伤不了她。她甚至成了我们小镇出了名的硬骨头，即使九十多岁了，依然坚持用她那缠过的小脚，自己从村里走到镇上我老家。每回要雇车送她回去，她总是异常生气："就两个选择，要么你扶着我慢慢走回去。要么我自己走回去。"于是，老家那条石板路，总可以看到一个少年扶着一个老人慢慢地往镇外挪。

然而我还是看到阿太哭了。那是她九十二岁的时候，一次她攀到屋顶要补一个窟窿，一不小心摔了下来，躺在家里动不了。我去探望她，她远远就听到了，还没进门，她就哭着喊："我的乖曾孙，阿太动不了啦，阿太被困住了。"虽然第二周她就倔强地想落地走路，然而没走几步又摔倒了。

她哭着叮嘱我，要我常过来看她，从此每天依靠一把椅子支撑，慢慢挪到门口，坐在那儿，一整天等我的身影。我也时常往阿太家跑，特别是遇到事情的时候，总觉得和她坐在一起，有种说不出的安宁和踏实。

后来我上大学，再后来到外地工作，见她分外少了。然而每次遇到挫折，我总是请假往老家跑——一个重要的事情，就是去和阿太坐一个下午。虽然我说的苦恼她不一定听得懂，甚至不一定听得到——她已经耳背了，但每次看到她不甚明白地笑，展开岁月雕刻出的层层叠叠的皱纹，我就莫名其妙地释然了许多。

知道阿太去世，是在很平常的一个早上。母亲打电话给我，说你阿太走了。然后两边的人抱着电话一起哭。母亲说阿太最后留了一句话给我："黑狗达不准哭。死不就是脚一蹬的事情吗？要是诚心想念我，我自然会去看你。因为从此之后，我已经没有皮囊这个包袱。来去多方便。"

那一刻才明白阿太曾经对我说过的一句话，才明白阿太的生活观：我们的生命本来多轻盈，都是被这肉体和各种欲望的污浊给拖住。阿太，我记住了。"肉体是拿来用的，不是拿来伺候的"。请一定来看望我。

（原载《杭州日报》2015 年 1 月 25 日）

银杏树下咖啡香

赵 欣

二十年前只身奔赴深圳，追寻梦想，如今回到长春，两手空空，一无所成。唯一能安慰我的就是体型未变，容颜未老，英俊依然。

一踏上家乡的土地，那张娇媚的面容就穿越厚厚的时间尘埃，迅速清晰起来，近在眼前。不仅面容，连周围的场景也都复原了：一棵茂盛如华盖的银杏树，树下小巧的桌椅，氤氲浮动的暗香。想到这里，他的心悸动起来，如同初春的野草。儿时的她，还在那里吗？那里，还有咖啡屋吗？

当年，若不是理智战胜感情，他无论如何都不会离开的。他去喝咖啡，而她是服务员，他们一见钟情。银杏树下，爱情让咖啡更温馨甜美。告别那天，他喝了最后一次她给他调制的咖啡，味道苦涩。他吻着流泪的她，发誓说，我会回来。而她要在这里等他，发誓说，你不来我不老。

岁月蹉跎，把一个激情燃烧的青年人磨蚀成一个落魄的中年人。任曾经的爱情如何美好，现实是残酷的。他有过婚姻，如今单身。她是他择偶的标准。但他相信，她已经嫁人了。

回到家乡的那个晚上，他梦到了银杏树下的她，苗条的身姿，甜美的微笑……他决定去找她，尽管不抱任何希望，但是，即使白走一遭，也了了心愿。

城市变化太大，绕来绕去，他终于找到了那个街区——如今已是城市的中央地段，寸土寸金。那里不可能再保留院落，更别提树了，一定是黄金商铺或是高档写字楼。但很快，眼前的景象令他惊喜：那个院落还在，且扩大了一半的面积；那棵银杏树还在，更加粗壮了。还有一个别致的门面，上面几个大字：银杏树咖啡屋。四围密集的楼厦让他确信，这不是梦。他的心悸动起来，往事一幕幕呈现，他的眼角潮湿了。

物是人非，那是怎样的心境？

一个美女服务员迎出来，他差点儿就认错了人，很像，却缺少了她的清秀。他要了咖啡，慢慢品尝。银杏树的清香和咖啡的浓香在院子里弥漫。

这个咖啡屋有多久了？他问。

二十多年了。服务员很热情。

这么多年一直都在？

是啊。服务员是那种话痨型。你不知道，我们老板二十年前就在这里了。

你们老板？

是啊，那时候她还是个服务员，后来就兑下这个店直到今天。

他的心再次悸动起来，颤声问道，老板，是男是女？

女的啊！你不知道，我们老板是个痴情的人。她至今未婚，据说是在这里等她的初恋。

他烫了似的挪开嘴边的咖啡杯，抖抖地放到桌上，又端起来喝了一大口，似乎仍不解渴。

她现在在吗？他抑制着情绪。

嗯，一会儿就来了。需要给您请过来吗？

别！别！他有些慌乱。

进到洗手间，他左右观察自己的脸、身材，又梳了梳头发，拔掉了几根明显的白头发。回到座位上端起杯子，却发现已经空了。他有些慌张，不知如何面对美丽而痴情的初恋情人。

这时，走过来一个中年妇女，不像是顾客，严肃地巡视了一圈，到他位置的时候，愣了一会儿，眼睛亮了一下又暗下去。她站在那里，像一面墙挡住了光线。还好，很快就离开了。

他口干舌燥，按了几次呼叫器，服务员才气喘吁吁地赶回来，一边给他上咖啡一边说，真不巧，就这么一会儿不在岗，就被老板给逮住了。

什么，老板来了？

是啊，就是刚才啊。

刚才进屋一个胖胖的妇女……他盯着服务员的脸，疑惑地问。

那就是老板！

服务员的嘴唇一张一合，却没有声音，他在努力追忆着刚才的中年妇女；臃肿的身材，短粗的脖子，化妆品粉饰过的僵硬的脸面，转过身时小锅似的肚子。

真的是她？不，不会，一定是搞错了。

他恢复了听力。服务员一脸崇拜的表情，说，你不知道，老板曾是大美女呢！隔壁的房间有她年轻时的照片。

反复鉴别那几张照片之后，他像饱胀的气球一样瘫软了。是的，中年妇女就是她，她就是老板。她怎么会变成这样，这是不可想象的。他呷了一口咖啡，觉得很凉很淡，他突然意识到，应该马上逃离。

服务员给她买单的时候，仍然喋喋不休，你不知道，我们老板上了富豪排行榜呢！

什么排行榜？他放缓脚步。

富豪排行榜啊！你不知道，就这块地皮，老值钱了，不管开发商给多少钱老板都不卖。

他的心大大悸动起来，一个念头萌生，且不断膨大，最后如同那棵银杏树般葳蕤。

老板还在吗？我想见见她。他呼吸急促。

你看，老板来了。服务员甜美地笑着。

顺着服务员的目光看过去，银杏树下，他的初恋情人正优雅地走过来，金灿灿的阳光衬出一圈柔美的线条。

真是太美了！他看呆了。

此刻，院子里咖啡的香味愈加浓郁。

（原载《小说月刊》2015 年第 4 期）

瘾

白　秋

老周喝茶上瘾了。这似乎是不可能的，活了几十年，他就从没对任何事上瘾过。

上高中时，嘴边刚长齐绒毛的"男人们"很无聊，常在老师看不到的地方，搞吐烟圈比赛，他有点痴迷。可等一谈恋爱，女朋友说讨厌烟味，第二天他就戒了。

多年仕途，早出晚归，酒场上滚打摸爬，几百万人口的城市里，他成了个人物。不知不觉身体也有了质的改变，各项指标该高的不高，该低的不低。医生警告，这叫亚健康，离不健康很近了。说一声戒，酒也戒了。

男人，不抽烟不喝酒，活着还有什么意思？平常日子，那些酒友烟民没少贬斥他。老周也觉得无趣，经常推掉一些场合，一个人在河边遛弯反思。

河边不显眼地方有一茶馆，不大，二层楼，从外边看格调不俗。那天，他不经意间走了进去，一个十八九岁素面朝天的姑娘缓步迎来，涩涩的，梳两把小刷子，声音很绵。老板喝什么茶？

她一开口，老周的心就酥了一半。说，随便看看，可以吗。

当然可以，您里面请。小姑娘嘴角挂着甜滋滋的笑，引他四处浏览。推门进了一个房间，见墙上挂了渔耕樵读四幅扑灰年画，周边清一色红木嵌银老式家具，一股暖意先润到他心里。眼角一瞥，发现除必备茶具外，还摆着一个厚厚的楸木棋墩。他心里一动，捡凳子坐下，要了一壶乌龙。

小姑娘估计很少见过一个人来喝茶的，不时抬头看他，抿着嘴笑，一副欲言又止模样。老周也憋着，不说话，小口小口喝茶。滋溜滋溜，三番热水下去，他缓缓开了口。

姑娘不是本地人吧？

"额是苏州拧。"小姑娘用家乡话说完，笑笑。又补充说，俺是苏州人。

咋来北方这地儿，你们那里发展很快呀？

老板来这里开店，就跟着来了。

哦。你会下围棋？老周瞄了棋墩一眼。

初级阶段啦，小时候下过。

可以领教一盘吗？老周年轻时可是校队主力，业余高手。

咱家老板说了，陪下棋要另收费的呦。说完，"咯咯咯咯"的笑声像一把棋子跌落在棋盒里，引起了老周一串连锁反应。

笑声还没落地呢，她已手脚麻利腾出一个地方，拿一洁白毛巾轻轻拂了拂那块厚实的棋墩。老板您先请？

还是猜先吧？老周把手伸到棋盒里，虚虚抓了一小把云子放到棋盘上。

小姑娘三个手指捻了两粒白子，"啪嗒"一声嵌在棋盘天元位置。食指和小指微微上翘，呈出标准的兰花指状。老周眉毛抖了两抖，胸口犹如偌大池塘落下一颗石子，涟漪一波波荡漾开来……

小姑娘棋下得中规中矩，一看就是经过正规训练。

你学棋几年，有段位吗？

五年，业余三段。

对女子来说，这已经是高手了，但老周看来，还欠点火候。收官阶段，他连走几步缓手，棋局便以对方小胜告终。看见小姑娘朝霞般脸庞泛着难以自抑的笑容，他心里也觉得格外熨帖，丝毫没有失利的沮丧。

这之后，老周喝茶上瘾了，一星期不来三两次总有心事似的。渐渐熟了，两人互留了QQ号，还加了微信，平常日子除了互相问候，也浅浅说一些模棱两可的话。

忽有一天，小姑娘说她要走了。

为什么？老周极为诧异。

这地方生意不好，老客户也越来越少，老板想搬回老家去。您要想找咱家喝茶、下棋，怕要到江南去了。说完，她又"咯咯咯咯"地笑起来。

假如有人投资，你自己办一个茶馆，愿意留下来吗？老周有点急。

小姑娘略一迟疑。又吃吃地说，不可以的，我也想家了。

那天下着小雨，老周没打伞。雨，点点滴滴，由外向内不停地往里渗，一股寒意从心底泛起，很快弥漫到骨缝里。他打了个寒战，缩缩脖子，摇了摇头，慢悠悠地回家了。

后来，老周就戒了茶，尤其是不再去茶馆里喝茶了。

一年后，走上一个更重要职位的他，QQ好友里面突然闪出了一个久违的问候。那小姑娘说，我现在想过去开店，你说过的话，保值吗？

整整一个上午，老周都在沉思，怎么答复她呢？

（原载《百花园》2015年第5期）

一个茶杯

孙道荣

看来，这一回是动真格的了。

在县领导班子"比作风，找差距，树新风"的会议上，班子成员们互相开炮，相互找问题，进行批评和自我批评。以为不过是又一次走过场，没想到，这次来真的了。从网上公开的视频来看，班子成员们互相批评时，真的是一点不留情面，有的批评还相当尖锐。

最让网民们解气的是，刘副县长对黄四黄县长的点名批评："每次开会，都是秘书帮你拎包，帮你把茶杯放好，你知道不知道，你这个做派，就是一种官僚作风，干部群众对此非常不满，影响很不好！"

网上一片点赞。现在的领导，皮包有人拎，茶杯有人端，雨伞有人撑，车门有人开，一个个养尊处优，跟个老爷似的，久而久之，人们差不多已经见怪不怪了。

这个刘副县长，真是太勇敢了，说出了大家的心声。要知道，这可是在县领导班子会上；而且，据说市里和省里都有领导参加，现场监督；最厉害的是，这回还第一次全程网络录播，全县的老百姓，都眼睁睁看着呢。

黄县长，当场低下了头，擦着脸上的汗。

记者还不肯放过，又给黄县长面前的茶杯，来了个特写，定格了整整5秒钟。

这条视频的点击率，眨眼之间过百万，评论无数，一边倒地对黄县长这种连茶杯都要秘书帮着放好的官僚作风和习气，展开了严厉的批评和指责，要求黄县长必须向全县人民郑重道歉：有人声泪俱下地哭诉，黄县长的种种霸道行径；一个名叫骷髅的网民最活跃，连发尖锐评论，甚至要求黄县长立即下课，引起一片赞叹。

网上舆论一边倒，且有失控的危险。黄县长的日子，不好过了。

就在网上一片群情激愤的时候，网民骷髅忽然又提出一个细节，他说，大家注意到了没有，黄县长的茶杯，竟然是一个罐头瓶子！

真的是这样吗？光顾着愤怒了，还真没注意。网民们回头去看视频中的那个茶杯的特写。看清楚了，茶杯真的是一个普通的罐头瓶子，肚子圆鼓鼓的，杯壁上，还结了一层厚厚的茶垢，显得又土，又旧，又老气，又肮脏。

网民们呆住了。一个堂堂的县长，怎么会用这样的杯子喝茶？！

有人怯怯地说，看来黄县长还是蛮朴素的。不少人附和，没错，现在哪个当官的，不是戴名表，穿名牌，抽名烟啊，咱们的黄县长能用这样的茶杯喝水，说明他至少艰苦朴素。舆论的风向，悄悄地转变。

但网民骷髅显然不肯就此罢休，他激动地说，你们别被表面现象迷住了眼睛，茶杯不过是一个容器而已，关键的是里面的茶叶，贪官喝的茶叶，动辄几千几万一斤。网民骷髅一针见血地指出，黄县长弄个罐头瓶子当茶杯，也许不过是作秀，是幌子。

现在有的贪官，什么鬼点子都使得出，比如把茅台装在矿泉水瓶子里。那么，黄县长的罐头杯里，到底泡的是什么茶呢？这引起了网民们极大的兴趣，大家又纷纷回头去看那个定格的特写镜头。感谢那名记者，很专业，拍得很清晰，杯子里面的茶叶，清晰可见，叶片很大，不少叶片还连着粗粗的茶梗。

网民们彻底惊呆了，这哪是茶叶啊，就是工地上的民工泡的茶梗啊。这、这就是县长每天喝的茶吗？

沉默。继续沉默。突然，网上的评论像火山一样再次爆发，几乎所有的人都向黄县长发出了点赞。

大街上的人也奔走相告：你们知道吗，咱们的黄县长是个难得的大清官啊，他喝茶的杯子竟然是个罐头瓶子，茶叶更是那种最便宜的大梗茶。竟然还有人污蔑咱们的黄县长，真是人心不古、世风日下啊。

网名骷髅发出了最后一条信息，向大家表达深深的歉意后，就灰溜溜地下线了。

贾主任长长地吁了一口气，关了电脑，走出县政府办公室。这一天，真是太惊心动魄了，好在一切都在掌控之中。自己必须再起一个网名了，叫什么呢？贾主任摇摇头，明天再说吧。

见贾主任最后一个走出大院，门卫老赵关上了政府大院的大门。他端起桌上一个亮锃锃的骨瓷茶杯，对着贾主任的背影，美滋滋地呷了一口，心里默默地想，贾主任真是好人啊，拿这么好的茶杯换走了自己那个用了二十多年的罐头杯子。

路灯将贾主任的影子，拉得越来越长。

（原载《新民晚报》2015 年 6 月 14 日）

主席台上的聚光灯

安　谅

大会堂装潢豪华，气派不凡。这个地级市拥有这样一个场所，真够可以的。

明人受邀参加该市的一个项目表彰大会，自踏上这会堂的大理石台阶，就感觉这里的当政者非同一般。

会议即将开始。会堂里已坐得满满当当。当地的市政府秘书长热情地迎了上来，要把明人请进贵宾室，说领导们都已到齐。明人一看时间，就说不用再去了，反正马上就开始了。秘书长与明人也熟了，便陪明人在第一排的空位先坐一会儿。

快到点了，领导们该上主席台了。会场的灯光此时出现了变化。主席台的聚光灯明显微弱，而台下的灯光则骤然亮堂起来。这样的反差让明人十分诧异。他转脸看看秘书长，还未张口，那秘书长就明白了，含蓄一笑说："呵呵，你要问灯光吗？这可是本市领导的风格所在呀！"明人不解，但见主席台一侧一溜人马影影绰绰开始进场。秘书长赶紧拽了明人也往台上走去。

明人有幸坐在市长边上。会场肃静。由于台下灯光太亮，主席台又在稍暗处，明人对台下的每个人都看得一清二楚，服饰、发型、表情甚至眼神，犹如探照灯下的事物，清晰可见。而明人知道，从台下往台上看去，此时在主席台上的人，形象一定是模糊难辨的。

他甚为困惑，禁不住往市长那边凑了凑，却见市长微闭着眼睛，似在思考，又似在迷糊。他愣了愣，又向另一侧的副市长瞥了一眼。那副市长正在拨弄手机，好像在收发短信。明人对副市长耳语道："副市长，请教一下，这会堂为何主席台灯光暗，底下的灯亮呢？"副市长像被忽然惊扰了，少顷，才缓过神："哦，哦哦，这个问题嘛，这个问题，你得向我们市长请教最好。市长常常说，领导要低调，让大家伙儿的灯光亮，我们在台上看得清群众，心里也更有群众呀！"

明人听了心里一热。这市长还真有独到见解和群众观念呀，确实不一般，不一般呀。明人遂想起二十多年前，自己担任某单位办公室主任。大食堂就是大会堂，仅在一端搭了个主席台，集中设置了一些灯光，食堂四周都是玻璃窗，也没有空调设备。夏天，窗口大开，尚可应付；冬天里开大会，窗口关严了，还冷风飕飕的，坐着比站着都难受，领导坐在主席台上也不好受呀。后来，一位领导就想出了一个好点子。每次开会前，就把主席台的聚光灯开得最亮，一来领导在台上，自然是要亮堂些的，二来灯光大开，热量也汇聚了，那份冬日的寒冷也被赶走了。这主意很快得到了其他领导的一致赞同。每次会前，主席台灯光就越亮，会场的灯光就越暗淡。那时，明人也坐在台上往下看，台下人影朦胧，什么都看不见呀。现在想来，那时单位的领导真没啥水平，和这位市长相比，也该汗颜啊！

明人悄悄瞥了一眼市长，市长依然眼微闭着，似在思考，也许太累了，正闭目养神，做这一个城市的市长也真不容易。

会后，明人还放不下这个心结，又向已经是老朋友的秘书长感叹，从这个细节看得出你们市长的高明。老朋友却诡异地笑了，咬着明人的耳朵说："你想想，这聚光灯太亮，主席台上的一举一动，都在众目睽睽之下，那领导们还能打瞌睡，玩手机？如果刚喝得醉醺醺的，不是当众关公曝红脸吗？何况，这灯太亮，太热了，谁受得了……"

（原载《小小说选刊》2015年第16期）

辑八

鬼

韦 子

刘云是一个人物，一个在当地响当当的人物。

刘云毫无背景，出身农门。取得今天的成就，全靠个人拼搏，与八面玲珑的手腕。

因此，刘云格外珍惜今天拥有的一切。他诚惶诚恐，如履薄冰，很怕一不小心被谁抓住把柄，大好前程毁于一旦。

这天，刘云正埋头办公桌前，批复下属送来的文件。办公室里静悄悄的，只有笔尖画在白纸上发出的沙沙声。

半小时后，刘云将文件批阅完毕，抬头间，忽见对面的椅子上坐着一个人。

不知他从哪儿来的，什么时候来的，来了多久。

刘云一惊，警惕地问，你是谁。那人笑了笑，笑得很诡异，露出一副白森森的牙齿，说，我是鬼。

光天化日称自己是鬼，虽说他的到来是很

诡异，可刘云根本不信。继续追问，你到底是谁？

我是鬼，你心里的鬼。那人惨白的脸上，一双透着鬼气的眸子死死盯住刘云。

立时，刘云有一种毛骨悚然并且无处遁形的感觉，好像心底所有的秘密全都暴露无遗。

你心底所有的秘密我全都知道。那人用毫无血色的手指敲了敲桌面说，因为，我是鬼，你心里的鬼。

看到刘云神色慌张，那人龇牙笑笑，显得有些得意。继续说，你于某年某月某日骗取某某的感情，利用某某的关系网，进入某机构。

刘云的冷汗涔涔而下。

你于某年某月某日设一个局，获取某某违纪的证据，要挟之下，你爬上了今天的位置。

刘云手里紧紧攥着钢笔，浑身却渐渐瘫软，神色惊慌地看着鬼说，够了！

确实够了，仅仅这两件事，除了他与当事人之外，就没有第三者知道。他不是鬼，是什么？

鬼止语，知趣地没再说下去。如果继续，他能像历史老师一样，讲满一节课。

你想怎样？

刘云将身体靠在椅背上，全身彻底地放松下来，他知道让他害怕的事情终于出现了。抗拒已经无用，谈判才是解决之道。他想，鬼一定有他的需求，否则不会来这里。

首先，我要一个合法的身份。鬼望着窗外的阳光说，阴森的目光里透着无尽的向往。

这个好办，我答应你。

刘云一边说，一边起身去饮水机那里倒水，趁机从一旁的柜子里掏出一把明晃晃的西瓜刀。将水送到鬼跟前时，他一把操起水果刀，猛地向鬼的心脏刺去。

鬼笑了，没有躲闪，像看闹剧一样看着西瓜刀刺来。

一刀下去，却仿佛扎在空气上，刘云惊得将刀丢在地上。

没用的，我是鬼，你杀不死我的。鬼波澜不惊地说。

刘云彻底慌了，扑通一声跪在地上。声泪俱下地说，鬼，求求你，放过我，我取得今天的成就不易。我有妻儿父母，家里一切全都指望我了，我不能倒下。

鬼用鼻子哼了一声。

刘云爬起来，重新坐回椅子上，稳了稳情绪说，你还想要什么，说吧，我能做到的全满足你。

鬼咧开嘴，双眼放光说，我要富贵，我要豪宅，我要香车，我要美女，我要人类的尊敬。这些都是以前他做鬼想也不敢想的，今天终于光明正大地提了出来。

冷汗顺着刘云的脑门涔涔而下，他咬咬牙说，好，我答应你，但我需要时间。

我不怕等。鬼说，我在你心里几十年了，不差几月的工夫。

半个月后，鬼有了合法的身份，拿着崭新的身份证与户口本，鬼晦暗的眸子亮了起来。

一个月后，鬼收到刘云打来的前期资金，一项工程正式开工。

八个月后，鬼用工程赚来的款项，买了一幢豪宅，购了一辆香车，并娶了一房太太。

住着宽敞明亮的豪宅，鬼雀跃不止，这可比刘云的心房大了无数倍，明亮了无数倍啊。出门坐着名牌豪车，一路顺畅无阻，不论是小区的保安，还是执勤的交警，都向他投来敬畏的目光。

这让鬼感受到前所未有的价值，晚上搂着妖娆的娇妻，触摸着真实柔软的身躯，鬼如坠梦里，幸福得难以自持。

鬼的欲望开始膨胀起来，他需要更大的豪宅、更好的香车、更美的娇妻。他要更多的豪宅，更多的香车，更多的娇妻。

鬼不断地向刘云索要。

刘云已是骑虎难下，只有硬着头皮不断地满足鬼的种种需求。鬼也通过各种渠道与手段，将利益最大化。于是，鬼的资产像滚雪球一样越滚越大。

终于有一天，刘云与鬼的种种不法操作，引起了相关部门的注意。

一行人将鬼与刘云叫到一起，开始调查。

见到这阵势，刘云早已吓得六神无主。鬼却一副大剌剌的样子，丝毫不将他们放在眼里。

当那些人端坐在刘云与鬼跟前，人五人六地询问时，鬼反问，你们就没有任何问题吗？

笑话！我们有什么问题？我们是调查问题的。那些人仿佛听到了世上最可笑的笑话。

鬼却不笑，一本正经的样子。鬼指着一个人的鼻子说，你某年某月某日做了什么什么，又指着另一人的鼻子说，你某年某月某日做了什么什么。

鬼将一行人说个遍，鬼没有多说，每人只挑一件。

那些人全傻了眼，开始面面相觑，继而六神无主，最后落荒而逃。事情不了了之。

鬼得意地将腿搭在桌子上，兴高采烈地对劫后余生的刘云说了一番意味深长的话。

鬼说，人是看不见鬼的。可鬼看得见人，鬼还看得见他们心中的每一个鬼。从此，鬼的行为更加嚣张。没人可以制裁他，因为每个人心里都有鬼。

渐渐地，鬼的名望超过了刘云，实力超过了商界的大佬。鬼成了当地手眼通天的人物，频频出席各种盛大场合，媒体争相报道。要风得风，要雨得雨，许多社会名流都要看鬼的脸色。

有一天，鬼悠闲地靠在古色古香的红木椅上，一双脚搭在豪华写字台上，心里正想着今晚与哪个情人会面、明早与哪个老总谈判。忽然，写字台前的座椅上背对他坐着一个人。不知从哪儿来，不知何时来，不知来了多久。

鬼吓了一跳。惊问：你是谁。那人缓缓转过身，露出与鬼曾经一样冰冷的笑，阴森森地说，我是鬼。鬼一愣，吓谁呢？我本就是鬼。

我是你心里的鬼。那人冷冷地补充道。

鬼旋即恍然，原本昂扬的气势瞬间萎靡，原本富有神采的眸子迅速暗淡。

每个人的心里都有鬼，这话是鬼说的。只是没想到，这么快他就被置换到当初刘云的位置上。

鬼忽感人生悲哀，不堪其重，他知道自己的好日子到头了。

没等新鬼提出任何条件，鬼就自主地将一切资产转到新鬼名下，然后找到了刘云。

鬼记得此生他说的第一句话是，我是鬼。他说的最后一句话却是，做鬼不能忘本。

第二天，刘云自首。

（原载《小说月刊》2014 年第 10 期）

发　现　狼

杨牧原

村里人已经好久没见到狼了，最后一次也得是十几年前了吧。

十几年前那次狼的经历说实话到现在也没人知道到底来了几只狼，只记得狼咬死了几户人家的猪崽，一个娃的手给咬残废了，后来这家人外出打工搬走了，村里人也难得见几次。不过那次的狼害还是轰动了，几家媒体都呼呼地来到这里，镇上也赶紧派人来打狼，可谓是声势浩大。到最后，也没人知道有没有打到狼，不过看电视说是打到了。

狼害过了好些年了，没人再去提起，不知道哪一天，有人又跑去村里说在北山上看见了狼，咋呼着要村里出人去打狼。村主任听到这个事情，把那个人给骂了一顿："多少年了都没狼，神经吧你，现在都忙浇地忙得要死，你添什么乱？"大家想想也是，不就是狼嘛，这都什么年代了，狼都成保护动物了，咬着人再说吧，自己家的地还没浇呢，谁管那个。

这件事也就沉下去了，没人在意。没想到，过了几天，村里来了几个扛着摄像机的记者，挨家挨户地打听，见了老人和娃娃问得最多。

"大爷，听说咱村里发现狼了？"

"大娘，前些年的狼咬人的事您还记得吧，您给我们说说，当时怕不怕？"

"小朋友，见过狼吗？怕不怕狼？"

村里老人和娃娃一共没多少，记者这么一问，大家就心里打鼓了，是不是真的有狼啊，不过自己没见过啊，多数人都说不知道。这个结果似乎记者们不是很满意，就开始跟老人聊起前几年的狼害，没想到这么一聊，很多老人都记得很清，说着说着面露恐怖，有的说起被咬的娃娃都想哭。记者似乎很关心那个被咬断手的娃娃，不停地问。

但是狼还是没发现，后来，记者又来到了村委会，还是问那些问题，村长看着记者，愣愣地回答："我们村真没狼啊，现在鼻子眼里都是人，哪里来的狼啊。"

记者说："但是有人给我们反映说见着狼了啊，咱组织组织人去打狼不行吗？要不多危险。"主任说："现在刚打春，这地还没浇呢？谁有空去打狼啊，不去不去。"

记者就走了，不过村里人现在都想，电视台的咋还来了，不会真有狼吧。

又过了两天，镇上又来了人，直接去了村委会，后面还跟着记者，不光是前几天来的那俩，前后得有十几个人吧，大机子小机子地，拉了三车人。当天下午，村里就贴出告示来了：每家每户出一个年轻人，晚上上山打狼去。

看到告示，村里人来问村长："咱村里真有狼吗？"

村长没好气地回答："你问我我问谁去？上边说有狼，赶紧打去！"

这个消息一出来，村里可热闹了。年轻人说："打什么狼啊，有没有的，关我什么事？我还得浇地呢，再说了，狼又不吃我家的庄稼。"老人们一脸迷惑地说："打狼了啊，看来咱村里真有狼啊，咋又有狼了呢，你说。"

这回记者来问的就更多了，多数人问的都是前几年那个被狼咬伤的娃娃，问着问着，不知道谁说了一句，好像那孩子被咬死了吧。这下，记者问的可就更多了。

"什么？被咬死了？"

"我也不太清楚，被咬了之后就没见过。"

"他家人呢？"

"都出去了，几年没回来了。"

"为什么出去？"

"不知道啊。"

"会不会因为孩子死了，心里难受啊。""哎，你这一说，好像有那么个可能。""对吧，我就说那家娃娃得死嘛，被狼咬哪有活着的。"

后来，村里人都说，前些年狼害可厉害了，娃娃都咬死了，可了不得。镇上也有人发话了，打狼打狼，一刻都不能耽误，坚决不能让村民的生命受到威胁。

轰轰烈烈的打狼活动可算展开了，每天晚上，都得有几十个人上山下网，蹲点，每条山路上都布了夹子，再往后，山上都搭了棚子，雇了几个专业打狼的人在上面守着。记者也整天在山上跟着拍，白天黑夜的机子架着，村里人讨论的话题就成了"狼逮着了吗？"

不过也就是过了四五天，记者先走了，架子机器什么的都撤走了，随后，镇上的人也走了，没人给钱了，打狼队也撤了。再后来，村里自己的人也不上山了。

不过很长一段时间内，村里村外议论的都是打狼的事，几乎每个人都得问一句："打着狼了吗？"

"不知道啊，你看电视呗，记者都来了。"

"那个电视我看了，也没说打没打到啊，光说咱怎么打了。"

"电视台的那个破节目，我都看了一个星期了，村长啊，到底打没打到狼啊？""那就继续看！"村长一背手，径直走了。

（原载《百花园》2014 年第 10 期）

亲　家

马宝山

青延县域有山，有河。山是老阴山，河是大青河。

有山，有河，这样的地方就很富足，也就容易招来匪盗。青延知县换了几任，长的三两年，短的也就是年八月，最短的朱县令只做了四个月就走人。为什么？都是让匪盗闹的。

青延县境里有好几股匪盗，其中隐匿在老阴山里，号小周天的一股匪势力最大，有百十号人。匪首周方池，一个四十来岁的陕南人，据说从匪之前还是位私塾先生，只是不知道这个读书人为何要做世人不齿的匪事。

清同治三年，上面派来的新县令也姓周，名先鹏。临来时，云州知府大人有交代，必须在两年内清除青延匪患，建设一个清明安宁的新青延。知府是周先鹏的先生，周先鹏说："恩师，两年内清除匪患，学生心中没底，可在半年内叫青延百姓过上安宁日子，学生还是能做得到的。"

知府允准：那也好哇！

周知县到任，不忙着清匪，先是整顿治安，兴修水利。再就是忙着兴教助学，先后办了两座学堂，一座叫青延官学，由官家出资办学。一坐叫青河义学，由地方商贾出资办学。这个时候青延县的匪患不断，时有被劫、被抢、被绑票的事报到县衙里来，周知县一一存档备办。

也在这时候，周知县从青河义学领来一个十三四岁的孩子，住到家里，与他独生女儿一同上学，有专人侍奉护佑。

孩子姓周，学名一个单字，旻。周旻，眉清目秀，听说学习甚佳。

知县到任半年后的一天，让车夫驾了一辆马车，拉着师爷坐上去说：咱们进山。

山是老阴山，师爷一脸惊惧说："老阴山？那可是匪巢啊！"

车夫倒是满不在乎地问："就我们三个人去？"

"走吧，别多嘴。"周知县就坐到马车上。一条土路凹凸不平，颠颠簸簸来到山前。知县下了车，手指山脚下一个村子说："你们就在小村歇脚，明日午时在此等候。"说罢只身进老阴山。

周知县足足又走了半天，在山涧一片晚霞里东张西望的时候，忽然从树丛里蹿出两个彪形大汉："站住，东张西望看什么？是密探吧？"

周知县呵呵一笑："你们说我是什么就是什么吧，要紧的是两位兄弟赶紧带我去见你们当家的。"两个大汉上下打量，眼前的人不是个獐头鼠目之人，就把眼睛罩住引进山寨，推到匪首周方池面前，把眼罩取下。

周方池那时正逗弄笼子里的一只画眉，他头都不回，问："带绺子进山啦？"

小匪答："爷，不像个绺子，倒像个先生呢。"

周方池这才回过头来，打量来人："做甚的？叫什么名字？"

周知县微微一笑："与大当家的一个姓，在下周先鹏。"

"哦，周先鹏，周知县！"周方池急忙放下小鸟笼子，近前仔细打量过，就吩咐人上茶，备酒席。

一个知县，一个匪首，面对一张桌子坐着，一壶老酒喝了一夜，边喝边聊。

周方池斟满了酒说："周大人，只身闯我的老营，你就不怕我杀了你？"

周知县与周方池碰了一杯道："我是来与你商议大事的。两国交兵，不斩来使，你这个读书人懂得这个道理呀。"

"来招安？"周方池问。

周知县答："眼下还不成，我没本事养活你的百十号弟兄。"

"莫不是清剿我们？"周方池沉下脸。

"清剿？那我不划算。"周知县说，"你的弟兄个个是脑袋别在腰带上玩命的主儿，可是那些吃粮当兵的官军，哪个是真心实意为朝廷百姓卖命的啊？在战场上那些官军五百人抵不住你的百名弟兄。我花钱养活五百官军剿你划算呢，还是养活你的一百兄弟划算呀？你给我算算这笔账。"

"周大人不仅是个好父母官，还是个很精明的商人啊。"周方池再一次给知县斟酒说道。

"不敢当。"周知县说，"吃朝廷俸禄，就得为朝廷分忧，为百姓做些事啊。"

"周大人既不招安，又不清剿，那与我商议什么呢？"

"想请你和弟兄们到别的地方去安营扎寨。"

周方池瞪圆了眼睛："撵我走？"

周知县看着他笑。

周方池这一回不给周大人斟酒，自己喝。

周知县说："撵你走的，除了我还有一位，他也姓周，叫周旻，我已经把他请到我的府上与小女一同读书。孩子们需要一个安静的读书环境啊。"

周方池的脸一下子灰了下来："你、你怎么就知道，周旻是……"

周知县哈哈一笑："青延虽然是小县，却也有几十名密探、捕快，我不能让他们吃闲饭吧。"

"你想怎样？"

"大当家的，你若答应我，我把周旻当作世侄，一定培养他成材。"

"若不答应你呢？"

周知县喝了面前的那杯残酒。这时天已大明，他起身拱拱手说声告辞，就披着一身晨曦下山去了。

从此，青延县果真平安起来，周旻一心一意读书，咸丰末年考中进士。那年他还与知县家的小姐完婚后，被朝廷派到青延的邻县北固县做知县。金榜题名，洞房花烛，顶戴花翎，少年轻狂，新知县一到任就组织民团剿匪，一战就被打得落花流水。周旻也落入匪手，在押解路上他大骂不止，被一个小匪当胸捅了一刀，死了。

这股匪盗正是周方池一伙，当他知道一个叫周旻的知县被手下捅死后，一怒之下挥刀劈死三四个小匪，痛苦欲绝。

一天，周知县在庭院里焦急踱步，小姐屋里一片忙乱，忽然"哇"的一声啼哭，产婆挑开门帘道喜："大人，小姐生了，生了个大胖小子，您做姥爷哩。"

知县大人就吼一嗓子：喝酒喽！

这时，从院门外踉跄着走进一个人，周大人走上前一看"啊"了一声："周……周大当家的。"

一个知县，一个匪首，再一次面对一张桌子坐着，一壶老酒，边喝边聊。周方池一声叹："人作恶，不可活，今天我自首服法来了，请知县大人发落吧。"

知县为周方池斟满酒："作恶最后总是要做到自己头上，周旻一个多么好的孩子啊，可惜死在你的手里啊。"

"报应，报应啊！"周方池猛地灌了一口酒，"也好，如今我无牵无挂，死在周大人手里也算是我的造化。"

"无牵无挂？"知县拍了两掌，周小姐一身缟素，抱着孩子款款走进来，为周方池鞠一躬："公公大人，儿媳有礼啦，这是您的孙子。"说着把孩子送到周方池的怀里。

老匪抱着孙子恸哭欲绝，忽然跪下："周大人，任凭发落了，您的大恩大德来世再报吧。"

"亲家，喝酒，喝酒啊！"知县把周方池扶起，坐好，"这是你有孙、我有外孙的喜酒，要一醉方休哇。"

周知县没有把周方池的匪案上报，留他在家里做了老院工，打扫庭院，种花侍草。周方池也常常出门走动，他背着个褡裢，有时走三五天，有时走个半月时间。细心人就发现，周方池哪次出门，一定是哪里有了匪盗，三五天，或是个半月，那匪情就销声匿迹了。

随之周知县升任云州知府，辖制七八个县，几十年竟无一匪患，夜不闭户，市井井然，百姓安居乐业许多年了。

（原载《北京文学》2015 年第 1 期）

一只变异的猫

汤小小

　　城市的某个垃圾堆边，几只猫躺在那里悠闲地晒太阳。这是再普通不过的场景，无数人在它们身边走过，没有人停下来多看一眼。

　　有个年轻人往这边望了一眼，惊得张大了嘴巴，自言自语地说："哇，那只猫是红色的，好奇怪啊，我要分享给朋友们看看。"一边说，一边拿出手机，对着那只红色的猫，连着拍了几下。然后，低下头，一边把照片往微博上放，一边继续往前走。

　　照片很快在网络上疯传，记者第一时间反应过来，扛着摄像机，到垃圾堆边碰运气。记者运气不错，那只红色的猫此时正在垃圾堆里奋力刨食，身上脏兮兮的，但红色的毛发很显眼。

　　猫看了一眼记者，没有逃，继续埋头找食物。记者轻手轻脚，架好摄像机，拿好话筒，找了个好的角度，开始进行报道。镜头里，猫的样子清清楚楚，红色的毛像一面旗帜，特别显眼。

　　这个新闻立即上了头条，于是，电视台、报纸、网站，各路记者蜂拥而至，从各个角度拍摄这只红色的猫。一时间，关于猫的报道满世界飞，这只猫的人气骤升，超过任何一个国际明星。

　　这只猫惊动了科学家，德高望重的科学家们戴着眼镜，一脸严肃地说，他们要好好地研究一下，为什么猫会忽然变异，长出红色的毛。

　　这只猫还惊动了动物保护协会，他们义愤填膺地说，一定要彻查清楚，是谁虐待了这只猫，是谁把它的毛发变成了红色。

　　甚至有研究人员大胆推测，说这可能是一只来自外星的猫。为了不被外星人伤害，必须严密监视它的一举一动，看看它到底想搞什么鬼。

　　于是，各路人马纷纷出动，紧紧围绕着那只红色的猫打转。记者二十四小时追踪报道，科学家在垃圾堆附近安了监视器，动物保护协会开始走访附近居民。

跟踪的结果，让人略显失望。这只猫每天在垃圾堆里找食物，吃饱了就躺在那里晒太阳，偶尔和同伴嬉戏玩耍，它的同伴都是很正常的黑黄色。除此之外，它没有任何特殊的生活习性，也没有可疑之人接近它。

一切都很正常，可为什么它的毛发变异成红色的呢？

就在大家百思不得其解时，忽然有了新的发现。一个小女孩，端着一盘鱼，走到几只猫身边。她蹲下来，把鱼倒在地上，看着几只猫争抢。

这是几天以来，第一个接近红猫的人。大家立即拿着话筒，扛着摄像机，第一时间围了过来。

小女孩被这阵势吓了一跳，正准备跑开，被人哗啦啦围了个水泄不通。记者对着话筒，轻声说："小妹妹别怕，我就问你几个问题，回答完了，你就可以走了。"

小女孩放松警惕，轻轻地点了点头。

"你跟这只猫很熟吗？"记者指着那只红色的猫问。

提到猫，小女孩话多了起来，说："我跟这几只猫都很熟。"

"你是怎么认识它们的？"记者又问。

"它们是流浪猫，经常在垃圾堆里找食物，我觉得它们好可怜，就经常端鱼来喂它们，时间长了，就跟它们成朋友了。"小女孩看着几只贪嘴的猫，清脆地回答。

"这只红色的猫是什么时候出现的？它最开始就是红色，还是慢慢变成了红色？"

"它最初是一只黑色的猫，"小女孩看着那只红色的猫，有些伤心地说，"它因为小，经常抢不到食物，有一次到居民家偷鱼吃，被逮住。那户人家狠狠地打了它一顿，并提着它的腿，随手一抛，把它扔进了染料桶里。还好，它拼命挣扎逃了出来，但从此以后就成红毛了。"

记者瞪大眼睛，惊讶地说："你确定是染料染的，不是基因变异？"

小女孩虽然不懂基因变异，但却重重地点头，十分确定是染料染的。

记者、科学家、动物保护协会的人一听这些话，眼神立即黯淡下去。有人嘀咕道："原来是只流浪猫，真扫兴，撤了吧。"

从此后，垃圾堆边又恢复了宁静，除了小女孩偶尔端些鱼过来，再也没有人注意那只红色的猫了。

（原载《金山》2015 年第 5 期）

赞美一棵树

孙　楚

"一棵树有什么值得赞美的！"

如果你这样想，只能说你是真的还没有亲眼见过这棵树。

只要你住得足够近，或者有一天你住得足够近吧，一打开窗子，你就一定能瞅见它。即便你因为各种原因暂时住得稍远，哪怕是此刻并不在这个城市，你也能从各种连篇累牍的新闻播报中一窥它的影子。

实际上全世界都在讨论它，各地有关无关的专家都一窝儿风挤到观场，好做第一手的观察研究。

它真的是太特别啦！完全就是一夜间出现在了这个城市的正中央，耸立在交通的大动脉上，那垂下的枝条把整座大立交桥给掩盖了起来。这立交桥规模据说是这个星球上数一数二的，内部结构错综复杂，刚建成那阵儿曾经有个不知天高地厚的银行劫匪，逃窜时飞车闯入，最后因为迷路差点饿死在里面。

后来即便每天都有三位数的交警在立交桥里执勤，依然还时不时会发生走失甚至是失踪事件。

但是现在，所有的入口出口都被盘根错节的枝丫给封堵住了，整个城市原本流淌的节奏为之一顿，人们发现自己的生活突然被定格了。

城市管理者们紧急研讨应对方法，但是会议的效率极为低下，因为交通不畅——或者直接说"中断"——的原因，很多人始终无法赶到开会现场，而远程会议的低效就不用多说了。平时他们开会就爱吵，这会儿隔着屏幕争执起来一上火，更是打开家里的电视躺沙发上看娱乐秀去了。

这边儿始终拿不出主意，那边儿大家的生活却无法真正停顿下来。

可是男人们现在都上不成班了，怎么办？老婆们开始行使大权嘛，毕竟家里是她们的天然领地么。从门前摆放的那块儿迎宾地毯开始，一直到阳台边儿的犄角旮旯儿，下白灰尘上至无意闯入的蚊子，全归她们管。

要搁以前，男人们还可以说"我要上班"、"我有个聚会"、"我……"但是现在这些统统都不灵了。所有的借口都塞到喉咙里，憋成一句"老婆我爱你"的颤音。这战抖的幅度是随着钱包干瘪的程度增加的。但女人们的回答通常好像似乎就是：你说什么呀？我没听清。

更高兴的是小孩子，耶！可以安心看电视玩游戏了，作业没做完的也不用害怕了，因为大人们都说了，就算是整个城市里每个人都变成一把锯，要把那树给锯掉也得一年两年。

每个小孩子心中曾经有的梦想，竟然一下子成真了。这个世界真的可能迎来第一代不用上学而整天放假的孩子。

问题是因为大家整天都待在家中，所以整个城市的小偷都失业了，生活很凄惨，甚至他们前一阵儿还试图提起诉讼，抗议失业保险救济里没有把"盗窃从业者"纳入救济范围。虽然同情的人不在少数，可是这个大家真的是爱莫能助么。因此当有人面黄肌瘦地在路上拦住你，说自己是一个小偷时，你就尽量地翻一翻口袋吧，哪怕只找出一片废纸，也分给对方一半。因为他们实在是太可怜了。

受影响的还不止是这个城市，整个星球的人都参与到了这个大讨论中来。甚至在某个战场上，抓到俘虏后，因为就这个问题争执不下，押送的士兵要求这些"第三方"来"公正地"评判他们的观点谁对谁错。然后获胜方一高兴竟然把俘虏们给放了。而失败方因为怄气竟然没有心情去阻止。

乱了乱了！大家也没心情打仗了，世界难得地安静了下来。罢工游行抗议什么的也都暂时偃旗息鼓，现在所有人整天盯的不再是手机，而是重新回归到了电视前面，毕竟那小屏幕盯着太费劲儿了。人与人之间的交流重新被广泛地建立了起来。邻居们之间也更相知友爱了。

问题是，始终没人知道这究竟是怎么样一棵树，它没品没种，也不见结果子。它的突然出现本来就是一个很奇怪的事，而研究来研究去，除了大家一眼看去都知道那就是一棵树之外，其他的什么也分析不出来。

也许……有的人说，它就是为了给我们某个"预示"而来的！

整个星球的人都为这个"顿悟"而兴奋，大家觉得这一定会是一个新时代的到来。

所以，收拾好行李，我们也出发吧，兄弟！让我们也去看看那究竟是怎样的一棵树吧。

（原载《百花园》2015年第5期）

送　礼

陈凤尤

　　三叔从乡下送来一只大冬瓜，足有七八十斤重。我们三口之家不知要吃到猴年马月，我为这只大冬瓜犯愁。

　　晚饭时分，我推开阳台密封的门窗，一缕缕饭菜的清香从四面袭来，于是我茅塞顿开。我到这幢宿舍楼安家落户快半年了，上下左右的邻居却一家也没去串过门。俗话说"远亲不如近邻"，在乡下的时候，像冬瓜、南瓜之类的瓜菜都是邻居们合着吃的，哪家宰了猪或羊，也必定请邻居们尝个鲜，我何不如法炮制呢？

　　这样想着，我切了一圈冬瓜，用塑料袋提着，敲开了王科长的门。一个小女孩隔着防盗门说，我爸不在家，有事明天到办公室去找，说完就把门关上了。刚才还听见王科长在屋内高声谈笑，怎么会不在家呢？"咚咚咚"，我又敲响了王科长的门，开门的还是那个小女孩。没等小女孩开口，我抢先自我介绍说，我和你爸是同一科室的，就住四楼。说话间，王科长早已迎到门口，朗声笑道，哦，是小陈啊！里面请。

　　落座后，王科长吐着烟圈说，现在办事难啊！我虽然是科长，也不能一人说了算，凡事要集体研究。

　　听王科长这么一说，我连忙插话说，其实我没什么事，邻居这么久想过来坐坐，顺便也就把这大冬瓜的事说了。王科长先是诧异，紧接着脸色一沉，教诲道，这就是你的不对了，过来坐坐就过来坐坐，带东西做什么？

　　临出门，王科长硬是把冬瓜塞了回来。

　　在三楼楼道口，我正好撞见回家的小李夫妇，便提着塑料袋招呼着跟了进去。小李夫妇是这楼的首富，听说炒股发了。小李敬烟，小李夫人沏茶，糕点瓜子弄了一茶几，异样的热情反而让我不自在。小李胖胖的身子陷在真皮沙发里，小李夫人搂着小李的胳膊，一副小鸟依人的模样，小李说，我们钱是有几个，妈的，都给套了！

小李的话叫我很尴尬，我只好把在王科长家里说的话又重复了一遍。小李夫人一听，笑得前俯后仰，猩红的嘴唇一张一翕，我们从小吃冬瓜。小李也解释道，我们一吃冬瓜就过敏。

我不知是怎样逃出小李的家门的。我提着塑料袋又转了好几家，均被婉言谢绝。我气呼呼地爬上四楼，将冬瓜扔在地上，越想越窝囊，再也没有勇气去自寻没趣。

没过几天，三叔又从乡下来了，问我冬瓜吃完了没有。一提起冬瓜，我就气不打一处来，一股脑把送冬瓜的事兜给三叔听。三叔听后，摸着大冬瓜心疼地说，好几年才碰到这样一只大冬瓜，自己舍不得吃，专门给你们送来，没想到……白白烂了真是作孽！唉，城里到底不比咱乡下，我拿到菜市场去试试看。我也实在没有更好的法子，只好依顺了三叔。

下班回家，三叔早做好了晚饭，还烧了红烧肉。三叔笑眯眯地对我说，真没料到城里冬瓜这样好卖，自己想留一块尝尝都没留住，只好砍了两斤肉。我半信半疑。

饭后和三叔到阳台歇凉，推开窗户，猛然间闻到一股熟悉的香味正从四面八方飘来，充溢了整幢宿舍楼。我问三叔这是什么味道，三叔乐了，冬瓜味！我吃了几十年，还能辨不出来这个味道？

（原载《天池》2015 年第 5 期）

画者的悲哀

王鱼洋

李先生自认为算是个画家，他画了很多画，人物、风景，还有想象中的场景，可惜没卖出过几幅。李先生总在想：是自己画得不够好吗？

以前他有幸参加过一次画展，他的画被夹在很多画家的画之间，很多看画的人会站在他的画前停留很长时间，经常会感叹一句："这幅画画得不错，很有意境。"

可是最后看了画的署名后，却没人买他的画，因为没人见过他的名字，于是没人确定他的画未来是否会增值。

从此再没有画室愿意为他展示画作，因为觉得他的画是不会卖出的。

他在自己的绘画世界里坚持了两年，而后家人都劝他放弃这项事业，以此做职业很难赚到钱养活自己，而画画用的材料又很贵，最终他只能落个凡·高那样穷困到死的悲惨结局。但他又不一定比凡·高幸运，至少凡高死后，他的画被人承认了。

李先生看着自己快要接近于零的存折，也决定放弃画画了，虽然放弃画画就像让自己放弃生命一样难受，但他还是决定选择明智的放弃了。

他去电器公司做了名普通的业务员，过了一个月波澜不惊的生活后他病倒了，因为他的身心都被巨大的空虚笼罩着，是一种离开了自己狂爱的生活像被抽走半条命似的空虚。

他有气无力地在床上躺着，沉沉地睡去。

突然他觉得自己的脑袋被什么砸了一下，于是他醒了，却发现自己的身体变小了，而且正在一个小学课堂里上课。

只听见老师严厉地对他说："李云！你怎么又在课堂上睡着了？你知道这道题怎么做吗？"虽然李先生震撼了好一会儿，但他渐渐反应过来自己是穿越回了自己的小学时代，也就是说，他要重新从小学开始成长了。

记得小时候他不喜欢学习，只喜欢画画，但是老师从来不说他画得好，只说他玩物丧志，不务正业，一天不好好学习只知道画画。甚至连市里的绘画比赛也不让他参加，反而推荐了绘画一般，但是学习成绩很好的学生参加了比赛。

但既然时光重来了，李云不想再让悲剧重演，他不想再听老师和家长说："李云，你怎么那么笨啊？""李云，你不好好学习以后不会有出息的。""学习好的什么都能做好，你学习这么差，什么都干不好。"所以这一次李云决定好好学习当班上的尖子生。

李云看了看黑板上的那道数学题，记得当年老师把他打醒时他用手挠挠头，怯生生地对老师说：

"老师，我不会。"

"那你就到后面站着去！"

于是李云站到教室最后面，许多同学用嘲讽的目光不时地回头看他，令他面红耳赤。那道题的正确解法也给他留下了很深刻的印象，估计这辈子都不会忘记。

李云想到这些对老师说："老师，我知道这道题怎么解。"然后走到黑板前将题漂亮地解了出来。

老师吃惊地看着李云把题做出来，点点头："不错，有进步。"

此后李云的命运被改写了，他认真听讲，按时完成作业，课后做很多练习题，李云的成绩名列前茅，成了三好学生。

虽然他不像从前那样把业余时间用在了大量的绘画上面，但老师还是马上发现了他在绘画上的天赋，并对他说："李云，你真了不起，不光学习好而且画画也很棒，你是我见过的最有出息的学生，最近市里有画画比赛，你代表咱们班参加吧。"

李云对老师报以灿烂的微笑，虽然老师夸他的话在他听起来很是别扭。

而后李云顺利地考入了重点初中，高中，大学。但他此后几乎很少画画了，也难怪，他有那么多功课要做，有那么多的比赛要参加，什么奥数比赛、英语竞赛，以及其他诸如话剧、演讲一类的文娱活动。

记得以前因为他学习不好老师从不让他参加任何活动，所以他余下的时间只有画画、画画、再画画，而如今他那么忙，根本抽不出空闲时间画画了，而且他也渐渐忘记了自己想要成为画家的梦想。

大学毕业后李云开始投入了如火如荼的IT业，因为他想当一个有钱人，因为在这个社会上有钱人头上的光环总是很耀眼的。

李云的事业很成功，甚至进了中国财富排行榜的前十名，总是有媒体采访他，让他叙述创业历程并邀请他出席各种活动。

李云对自己现在的生活很满意，也觉得很充实，他很富有，而且有那么多的人围绕着他，巴结着他，让他觉得自己很了不起。但他总觉得缺少了些什么，就像是做蛋糕时虽然用了很高级的面粉揉面团，然后又用了很贵的烤箱将蛋糕烤熟，最后又用了精致的盘子将蛋糕盛在里面，但是却忘了在蛋糕中放糖，而糖才是蛋糕的灵魂。李云开始寻找自己灵魂中的糖，可惜很长时间都没找到。

直到有一天李云参观了一个画展，看了那些形形色色的画，他的心灵似乎一下被什么击中似的——重新升腾出一种巨大的愿望：我要画画。

李云买了很多纸和颜料开始重新画画，可是由于很长时间不画画了，手异常生疏，画了一幅又一幅，却没一幅画得好。这时有人向他请示文件，他便去处理文件。李云的秘书走进办公室看到李云的画，他试着揣摩李云的心意，想趁机讨好李云，自作主张地把李云的画放到拍卖市场上拍卖。

当李云听说秘书把自己不成型的画拿去拍卖时有些生气，也有些惶恐，他想他的劣作拿到拍卖市场上一定会被人嘲笑，第二天媒体上会出现（李云不自量力拍卖难看画作）的头条新闻。但过了半天，秘书欢天喜地地向他报告喜讯：他的画作拍卖了二百多万元！

李云闻听，不禁大跌眼镜，因为连他都清楚那幅画作无论是线条还是布色都糟糕得一塌糊涂。可是为什么会有人愿意出二百万买这幅画呢？算了，不去管他，反正能得一笔意外之财总是好事，何况说不定是自己妄自菲薄了呢！

第二天，《IT精英画作拍卖二百万元》的新闻铺满网络及报纸版面，他开始受到各界朋友的恭维，都说他不但会做生意，在艺术上也很有造诣，并邀李云送他们一些画。李云变得飘飘然，也暗自得意起来，觉得自己是个能人，IT和艺术他都可以做得很好。

虽然李云在网上也看到有关他画作的一些负面评论，说他画的东西简直不知所云，实在不明白怎么会拍出那样的天价。李云看了评论微微一笑：那些文盲，不懂艺术。

有一天李云在街上闲逛，看到在街角的大厅外挂着某画家画展的牌子，但是画家的名号他从未听说，也没有几个人走进大厅。李云觉得无聊，反正闲着也是闲着，便进去看画。

大厅里人很少，寥寥无几，李云在大厅走动，随意观看画作，那些画作气势磅礴，用色大胆，且极富想象力，给人一种强烈的视觉震撼。

李云越看越感到惭愧，他朦胧中看到一个景象，又像一段不太真实的记忆——很久以前他也是个画者，那时，他只是个画者。

（原载《小说月刊》2015年第2期）

城市综合症

王凤国

张三爹见张三从城市拎来了一台洋玩意，还能在上面听戏看电影。张三爹说，三儿，你进城打工才几天，也学洋了，还拎来了个洋玩意儿。

张三说，爹，你懂啥？这是手提电脑，高科技产品，在上面还能聊天查资料做生意呢！

张三爹一听，笑着说，乖乖，光知道有人脑猪脑狗脑，怎么电还有脑子？

张三说，不跟你说了，说了你也不懂。

张三爹发现，张三自从拎回来那个洋玩意儿，连门也不出了。张三爹想，这小子八成是让那洋玩意迷住了。张三爹说，三，你姑身体不太好，我买点东西，你替我去探望一下，你平时不是很喜欢去你姑家吗？

张三说，我现在没时间，要不，我给你点钱，你买点东西去探望一下。

张三爹一听就来气了，说你小子怎么变成这样了！说着就和张三吵了起来。张三爹是个聪明人，眼珠一转说，好好好，你玩吧，我不打扰你了。说完，张三爹从家里走出来。过了一会儿，张三爹又返回家中，偷偷地把电闸关上了。儿子不知内情，看着电脑显示器，自言自语道，停电了，我半天白忙活了。张三转过身，看着爹。张三爹看了一眼张三，吓了一跳，只见张三的眼睛很浑很暗，精神恍惚。张三爹问，儿子，你病了？

张三说，我没病。

张三爹说，还说没病呢，你看你那眼神，八成是病了。

张三一听很生气，你怎么乱说我病了呢？

张三爹说，你说你没病，我拉你找个医生看看就知道了。

张三的鼻子都气歪了，和爹又吵了起来。

这时，一个人跑进了张三家的院子。张三爹一看不是外人，是村里的六爷进了自家的厕所。六爷今天想去赶个集，半路有点尿急，就跑进了张三家的厕所。张三眼睛一亮，就跑了过去。六爷刚想提裤子出来，就让张三堵在了里面。张三说，六爷，你用我家的厕所，怎么不打招呼就进来了？

六爷一听笑了，说，你看你这孩子，我上个厕所还要给你打什么招呼？

张三说，这可不行，万一我娘我姐在里面，那还了得？

这句话把六爷憋得脸红红的，气得指着张三的鼻子说，你小子怎么这样说话？

张三爹赶忙过来说，六哥别生气，这孩子在和你开玩笑呢。

六爷说，我都一大把年纪了，他跟我开玩笑，你让我这老脸往哪儿搁？说着，六爷就往外走。

张三一把就拉住了六爷说，不能走，你还没有给钱哩。

六爷傻愣愣地看了张三半天说，怎么，我撒泡尿还要钱？

张三说，是啊，你来我们家的厕所，污染了我家的环境，给我们卫生费是应该的。

六爷气得连话也说不出来了。

张三爹忙过来说，这孩子脑袋进水掉进钱沟里了，六哥你别和他一般见识。你……你快去忙你的吧！

六爷想走，又让张三抓住了，说今天不给钱，你就别想离开这里半步。没法儿，六爷只好掏出一块钱给张三，气呼呼地走了。

六爷心里很生气，正好村里的阿九从六爷身边过来。六爷想，大清早让张三骗我钱不是吉利事，不行，我得把损失找回来。这样一想，六爷就拦住阿九说，阿九，昨天我帮你看了半天孩子是不是？

阿九说，是啊！怎么了六爷？

六爷说，阿九，你知道在城市这叫什么吗？

阿九问叫什么？

六爷笑了笑说，叫钟点工。

阿九说，那又怎么了？

六爷说，我给你打工，你要付给我钱的。

阿九一听来气了，说六爷你今天怎么了，怎么问我要起钱了？六爷不管那一套，非向阿九要十块钱。没法儿，阿九就只好给了六爷十块钱。

阿九越想越生气，阿九正好路过张三家门口，就想起一件事来，前几天张三家的墙倒了，张三爹喊阿九过来帮忙。阿九想我不能白给他帮忙，那天天那么热，我浑身累了一身汗，他连口茶也没给我喝，我应该向他要点工钱去。这样一想，阿九就向张三家走去。

这时候来了一辆救护车，从车上下来一群医生，他们进了张三家，把张三拉走了。他们说，张三患上了城市综合症，这种症状明显的反应就是见钱眼开，六亲不认。这种症状传染得很快，目前对这种症状还没有较好的治疗方法，最好的办法就是先将他隔离起来。

　　阿九让这情景吓住了，心想，我是不是也被传染了？

（原载《延安文学》2015 年第 1 期）

微信综合症

刘七平

阿辉百无聊赖地挤在地铁人流里，准确地说，是困在隐形的手机网络里。人们都在埋头把玩自己的手机，玩游戏、刷微信。阿辉的超薄手机没电了，要不然他会像往常一样，埋头关注微信朋友圈里的动态。

阿辉又试着长按了一下开机键，手机还是黑屏。他长舒了一口气。什么时候开始迷上微信，以至于每天不看微信就心里空落落的？阿辉自己也记不清了。

走在复兴门换乘站的人流中，阿辉忽然决定去附近的大学室友阿鹏家蹭顿晚饭。阿辉想起微信里的一条段子：因为微信，朋友变成了网友，网友变成了朋友。阿辉苦笑了一声，细想起来，自己半年多没跟阿鹏见面了，平时两人只在微信上互动交流。

阿辉敲开了阿鹏的房门，却见阿鹏一脸疲惫地开了门，眼眶泛红。

"大哥你这是咋了？"阿辉一边往客厅走，一边关切地问。

"没什么……"阿鹏在阿辉对面的沙发上坐了下来，问道，"你怎么想起来看我了？也不提前打声招呼……"

"我的手机没电了。内人加班，所以我想来蹭嫂子做的美食。咦，我嫂子呢？"阿辉四周张望着。

"她刚出去了……"阿鹏给阿辉倒了一杯水，转移了话题，"你最近咋样？忙不？"

"我呀，瞎忙，老样子。"阿辉也转移了话题，"借你的充电器使使，我的充电器落家里了。"

阿鹏起身从书房里拿来充电器，递给了阿辉。阿辉打开手机后，登录了微信，津津有味地浏览着朋友圈里的最新动态。阿辉的手指在手机屏幕上飞舞，一会儿点赞，一会儿分享转发，一会儿留言评论。

"大哥你看这条，超搞笑！"说着，阿辉把手机递给了阿鹏。

阿鹏探头瞅了一眼，兴致不高地说："我看过这个，没啥意思。"

阿辉看了阿鹏一眼，这才察觉他的心情不太好。

阿辉放下手机，一追问才知道阿鹏和媳妇吵架了。祸根竟是微信。自从阿鹏最近迷上微信后，每天回家后一有空就刷微信，话比从前少了，跟媳妇几乎没什么交流。以前两人经常一起看电视，或者出门遛弯，家长里短，其乐融融。赶上今天媳妇上班累，心情不好，就和阿鹏拌嘴吵起来了。

阿辉有些难为情，劝慰了阿鹏一番。阿鹏领着阿辉来到楼下的一家饭馆，聊了很多知心话。聊到动情处，两人都唏嘘不已。

"面对面聊聊天，挺好，久违的感觉啊。"阿辉一边给两人的杯子里添酒，一边感慨道。

"是啊。来，再干一杯，为了这种久违的感觉。"阿鹏端起酒杯，一饮而尽。

这时，阿辉媳妇打来电话，说已经到家门口了，发现没带钥匙。阿辉挂了电话，与阿鹏匆匆道别。

赶回家中后，阿辉跟媳妇说起阿鹏吵架的事，媳妇愤慨地说："微信就是害了不少人，包括你，每天睡觉前抱着个手机看些没用的东西。依我看，微信比女人更有魅力，你干脆跟手机一起过日子算了。"阿辉连忙放下手机，哈腰赔不是。

临睡前，阿辉趁媳妇洗漱的空隙，还是忍不住偷偷登录了微信。通讯录显示有一条未验证消息，竟是父亲的手机号发来的。父亲年初刚学会发短信，如今怎么用上微信了？阿辉迟疑一下，验证通过了。

不一会儿，阿辉收到父亲发来的一条微信语音：儿啊，我刚跟邻居小张学会用微信了，还不太熟练。他说经常在朋友圈里跟你交流，说城里年轻人都好玩微信。有了微信，以后我就不用专门等你的电话了。最近都挺好吧？

阿辉愣坐在床头，眼眶不禁湿了。他快一个月没给父亲打电话了，此刻心里愧疚不已。他马上拨通了父亲的手机："爸，您还没睡呢？"

"没，我不困。你收到我发的微信了吗？"电话那头传来父亲激动的声音，紧接着是一阵咳嗽声。

"收到了。爸，您的哮喘又犯了？"阿辉关切地问。

"我没事，老毛病了，别担心我。你以后每天在朋友圈里说点工作、生活的事吧，我会经常关注你。"电话那头又传来一阵刺耳的咳嗽声。

"爸，我会经常更新朋友圈的……不，我会经常给您打电话……"阿辉没说几句，一时哽咽得说不出话了。

（原载《山东文学》2015 年第 6 期）

一 不 小 心

何　燕

晚饭后，走出村前那条小路，沿着斜坡爬上那条高高的江堤，放眼江畔两岸，是老葛这段时间的生活规律。不同的是，老葛以前是自己走上江堤，现在是坐着轮椅被推上江堤。每次上那个斜坡，老葛总听到身后儿子——小葛发出如牛犁地般的喘息声。

安顿好老葛，小葛就下地去忙碌他的事。看着小葛猫着背在地里忙碌的身影，老葛的心里就苦。心一苦，老葛就抽水烟枪。这用一截上等楠竹做成、口径胳膊般大的水烟枪，外装烟嘴，内存清水。老葛以前把生意做得风生水起时，不抽水烟枪，抽的是大中华、软玉溪。

九洲江治理扩建后，老葛借助村前有江、村后有山、村小有温泉的独特优势，大搞旅游山庄。山庄建设分两期。一期开发村中独有资源——温泉，二期建饭店，两期下来，老葛把山庄登报、上电视，可效果不佳，收效甚微。于是，老葛就承包了江边几百亩土地，准备建果园，种菜园，搞农家乐采摘基地。

三期建设还没开始，一次意外，老葛失去了重新站起来的机会。老葛让在外工作的儿子回来管理山庄和照顾自己。可儿子是书生，不善经商。老葛心中的苦像堤下的江水，一直向前流着。

老葛从江堤边折了根水草，往水烟枪的烟嘴捅了捅，确定烟屎全没后，才从烟袋里捻出一团烟丝，烟丝在拇指、食指和中指之间用力地揉捏了几下，往烟嘴内塞了下去，再把露在烟嘴边的烟丝儿往里一按，然后扑哧一下摁亮打火机，在点燃烟丝的同时，把半边的嘴儿紧抿水烟枪的口，半边的嘴儿微微咧开，猛地一抽，伴随着水烟枪里水儿咕咚咕咚的节奏，烟丝忽闪忽亮了起来，烟圈就从那半边咧开的嘴里时断时续地吐了出来。

老葛一阵咳嗽。猫在地里那头的小葛站起来，转身欲走过来。老葛连连摆手，示意小葛停住。烟丝是自家产的。在温泉镇，家家户户都自产烟叶。说是自产，其实是在田埂边、菜地旁、小院里、房前屋后，有意地种，无意地留，都能产出烟叶。烟叶如芥菜，叶子一大片一大片的。走到哪，随手摘几大片，搁阳光下一晒，晒干后切成丝，就可抽，遇上勤快的人，会把烟丝搓几下，把梗子除去，这样的烟丝就比较上等。老葛抽的就是这等烟丝。老葛坐轮椅后，有的是时间，总把烟丝搓到没有一丁点儿梗子。这样的烟丝浓度高，呛气大，老葛抽得猛，被呛到是很正常的事。

老葛曾让小葛去银行贷款把三期工程搞下去，可小葛像村里沉闷的耕牛，抽一鞭动一下。去银行几次，都贷款不成，小葛说什么都不愿意再去。有一次拉回来几大包油菜种子，说是为了不让承包地丢荒，要种上油菜。老葛大发雷霆，说温泉镇不像你工作的大城市，多数人的青菜都能自产自足，你种这么多菜卖哪儿去！小葛不管不顾，雇人把菜种子撒了下去。老葛说，本地人爱吃茶籽油，要种，就全种茶树。小葛不听劝。老葛生气也白搭，谁让自己坐轮椅了呢。

种了油菜，小葛又种藕。种了藕，小葛又种茶树，种了茶树，又种烟叶。几百亩的荒地，小葛就这样一批批地全种上了。

别说，江边的土地肥沃，水源充足，二十来天，这些油菜长势可人。放眼看去，一大片一大片满是绿油油的，青翠青翠的。油菜几寸高时，老葛催促着小葛把油菜卖了，可小葛总说不急不急。

夕阳下，老葛突然发现，江边的油菜地呈现出一片金黄。老葛擦了一把眼，细看，原来油菜已经开出小小的花蕾。老葛责骂道："再不卖就血本无归了！"小葛还是说不急不急。老葛气得直骂，百无一用是书生呀，古人说得不错，书读多了，脑子进水了。

两三天后，金黄色的油菜花点缀满了江的两岸。老葛这下跟小葛急了，令人马上收割油菜花。

就在这时，几辆路过的车在江堤边停了下来。人陆续从各辆车里走了出来，大呼小叫地掏出手机、相机，对着油菜花"咔嚓、咔嚓"地拍个不停。

老葛看着路人发蒙了。

看花的人开始多了起来。

老葛这时才发现，金黄的油菜花与村里清秀的山，碧绿的江水交相辉映，美不胜收。从江堤看下去，油菜花成毯子，从江堤直铺到天边。

四面八方的人络绎不绝地来看花。广东湛江那边的人也赶了过来。

一个来月的花期让老葛的山庄生意红火了起来。

夏季一到，另一道荷花风景又冒了出来。荷花的香气十里撩人。每天看荷花的人如江水，源源不断。老葛坐着轮椅收车辆保管费都收得手软。

秋天，茶花又蹦了出来。

游人除了赏花，对烟叶也感兴趣。走时，总爱带上一把，说是环保呢。

当然，老葛也很纳闷：自己花了不少广告费都红火不起来的山庄，儿子怎么一不小心就让它红火了呢？

（原载《广西文学》2015 年第 7 期）

南北头大爷

田　林

南北头大爷是我家住在诸城县大桃园村时的老邻居，姓王，具体叫什么名字记不得了。他脑袋有些扁，有一回，他面南背北或者是面北背南，有人发现他的脑袋跟别人不一样，南北向特别长，灵光一闪，就给他起了这么个雅号。

人的脑袋一旦扁了，脸的面积就会受影响，形象就不会好看，加之父母去世比较早，所以南北头大爷没能娶上老婆，成了一名老光棍，孤零零的一个人住着三间小房子。

那时候，我父亲在城里工作，家里的地单靠母亲一个人根本就忙不过来，于是就经常找南北头大爷帮忙。他很热心，只要有空，随叫随到。他干活儿又快又好，真是帮了我家不少忙。那时候，也不兴给报酬，也就是让我偏瘫的爷爷陪他喝两盅，酒也就是地瓜干子酒，菜也就是时令菜，他从来也都不计较。后来，我家搬到了城里。母亲每每回忆起农村劳动的艰辛，还常常心有余悸，说那时候多亏了南北头大爷，不然的话真熬不过来。但，给我印象最深的还是他家闹皮话子①的事情。

有一天，我吃过早饭去上学，路过他家后窗的时候，突然听见里面有人说话。

"太阳都晒着腚了，还不起来做饭，真是个懒老婆。他娘的，真是懒！"

我感到很好奇，找块石头垫着脚，透过他家的后窗户，偷偷往里瞧，只见南北头大爷站在炕前，正对着炕说话。

"就没见过你这样的。我还得干活儿，还得做饭，容易吗？"

听声音似乎很委屈。

---

① 皮话子：山东诸城一带民间传说中的神奇动物，会说人话。

我揉了揉眼睛，仔细看了看，炕上除了一床皱皱巴巴的毛巾被，什么都没有。我感觉有点瘆人，赶忙从石头上下来，上学去了。

中午回家吃饭，我把这件事跟母亲说了。唉！母亲叹了一口气说：

"一个老光棍，冷锅冷灶的，身边连个说话的人也没有，真是不容易啊！"

"可是，他那是跟谁说话呢？"

"还能跟谁，跟他自己呗。"

"跟他自己？他为什么跟他自己说话？"我更糊涂了。

"你说，他不跟他自己说话，跟谁说话？总不能不让他说话吧。"

母亲白了我一眼，很不耐烦。

过了大约有两个星期的样子，一天傍晚，我路过南北头大爷家后窗，又听到里面有人说话，这回是两个人，其中一个奶声奶气的，像个小孩子。我的好奇心被勾起来了，小心翼翼地趴到窗户上，向里偷窥。只见南北头大爷盘腿坐在炕上，炕桌上摆着两碗菜、几个馒头；奇怪的是摆着两双筷子，一双筷子的后面空空的，并没有人，旁边还放着一个小碟子，里面有几根菜。

"小宝，你再吃点菜。"南北头大爷边往小碟子里夹菜边说。

"爸爸，我吃饱了，不吃了。"是个童声。

"今天上学怎么样啊？老师没有批评你吧？小宝。"

"挺好的。"

"嗯，那就好。学好学孬都行，别累着，哈，只要有个好身体就中。"

"有同学欺负你吗？"

"同桌小皮皮课间的时候戳我来。"

"疼吗？"

"还好。"

"没戳回来？"

"没有。"

"没告老师？"

"也没有。"

"小宝，以后记住，再碰上有同学欺负你，要先打回来，再告老师，告老师的时候，眼里要流着泪，记住了吗？"

"嗯，爸，我记住了。"

我上下左右，将他那间小破房子用目光扫了个遍，也没有发现半个小孩的影子。

回到家，我把这件奇事告诉了母亲。

"皮话子，肯定是皮话子。咱这里没有鹦鹉，也没有八哥，只有皮话子会说人话。下回你再仔细找找看。皮话子的样子早就告诉过你，长长的尾巴，花脸庞。"母亲斩钉截铁地说。

第二天，我特意在那个时间又跑到南北头大爷的屋后。不出所料，絮絮叨叨的对话声又传了出来。我赶紧趴到后窗上，瞪大了眼睛，上上下下、仔仔细细地寻找，眼睛累得都生疼了，也未能发现什么皮话子。这时，原本侧对着我的南北头大爷，身子突然向我这边转动了一下。我吓了一跳，赶紧将脑袋闪到窗户一侧。这样一来，南北头大爷的大半张脸就暴露在我的视线里。我赫然发现他的嘴巴始终在翕动，一停不停，愣了一下，接着便恍然大悟：原来根本就没有什么皮话子，那个叫小宝的孩子就是他自己。

（原载《山东文学》2015 年第 5 期）

恋 爱 季 节

刘 公

　　我分管机关时，管物还好说，管人尤为麻烦。干部上班各司其职，下班后各回各家，一般不会有啥事。最让人头痛的是士兵，打字员、话务员、卫生员、保管员、炊事员、驾驶员、公务员、收发员等，上班有科室领导管理，下班就一盘散沙，不请假外出、警民纠纷、谈恋爱等不良现象时有发生。领导的头大，我更是头大。

　　有人的地方，就会有问题。有了问题，就得解决问题。我经过一周的调研，成立了公勤排，特意从陕北的一个中队调来了曾排长，把机关士兵集中起来住居，统一管理，每周还搞那么一两次的集中训练。

　　这一招还挺管用，不到一个月，就扭转了机关士兵有人用没人管的涣散局面。总队充分肯定了我们的做法，十几个支队纷纷效仿，都相继成立了公勤排。

　　正当我乐在其中的时候，曾排长给我汇报说，有几对男女士兵有谈恋爱的迹象，我问有证据没有，他说还在摸底。

　　部队跟大学校不一样，大学里给大学生发些避孕套就完事了。部队有部队的规矩，男女士兵严禁谈恋爱，对此我们专门制定了规章制度，其中有一条，凡是谈恋爱的士兵，一经发现，就下放到陕北艰苦地区中队执勤站哨。

　　但严格的规定，很难束缚年轻士兵骚动的心。你不给他们单独在一起工作的机会，也不给他们单独相处的时间，但他们照样有招。他们用眼睛交流，用电话联系，甚至分别请假外出，然后在外面相会。

　　有一天下午，我刚下班回到家里，曾排长敲门找到我，递给我一封信，说看笔迹像申明写给王娜的。我问你有把握吗？他说应该没有问题。看着申明的学习笔记，对照信封的字体，一模一样的。我又问你咋发现的，他说是收发员拿给他的，收发员说他们相互通信已不是一两次了。

我有些犯难，信件是个人的隐私，就算是申明给王娜写的求爱信，我们也不能随便拆开。

我决定找他们俩分别谈谈。

申明，这信是你写给王娜的吗？

申明睁大了眼睛，一脸的惊诧。他可能想不到，他写的信咋会到我的手里。

你写了几次了，你说这事咋处理？

副参谋长，我错了，要打要罚随你便。

这信，是你自己拆，还是我帮你拆？

别拆别拆，你还给我吧。你要是觉得这是个证据，放你这也行。

你知道我们的规章制度吗？

知道，不就是下陕北吗？你一声令下，我就打背包。

申明啊，你高考只差几分，为啥不把心思放在补习上，考个军校呢？

申明低着头，一言不发。

你和王娜的关系多少人知道？

不知道……

申明走后，我让曾排长叫来了收发员王武冰。

王武冰，你看到申明写给王娜的信件，有几次了？

五六次吧。

王娜给申明回信了吗？

回过一次。

战士们都知道他俩在谈恋爱吗？

大部分都知道。

王武冰走后，我让曾排长叫来了王娜。

王娜，好多战士都说你跟申明在谈恋爱，有这事吗？

没有。

你收到过他写给你的信吗？

没有。她一口否认。

我拿出申明写给她的信件，说：申明都承认了，你就别固执了。

在我的开导下，王娜一五一十地招了。

王娜走后，我让管理科长通知机关和大院内警通中队、机动中队的全体士兵开军人大会，在会上，我通报了申明和王娜不敢明里交往，暗地里相互通信的事情，我留意到他们二人都低下了头，我还当着全体战士们的面，念了那封信：

王娜，你好！上次你问的几道数学题，我给你回复了答案，不知你弄懂了没有？在你的鼓励下，我一直在复习，想考一所好点的军校。不知你想考哪所军校，报考的时候，你得提前告诉我，争取我们在一个学校读书……

这次大会后，二人果真都忘我地复习功课，并且都考上了军校。一时间，机关和直属中队士兵的文化学习蔚然成风。

今年春节的时候，已毕业并分到执勤部队的申明和王娜，专程来我家拜年，说他们刚领了结婚证。我一边笑着说祝贺祝贺，一边找出申明写给王娜的那封信件，对王娜说：这个完璧归赵，还没拆封哩，这是你们最好的纪念品。

王娜笑吟吟地捧着那封信，说：多亏首长当时……

（原载《延安文学》2015 年第 4 期）

一只坏脾气的羊

孙君飞

据说有一只羊在打败一头小狼后，脾气变得很坏很坏，坏得就像一个疯子。

那一天，我无意间碰到这只羊，却不敢跟它打招呼，远远地望着它。

只见它气呼呼地跳着四个蹄子，狠命地踩着冲到岸边的浪花，用尖利的嗓音骂道："都说你们很美，不过是一堆肮脏的泡沫！今天我要踩死你们，一个一个又一个——咩！"

我觉得这只羊很可笑。它一脚踩下去，往往生出更美更大的浪花，海水冲击它的腿脚，那些浪花只不过稍稍改变了样子。它偏偏跟浪花过不去，脾气真是太坏了。

浪花弄得它半个身子都湿淋淋的，我担心它因此生病，便走过去劝它离开沙滩，晒晒太阳，再多吃点草。

没想到它朝我踢过来一朵浪花，咩咩嚷叫着，说："这个世界都是被你这种闲而无趣的人弄糟的，我忙过了自然会歇息。踩灭这些浪花是我今天对这个世界的贡献，你呢？咩！"

我只好点头称是，竟然还讨好地对羊介绍说哪里有最嫩最美味的青草。

这又惹羊不高兴了，它说："你不是羊，怎么知道哪里的青草最好吃？你这辈子吃过一根草吗？没吃过草，就没有发言权。咩！"

遇到一只坏脾气的羊，你还能有什么脾气？我只好闭口不言，假装眼睛里吹进太多的海风，苦笑着揉揉眼。

正要走，羊又对我说："不过你也提醒得有道理。接下来我就要去踩死那些草，踩不死，也要叫它们老老实实趴倒在地上，伤筋动骨一百天。咩！"

我心里吃了一惊，暗想：这个世界上，对羊帮助最大的不正是草吗？它可以跟浪花过不去，却万万不可跟草过不去啊！这只坏脾气的羊，看来真有些疯狂和古怪，因为它竟然连青草也要欺负。

"草没有跟你过不去呀。"我鼓足勇气说。

它咩咩地笑着，回答："吃到肚子里的青草就不用说了，没吃到肚子里的照样叫人生气。我还为它们的磕磕绊绊生气，为它们根须上纠缠的脏东西生气，为它们一岁一枯荣生气……你不知道吧，吃草时感觉还好，踩草时才兴奋，那是我每天都要做的游戏。咩！"

我突然讨厌起这只羊，而且不愿再回避心里面的困惑，问羊："你刚刚踩了浪花，还要去踏青草，算不算欺负人？它们被欺负，你却最生气，这有什么意义？我劝你放弃那片青草地，因为是我发现并告诉你的。如果非要去干点什么，你为什么不敢去欺负那些带刺的野菠萝？"

羊咩咩地狂笑着，一边咳嗽一边没好气地回答："一些答案，我不是早已告诉过你吗？一个人不太聪明，还耳背、记性差，只能回家去吃药。在这个世界上，没意义才是最大的意义。在我们那个羊群里，我是第一个敢活得与众不同的羊。你看到我脾气坏、爱生气，那只是我的表象，我其实是一个——不过，我懒得再启发你。我为什么要去欺负那些带刺的东西呢？我的身体走在我的思想前面，不安全的东西你为什么要去行动，要去寻找意义呢？咩！"

我身子不由一挺，再次相信这确实是一只与众不同的羊，不过它给人的感觉仍旧有些怪。我不知道说什么才好，心里闷闷不乐地想："狼欺负羊，正是因为羊安全。羊欺负浪花和青草，是因为它们也安全。安全二字，便是欺负这种行动的'动力'和逻辑吧。这只羊还说什么'意义'和'表象'，难道它认为自己懂哲学，还暗示我应该称呼它为——了不起的'哲学羊'？"

这只羊大概读到了我的一些心思，龇牙咧嘴地朝我嘶鸣一声，然后下达"逐客令"，"你马上给我走开，我讨厌这种可笑的虚伪！咩！"

我终于忍无可忍地提高嗓音问："你难道真的打败过一头小狼吗？"

（原载《金山》2015年第3期）

地　气

唐丽妮

　　壮大爷像只失了水的茄子，一天不如一天，眼看着就要枯了。

　　老爷子也就出去转了半天，就病成这样？到底出了什么事？

　　儿子额前的"川"字愁成了一条河。

　　几天前，日头火一样，把光秃秃的大楼烤得像爆米花的炉子。壮大爷要出去转转。儿子阻拦说，日头太晒，屋里吹空调，几凉快啵！

　　我老农一个，日日晒日头，还怕日头？老爷子咚咚就下了楼。

　　黑布鞋刚踩上水泥路面，壮大爷心里就咕哝了：好个地，全焐在水泥板下了——人啊，未得地气养，唉——

　　夏日午后的小区好静，偶有一两行人，也是走得快快的急急的，脚不粘地似的，脑袋往前冲，恨不得要一头钻进什么东西里头去的样子。老人家觉得这些人怪怪的，跟乡下人不一样。乡下人走路，或挑着担，或扛着锄，或拎着刀，即使空甩着双手，也是一个脚窝一个脚窝的，结结实实的。脚下是野草小路，身边有清溪、稻田、竹林、青山……

　　还有牛，还有鸡鸭鹅，还有狗……壮大爷摇头叹息着，想起很多以前并不曾留意的事物。那些家禽家畜常在路上窜来窜去，斗来斗去的，叽叽咕咕的，他还嫌吵呢，还嫌阻手阻脚呢。

　　老爷子想着想着，心里便美了起来，仿佛正走在他的软实的野草小路上，遇到一群鸡，破嘘一下轰散了；来了一条狗，呼的一脚踢跑了；见到一头牛，哞哞唤两声……

　　嗨！行这样的路正叫行路嘛。脚下得了地气，行得正稳嘛。

　　就这样，老爷子变叹息为得意，美滋滋地去找他的老榕树去了。路边树阴下，有水泥地板、水泥凳子、水泥桌子，干干净净的，常有老人家坐在那里打麻将、下象棋、谈家常，或者无言默坐。但壮家这老爷子不爱凑那些热闹，独独钟情于麦冬地里那棵老榕树。老榕树在一大片绿油油的麦冬的中间，平日无人光顾，清静得很。最难得的是，那树下没有打硬水泥，是软熟的黑泥土哩！壮大爷都把这儿当成自家的了，天天都要到那树下看一看，坐一坐。甚至，老人还在周围悄悄地种了几棵玉米。而且，宝贝们都已经抽穗啦。

这天，壮大爷最重要的任务，就是给他这几棵宝贝浇浇水。要不然，这大热头的，毒哟！要晒焦的哟。这抽穗的玉米，最能喝水了，还要培土施肥，还要摘去雄穗，还要摘去无果穗。但这点事，在壮老爷子这，就是玩耍啦。

天上飘来五个字，那叫不是事！壮大爷忽然冒出这么一句，那是小孙子的口头禅。

可是，老爷子张开的嘴，却啊——在那里动不了了。因为，情况非常不妙，简直糟透了——壮大爷的小宝贝们，全部神秘失踪了，一棵也没有了，连一片叶子也没有了，连一丝玉米须子也没有了。

更糟的是，老爷子还不敢出声，只能摁着心口，默默地倚着老榕树坐下了。若是在村子里，别说是全部玉米被拔了，哪怕一棵玉米被折了腰，老人也会暴跳如雷，非把那干坏事的人臭骂一顿不可的。可如今是在城里，自己是虫，不是龙了。而且，前段日子，壮大爷已经得到物业人员的警告了。壮大爷涎着老脸，以为能宽限几天的，好歹等玉米灌点浆，能下锅了，再拔。谁知，人家根本不买账！

呼唔唔——呼唔唔——老爷子哼哼着，干巴巴的老手不停地撸着自己可怜的老心脏，在心里默默地怒骂着、疼惜着。实在没法子，壮大老爷子也只好对着榕树那棕色的长长的须子，幽怨地说，唉，你啊！叫你睇住，你却教人全扯了，一蔸都未剩，么办？

壮大爷独自哼哼唔唔的，垂头丧气的，像堆烂泥巴似的，四顾无人，竟在这棵老树下睡着了。在这寂静的夏日午后，老大爷躺在泥地上，闻着泥土的腥甜的气息，睡得很沉，还做梦了。

梦里，壮大爷又看到了壮大娘。壮大娘还是水灵灵的壮姑娘，正在黑黝黝的地里撒玉米种子，垂着两条黑亮的大辫子，辫子梢跟盛夏的玉米穗子一样，又大又长，滑溜溜的，搭在饱满的胸前。

老爷子白日里把梦做得十分美妙，谁知夜里就犯病啦。上吐下泻，还发烧啦。刚进城时，壮大爷也得过这种病，用从乡下带来的跟土地神讨的香灰，煮一碗汤，喝了便好了。可这一回，也喝了香灰汤，却不灵了。

老爷子这一倒下，竟像秋天的树叶，天天见黄啦。

儿子一筹莫展。

出来时间太长了，连土地爷都未保得到我了！壮大爷认为是离乡太久了，土地爷的福泽保佑不了他了。

老人要回老家。

阿爸，你病……

我未生病！我是缺地气！

仔啊，送我返屋，死我都安乐啊。老爷子眼巴巴地望着儿子。

儿子一阵心酸。儿子是孝子，他知道，老爷子从不认为人会生病，所有的痛和苦，都是因为离土地太远，或者得罪了土地神。老人敬天敬地敬神，科学道理他是不懂的，他说，未有天未有地，有个屁科学！

于是，收拾行李，备车，回乡。

于是，高速路，一级路，二级路，山路，村道。一路翻山过水，六七个小时的颠簸，小汽车终于像只穿山甲一般钻进村沟了。

放下车窗，清凌凌的沟风一吹，昏沉沉的壮大爷立马清醒了，就如同喝了回魂汤。他整一个人，也像被注了铁水，被土地的强烈的磁场所吸引，两脚落地，就再也不愿回车上躺着啦。

就走着。青山，竹林，稻田，清溪，一草一木，一如从前。见牛，哞哞唤两声；遇狗，没舍得踢了；鸡鸭鹅，也没舍得轰了……老爷子越走越精神，眉梢眼角都在笑。

老屋的竹门前，卧着老黄狗。老货，你未帮李爷睇屋，你返来做么事？老人高兴得踢了狗一脚。狗汪汪叫两声，窜到屋角，叼出一只小巧的青布鞋，那是壮大娘生前的。壮大爷把鞋攥在手里，说，你啊，操么心，睇睇，我都几好啦！

儿子又是一阵心酸，赶紧洒扫，劈柴，烧水，煮粥，又到屋后野地里摘一把野葱，一把野菜，一把老爷子指定的野草药。侍候老爷子喝了粥，又翻出旧时的药罐，煎草药。

（原载《红豆》2015 年第 2 期）